Wenn
der Schwarze Veri kommt
Roman

Erich Brosig

Ungekürzte Taschenbuchausgabe
© 2018
Herstellung und Verlag:
BoD – Books on Demand, Norderstedt.
ISBN: 978-3-746-07506-8
Printed in Germany

Kommst nimmermehr
aus
diesem Wald!

Spruch auf einem Gedenkkreuz bei Fischbach

Inhalt:

1

Der Knotenstock

Der verwegene junge Mann, der da im Frühjahr 1819 bei Anbruch der Abenddämmerung noch mutterseelenallein und ohne
Schusswaffe in der Tasche über einen einsamen Feldweg durch
die oberschwäbische Landschaft holperte, hätte wohl eher auf
den Laufsteg gepasst, denn in die hinterste württembergische
Provinz. Er trug nicht nur sorgfältig polierte schwarze Lackschuhe
und sein Gesäß steckte in langen eleganten Baumwoll-Pantalons
mit Karomuster, nein, sein Oberkörper war auch noch in einen
engtaillierten Gehrock gezwängt, den der Geck mit einem Gürtel
so fest zusammengeschnürt hatte, dass er sich kerzengerade halten musste, um noch einigermaßen Luft zu bekommen. Auch die
gestreifte Weste und die kunstvoll geschlungene geblümte Kra-
watte, beides der letzte Schrei in seiner Heimatstadt Mannheim,
trugen in Kombination mit dem spitzen Vatermörderkragen seines weißen Oberhemds wenig zu seiner Sicherheit bei.

Man könnte durchaus sagen, er wäre overdressed gewesen.

Das Einzige, was ihm dort draußen vielleicht ein kleinbisschen
Respekt hätte verschaffen können, wären die für einen Biedermeier unerlässlichen üppigen Koteletten gewesen. Doch die
wirkten bei ihm lächerlich, weil sie nicht zu den großen runden
Augen, den sanften Wangen und dem ulkigen kleinen Grübchen
mitten im Kinn passten. Sein schwarzer Zylinder war mit einer
Hutschnur unter dem Kopf festgebunden, damit ihn der Fahrtwind nicht davonfegen konnte und seine Hände steckten in eleganten weißen Handschuhen, nur der Spazierstock fehlte.

Den konnte er im Moment nicht gebrauchen.

Das größte Manko aber war seine lustig hin- und herbaumelnde goldene Uhrkette, die, für alle Welt sichtbar, auf ein wertvolles Chronometer in der Westentasche schließen ließ.

Nicht nur ein Leichtsinn, sondern der glatte Wahnsinn!

Ausdauernd und voller Energie schob der Mann, der zwischen zwei Rädern auf einer Art Sattel saß, wie ein Uhrwerk mit aufrechtem Kreuz zuerst das linke Bein vor, drückte den Fußballen elegant vom Boden ab, winkelte das Knie an und zog es geschickt wieder zurück, dann vollführte sein rechtes Bein die genau gegengleiche Bewegung.

Vor und zurück, immer wieder auf ein Neues: vor und zurück.

Minute um Minute, Stunde um Stunde machte der 24-Jährige eine Meile nach der anderen gut, er schien richtig besessen zu sein von seinem, für damalige Verhältnisse, geradezu irrwitzigen Unterfangen.

Dabei hätte er es auch bequemer haben können.

Sein Vater nannte sich nämlich Hof- und Regierungsrat und sein Taufpate war kein geringerer als der Markgraf von Baden höchstpersönlich. Alles andere als die übliche Beamtenlaufbahn wäre für ihn eigentlich ein Witz gewesen.

Aber er wollte nicht.

Obwohl auf der Fürstenschule nicht der Allerbeste, hatte ihn sein Vater an die staatliche Forstlehranstalt und anschließend sogar auf die Universität nach Heidelberg geschickt. Dort hatte ihn der Erzherzog aus Barmherzigkeit zum Professor für Philosophie ernannt und ab da war er dann vollends aus dem Ruder gelaufen. Er hatte abrupt die Seiten gewechselt und war Ingenieur geworden. Ein genialer Schachzug, denn aus seinem Hirn war eine Idee nach der anderen gesprudelt und auf das Konto des *närrischen Forstmeisters aus Waldkatzenbach* war schon bald darauf das erste technische Patent gegangen.

Die allererste Stenografie-Maschine der Welt!

Eine bahnbrechende Erfindung, die nur leider keiner hatte haben wollen. Verärgert hatte er sich als Romanautor betätigt und nebenher in Freiburg noch Geologie studiert, sich schließlich als selbständiger Verleger versucht und aufrührerische Schriften publiziert, was wiederum die Geheimpolizei des Großherzogs auf den Plan gerufen hatte. Die Beamten waren im Morgengrauen angerückt und hatten sein Wohnhaus durchsucht und quasi als Trotzreaktion war sein maschineller Notenschreiber entstanden.

Und mit ihm der handfeste finale Ehekrach.

Der Selfmademan hatte seinen Apparat in einer Nacht- und Nebelaktion, ohne lange zu fragen, mechanisch einfach mit dem Pianoforte seiner Gemahlin verbunden, aber statt des erwarteten Lobs nur blankes Entsetzen geerntet.

Die Welt ist ungerecht, wer kennt das nicht?

Madame hatte ihr lila Hauskleid hochgerafft, die weiße Schärpe direkt unter dem Busen festgezurrt, war wie ein Wirbelwind herangefegt und hatte sich wie eine Furie vor ihm aufgebaut.

„Karl, *wo* ist der Deckel meiner Klaviatur?"

„Der war im Weg, Helene, ich hab' ihn abmontiert!"

Um sie zu beruhigen, hatte Karl dann den Hocker zurechtgerückt und sich in aller Ruhe an das Instrument gesetzt.

„Ich habe lediglich die Mechanik des Anschlags ein bisschen angezapft", hatte er ihr dann versucht, die Sache zu erklären, „sei unbesorgt, meine Liebe, alle 88 Tasten sind noch da!"

Dann hatte sein langer dürrer Zeigefinger ein paar Mal kräftig die Taste für das eingestrichene C geschlagen. Das betreffende Hämmerchen im Inneren des Korpus hatte zwar brav auf die Saite gehauen, in seinem Notenschreiber hatte es auch wirklich *klack-klack-klack-klack* gemacht und eine Art Schreibmaschine hatte den betreffenden Ton als eine Serie schöner, deutlicher und fetter Noten auf das linierte Papier gestempelt. Aber das diffizile Spielwerk aus Federn, Zungen, Stößeln und Dämpfern im Inneren des Instruments hatte ihm den chirurgischen Eingriff übel genommen, der hölzerne Resonanzboden hatte nicht wie gewohnt reagiert und statt sonorer ebenmäßiger Klänge war nur ein verschrobenes und schräges Vibrieren zu hören gewesen.

„Bist du jetzt vollkommen verrückt geworden, Karl, das *Tafelklavier* meiner Mutter!"

Der Erfinder hatte in Deckung gehen müssen.

„Dass du mir ja die Finger von meiner Zither lässt!"

„Dein Piano hätte sowieso mal gestimmt werden müssen!"

„Bei dir dort oben stimmt etwas nicht!"

Seine Gemahlin hatte die betreffende Geste gemacht.

„Schluss jetzt, mit diesen Hirngespinsten!"

Daraufhin wäre er ihr beinahe an die Gurgel gegangen.

„Du gönnst mir auch gar nichts, nicht einmal den Erfolg!"

„Deine Phantastereien kosten uns ein Vermögen!"

„Willst du mir den allerletzten Trost auf Erden nehmen, mein einziges Vergnügen: die *Technik*?"

Das ohnehin wacklige Fundament ihrer Ehe hatte einen heftigen Stoß bekommen.

„Hätte ich nur auf meine Mutter gehört!", hatte sie geschrien.

Dann war der brüchige Stuck über dem Haussegen mit Getöse von der Decke gekracht.

„Erinnere mich nicht an diese Xantippe!", hatte er verstört in seinen dichten Bart gemurmelt.

„Wie kannst du es wagen?", hatte sie sich echauffiert.

„Ihr ähnelt euch von Tag zu Tag mehr!", hatte er geantwortet.

„Du, du, du - du *Höffeltöffel*!"

„Fregatte!"

„Fagott!"

„Scharbracke!"

Und so weiter und so fort.

Das Patent Nummer drei, auf dem Karl von Drais nun hockte, würde den Durchbruch bringen, das wäre sicherer als das Amen in der Kirche, dachte der Erfinder.

Nur noch ein letzter Praxistest.

In einem Geistesblitz beim Schlittschuhlaufen am Schwetzinger Schloss hatte er seinen *vierrädrigen Wagen ohne Pferde* abgespeckt, einfach durch zwei geteilt und zum Patent gemeldet.

Voila, das Ur-Fahrrad hatte das Licht der Welt erblickt.

Gut, er gab es ja zu, das Konstrukt war vielleicht nicht ganz so brillant wie der Heißluftballon der Montgolfiers oder der Webstuhl von Edmond Cartwright.

Aber doch sehr viel genialer!

Zwar nicht viel mehr als ein starrer Rahmen aus deutscher Eiche mit zwei stabilen Speichen-Rädern aus Erlenholz, einem lederbezogenen Sattel und einer handlichen Deichsel als Lenkung. Fest vernietet, gerade mal eben 50 Pfund schwer, preiswert, simpel und kinderleicht zu bedienen. Vier Meilen Höchstgeschwindigkeit, fast 15 Stundenkilometer, wären damit auf ebener Strecke allemal drin. Behauptete der Erfinder und war felsenfest überzeugt, dass Vehikel mit vier Rädern einen vergleichsweise bescheidenen Wirkungsgrad hätten und die Menschheit letztendlich in die Sackgasse führen würden.

Im Januar 1818 hatte ihm der Großherzog das *Privileg* erteilt.

Die Presse hatte, wie stets bei seinen Angelegenheiten, nicht mit Hohn und Spott gegeizt. Anstatt fundiert zu recherchieren hatten diese windigen Journalisten die neueste Idee des *verrückten Barons* gnadenlos durch den Kakao gezogen.

„*Freiherr von Rutsch!*", hatten ihm die Kinder zuletzt hinterhergerufen, als er durch die Straßen Mannheims gegondelt war, „*zum Fahre kei Kutsch, zum Reite kein Gaul, zum Laufe zu faul!*"

Dabei sprachen die Fakten eine eindeutige Sprache.

Zwei Räder statt vier Hufen!

Vorsprung durch Technik!

Freude am Fahren!

Die Durchschnittsgeschwindigkeit von Pferde-Kutschen hatte sich seit 1800 von einer viertel auf gerade einmal eine halbe badische Meile pro Stunde gesteigert. Sein Dienstherr Friedrich Wilhelm jammerte in einem fort, Reisen wäre kein Vergnügen, sondern eine Tortur und seine Landauer stießen seinen hochwohlgeborenen Hintern derart, *dass ihm Leib und Seele Gefahr liefen, voneinander getrennt zu werden.* Ständig schreie er vor Schmerz auf und müsse alle naslang in einer Schänke anhalten, um halbwegs zur Ruhe zu kommen.

Außerdem wäre jeder Schustergeselle schneller am Ziel als er.

Den desolaten Zustand seiner Land- und Heerstraßen schob er gerne anderen in die Schuhe und vom Grundsatz, dass man nach Benjamin Franklin von der Qualität derselben auf diejenige der Regierung schließen könne, wollte schon der damalige Landesfürst nichts wissen.

Karl von Drais vergaß die Welt um sich herum.

Er strampelte und strampelte.

Warum war denn Napoleon in Russland wirklich gescheitert?

Der Erfinder brauchte beim fortwährenden Treten nicht lange zu überlegen: nicht wegen der paar Minusgrade, nein, weil der Feldherr auf dem Weg nach Moskau mit seinen Truppen kaum schneller unterwegs gewesen war als Cäsar! Kackten und pinkelten die Rösser, Gäule und Pferde nicht sowohl im Königreich Württemberg als auch im Großherzogtum Baden überall auf die Straße? Wollten die faulen Dickhäuter darüber hinaus nicht permanent gehegt, gepflegt und gestriegelt werden und vertilgten sie nicht tagtäglich Unmengen an Futter, obwohl der Preis für Heu und Hafer aufgrund der Hungerjahre in geradezu astronomische Höhen geklettert war?

Ein mehr als eindeutiger Tatbestand!

Am Tag nach dem heftigen Streit war er in aller Herrgottsfrühe aufgestanden, hatte leise das Allernötigste zusammengepackt, war aus dem Haus geschlichen, hatte sich Kompass und Karte gekauft, einen Reisepass besorgt und war auf sein Laufrad geklettert. Und weil Karl von Drais in Mannheim nicht weiter mit Hohn und Spott hatte überschüttet werden wollen, da hatte er sich eben auf einen weiten Weg gemacht.

Inkognito, für alle Fälle.

Ohne eine Pause einzulegen, war er in weniger als einer Stunde aus seinem Mannheimer Quadranten bis ins zwei Meilen entfernte Schwetzingen gestrampelt. Dort hatte er pausiert und jubiliert: sage und schreibe drei Stunden hatte er den lahmen Gäulen der badischen Postkutsche auf dieser Strecke abgenommen! In Bruchsal hatte er Station gemacht, um sich etwas zu erholen, war dann über Gernsbach nach Baden-Baden weitergefahren. Dort hatte er bei einem Schoppen Wein schließlich den tollkühnen Plan gefasst, gleich bis zum Bodensee zu radeln, oder hätte man besser sagen sollen *zu treten*?

Der endlos lange Weg von da nach Freiburg?

Ein Klacks auf dieser prächtigen Maschinerie!

Der Aufstieg durchs Höllental war nicht eben leicht gewesen.

Und dann war es mit ihm erst einmal nur noch bergab gegangen, geographisch gesehen. Mühelos hatte Karl die Grenze nach Württemberg passiert und sich kurzerhand für die malerische Route durch das Felsenmeer des Oberen Donautals entschieden. In Beuron hatte er gebeichtet, sich aber in Sigmaringen dennoch verfranzt und war aus Versehen bis nach Mengen gelangt. Dort hatten ihn wieder alle nur ausgelacht. Schnell weiter also, nach Süden, immer an der idyllischen Ostrach entlang!

Er zog die Beine an und überließ die Welt ihrem Lauf.

Die Schussfahrt durch den Wald übertraf alle Erwartungen.

Aber genau in dem Moment, als sich das Patent unter seinem Hintern vollends zu bewähren schien, da musste ihm dieser blöde Kerl in die Quere kommen.

„*Klemmen kulm*[1]!", brüllte der ihn an, „Hände hoch!"

Es war im tiefsten oberschwäbischen Wald, kurz vor Anbruch der Abenddämmerung und kurz vor Laubbach-Mühle.

Plötzlich stand dieses Ungeheuer vor ihm.

Sechs Fuß groß, kräftig und muskulös. Mit stark gebräunter Haut, mit feurigem Blick und mit einem blendend weißen Gebiss. Mit dichtem Backen- und Kinnbart und mit pechschwarzen langen Haaren. Trotz der Kälte hatte der Fremde nur einen dünnen grünen Janker über einem fleckigen weißen Rüschenhemd am

16

Leib. Und eine verdreckte beige Baumwollhose, die von einer roten Kordel notdürftig am Abrutschen gehindert wurde. Karl von Drais hasste nachlässige Kleidung wie die Pest und ahnte, dass mit dem Kerl etwas nicht stimmte, doch er konnte nicht wissen, wem er da ins Netz gegangen war.

Einem Mann, den die Polizei den Schwarzen Veri nannte.

Alias Xaverius Hohenleiter.

Schwaaz Vere hieß er beim gemeinen Volk.

Nicht von, sondern nur aus Rommelsried bei Augsburg.

Sohn eines Tagelöhners, geboren Anno Domini 1788 und damit in etwa so alt wie sein Opfer. Zwei Brüder und eine Schwester, an die er sich nicht erinnerte, weil sie früh verstarben. Zuerst Kuh-Hirte, später Knecht. Kaum des Lesens und Schreibens mächtig, weil er die heruntergekommene Schule seines Dorfs in den Wirren der Napoleonischen Kriege nur einen Winter von innen hatte sehen dürfen und weil er sich sowieso lieber zwischen den Munitions- und Bagage-Wägen der durchziehenden Truppen herumgetrieben hatte, um etwas Essbares zu ergattern. Ein Mann aber, mit einer nicht minder schillernden Vita als Karl von Drais. Zurzeit tätig im Außendienst, in einem Gebiet, dessen Radius das gesamte schwäbische Alpenvorland umfasste.

Und ebenfalls ein erfinderischer Mensch.

Allerdings auf einem anderen Gebiet.

Seine Füße steckten in Militärstiefeln, die von seinem kurzen, achttägigen Engagement bei den bayerischen Chevaulegers im Jahr 1813 stammten. Er hatte kräftige Arme, Ringe unter den Augen und Fingernägel mit Trauerrändern, an denen seine Zähne ab und zu nervös herumknabberten. Auf seinem Lockenkopf klebte in Schieflage ein zerbeulter schwarzer Zylinder. Er hatte einen genauso traurigen Gesichtsausdruck wie Karl von Drais, eine kurze Nase, volle Lippen und ein ovales Kinn. Ach ja: seine Ohren standen auffallend ab und er hatte, noch eine Parallele, ebenfalls runde Pausbacken.

Wie sich bald herausstellte, war der Fremde nicht allein.

Nichts Besonderes, im Karneval, dache Karl von Drais zunächst.

Aber langsam und der Reihe nach!

Die Kiesel hatten unter den eisenbeschlagenen Rädern seines Fahrzeugs geknirscht, dass es eine helle Freude gewesen war. Das vordere Schutzblech hatte mit dem hinteren um die Wette geschepert und alle paar Meter hatten die Räder Warnschüsse aus versprengten Steinen in den Wald gefeuert.

Dann hatte der Erfinder wie ein ängstliches Weib die Augen geschlossen und die Beine angezogen, mit beiden Händen die hölzerne Lenk-Deichsel umklammert und den Oberkörper in die Kurve gelegt. Es war ein Heidenspaß gewesen, so durch den Wald zu flitzen! Er hatte Werkzeug eingepackt und Ersatznieten dabei. Eine Flasche Cognac und ein Päckchen Zigarren waren an Bord gewesen, die Naben geölt und der Holzrahmen frisch verleimt. Das schmucke Gefährt hatte wie ein zweites Skelett zu seinem durchtrainierten Körper gepasst und die Lenkung hatte ihm aufs Wort gehorcht. Er hatte gedacht, alles im Griff zu haben. Doch dann war ihm dieses verdammte Malheur passiert.

Auf dem Weg von Riedhausen nach Laubbach.

Hoch oben, über dem Pfrunger Ried.

Dort, wo wenige Jahre vorher noch die Schlacht bei Ostrach getobt hatte, der Erfinder hatte den Pulverdampf riechen können und war dennoch nicht umgekehrt, eine gefährliche Gegend.

Die Einheimischen hatten ihm dringend abgeraten.

Wegen der vielen Geister und Gespenster.

Und wegen der Räuber.

Er hatte die gefrorenen Pfützen ignoriert und war mit Höchstgeschwindigkeit über den grobschlächtigen Kies bergab gebrettert, der Radreifen hatte einen großen Stein erwischt, der Lenker hatte gebockt und das Vorderrad blockiert.

Dann hatte sich alles im Kreis gedreht.

Der erste Downhill-Fan war auf der Nase gelandet und die erste Rad-Tour der Geschichte drohte in einem Fiasko zu enden. Seitdem klafft eine fotogene Furche in diesem holprigen Waldweg, im eiszeitlichen Würm-Schotter, dem Gold Oberschwabens, das dort überall aus der Erde quillt.

Das Loch ist heute noch zu sehen!

„Rodel dich[1]!", hallte es plötzlich durch den Wald, „steh auf!"

Der Fremde hielt ihm einen dicken Knüppel unter die Nase. Hinterher stellte sich heraus: ein Knotenstock!

„Schaff deine Klemmen kulm!", kommandierte der Mann.

Der sonderbare Kerl stand vor ihm und hob demonstrativ die Arme, spitzte seine wulstigen Lippen, zog die schwarzen Augenbrauen hoch und nickte.

„Hui, hui!", schrie er Karl dann an.

Der Erfinder begriff und streckte seine Arme hoch.

„Kröten außer!", befahl das Monster nun.

Der Räuber klopfte mit der flachen Hand auf Karls Hosentasche.

„Kesse Trittkluft!", feixte der Fremde.

Karl konnte kein Rotwelsch.

Dann strauchelte der Erfinder und wäre beinahe umgekippt.

„Nit platzen!", befahl das Monster, packte den Erfinder am Ärmel und klopfte frech mit seinem Stock auf Karls Lederkappe.

„Asche Gewittertulpe!", fand der Fremde.

Er fand das Ding also lustig, die Lage schien sich zu entspannen.

„Lehm und Stroh?", wollte der Räuber wissen.

Der Erfinder schüttelte vorsichtig den Kopf.

„Blunzen i Bims?"

Karl schob verdattert seine feuchten Hände in die Taschen und suchte verzweifelt nach seinem Geldbeutel.

„Blanke Asche?!", fragte der Fremde.

Weil die Brieftasche im Rucksack steckte, blieb ihm nichts anderes übrig, als seine leeren Hosentaschen auf links zu drehen, doch das beeindruckte das Wesen kein bisschen.

„Flöhe her, Göllert!", forderte der Fremde vehement.

Karl schüttelte verdattert den Kopf.

„Abgebrannt?"

Karl nickte verlegen.

„Finkeljochen?"

Wieder so ein dusseliges Wort.

Da musste der Erfinder über sich selber lachen!

Das Monster war nur ein Gag, ein verkleideter Mann im Häs, der ihn necken wollte, bestimmt war er hacke-dicht und kam vom Karneval.

„Kauzischer Jesus!", fluchte der Fremde nun.

Und der Kerl ließ nicht locker und zupfte an Karls Hose.

„Minz bring dir ums Eck!", brüllte ihn das Monster an.

Der Räuber kreiste mit einer Hand über seinen Bauch.

„Minz heg Dampf!", setzte der Unhold nach.

Dem Erfinder wurde es mulmig, er beschloss zu türmen.

„Rede gefälligst deutsch mit mir!", jammerte Karl.

Kaum dass der Erfinder wieder im Sattel saß und lospreschen

wollte, hob der Räuber seinen Stock, holte aus und zielte.

Es machte *doing*.

Ein brachialer Hieb traf Karls Kopf.

Alles drehte sich wie im Rausch, das Universum rotierte.

Der Mannheimer wurde von einem Strudel verschluckt.

Sein Körper hob schwerelos wie eine Feder vom Boden ab, es blitzte in seinem Hirn und sein Leben spulte sich im Zeitraffertempo ab.

„Jann minzem Boß!", hörte er das Monster rufen.

Seltsame Worte, nicht wahr?

„Bettel Dulldapp!"

Karls Kniekehlen wurden schwammig und er hing wie ein angeknockter Boxer in imaginären Seilen.

„Minz sing dir den Dröschertext!", fauchte der Räuber.

Der hatte also vor, Karl windelweich zu prügeln.

„Mach den Fusel raus!", verlangte das Monster.

Karls Körper taumelte, im Kopf klirrte es und in seinen Ohren begann es zu pfeifen.

„Bettel Blauhans!", schrie der Fremde.

Zum ersten Mal sah Karl von Drais Sternchen vor den Augen.

Zack-Bum-Krach-Dröhn-Funkel!

Er sackte wie ein nasser Mantel weg.

Doch dann packte ihn eine kräftige Hand am Kragen.

Karls Hose rutschte herunter.

Sein Körper wurde ins Nirwana verfrachtet.

Sein nackter weißer Hintern rubbelte wie ein alter Autoreifen über dürre Äste, trockene Zweige und harte Wurzeln.

Immer mehr bunte Sternchen flimmerten am Firmament.

Er sah ein stoppeliges Gesicht mit einem dichten buschigen Backenbart vor seiner Nase auftauchen, roch einen säuerlichen Atem und spürte, wie kräftige harte Finger seine weichen Wangen tätschelten.

Dann wurden die Lichter ausgeknipst.

Bis er es laut und deutlich knistern und knacken hörte.

Und würziger Holzkohlen-Rauch in Karls Nasenlöcher zog.

Gelächter und Gesänge waren zu hören. Als er seine Augen vorsichtig ein Stück öffnete, sah er eine Gruppe kostümierter Damen und verkleideter Herren im Halbkreis um ein Feuerchen hocken.

Es roch nach Gebratenem.

Ein Grillfest, schon im Februar?

Karl lag mit vollkommen verkrampfter Nackenmuskulatur und elendiglich schmerzenden Handgelenken reglos wie ein notgelandeter Maikäfer auf dem Rücken. Als er versuchte, seine Hände zu bewegen, realisierte er, dass er gefesselt war. Und als er Luft holen und laut um Hilfe rufen wollte, stellte er fest, dass in seinem Mund ein dicker Knebel aus ich-weiß-nicht-was-für-einem Material steckte.

Sein malträtierter Körper war auf einem harten Bett aus stachligem Tannenreis aufgebahrt wie eine Leiche im Schlafzimmer. Jemand hatte ihm ein Bündel trockenes Seegras unter den Hinterkopf gestopft und eine Decke über ihn gebreitet, die nach Kühen, Ziegen, Pferden und Schafen gleichzeitig roch und erst knapp unter seinem Kinn endete. Lange kerzengerade Stämme reckten sich in den Nachthimmel. Gelb und rot beleuchtet von einem apokalyptischen Licht. Oben wiegten sich Tannenwipfel wie Gebetsfahnen im Wind und unten kroch ein weitverzweigtes Wurzellabyrinth wie ein Krake über den feuchten Erdboden. Und zu seinen Füßen zischelte ein Lagerfeuer, über dem sich ein dürres Tier, das aussah wie eine Katze, ein Hase oder ein Hund, an einem dicken Holzspieß gemächlich im Kreis drehte.

Die ewigen Jagdgründe, na endlich, dachte der Erfinder.

Der geheimnisvolle schwarze Mann mit dem wuscheligen Lockenkopf und dem zerbeulten Zylinder lag mit seinen sonderbaren Spießgesellen auf dem nackten Erdboden und starrte ungeduldig auf einen Braten über der Glut. Der Anführer lächelte und zog eine ramponierte Mundharmonika aus der Tasche, schnippte mit den Fingern, klemmte sich das Ding zwischen die Lippen, spielte ein paar schräge Töne und alle stimmten ein. Es wurde gekichert, gescherzt und geschäkert, ein gigantischer Kürbiskrug wanderte von Mund zu Mund.

Und alle hatten Knotenstöcke in den Händen.

Diese Stöcke haben, wie der Name schon sagt, einen oder mehrere Knoten, die aus Wucherungen oder Wurzelstücken bestehen. Es gab und gibt krumme, gerade, gedrehte und gedrillte Versionen in allen möglichen Größen, Längen, Maßen und Farben und Handwerksburschen auf der Walz ziehen damit heute manchmal noch durch Oberschwaben. Die gedrillten Varianten entstehen übrigens durch Efeuranken, die unbemerkt in Spiralen an den Stämmen junger Bäumchen emporwachsen, um sie irgendwann in den Würgegriff zu nehmen.

Zu Karls Zeiten waren Knotenstöcke leider nicht nur die Lebensversicherung von Schaustellern und fliegenden Händlern, sondern auch die Allzweckwaffe von Vaganten, Strauchdieben und Räuberbanden, die gerne in Scharen durch das Oberland zogen, weil man sich hier so prima verstecken konnte.

Oberschwaben war eben schon immer eine Reise wert!

Und der Knotenstock, mit dem unser badischer Erfinder bei Einbruch der Abenddämmerung persönlich Bekanntschaft machen durfte, war ein ganz besonderes Exemplar. Der Besitzer hatte seinen Schaft nämlich nicht nur wie üblich mit einer hässlichen und groben Eisenplatte und das untere Ende mit einer Stahlspitze armiert, sondern sein bestes Stück auch bei jeder sich bietenden Gelegenheit in mühevoller Kleinarbeit kunstvoll verziert, Zentimeter für Zentimeter eine Art Historie in den Schaft graviert, durch den Knauf ein Loch gebohrt und eine rote Kordel durchgezogen und als besonderen Gag noch eine finstere Grimasse in den Knauf geschnitzt.

2

Zauberpilze

Irgendwann bekam ein Mädchen Mitleid, torkelte zu Karl heran, zupfte den Knebel aus seinem Mund und flößte ihm eine Kostprobe Fusel ein. Es gab weder gebratenen Dachs mit Huflattich oder gerösteten Biber in Bärlauch noch Weinbergschnecken mit Heidelbeeren. Sie hatten nur ein einziges kleines jämmerliches Vieh von unbekannter Provenienz und ungewisser Gattung an ihrem Spieß, aber Branntwein, Branntwein, Branntwein.

„Tut ihm der Schädel weh?"

Mit einer Hand balancierte das Fräulein eine gewaltige bauchige Kürbisflasche gefährlich lässig durch die Nacht und mit der anderen fuchtelte sie mit einem ramponierten Gebetbuch dicht über Karls Kopf herum, als wolle sie ihn damit erlösen.

„Schon besser, ja, bitte, gib mir mehr von deinem Schnaps!"

Der Ingenieur setzte den Kürbiskrug an die Lippen, nahm einen kräftigen Schluck und betrachtete die Dame etwas genauer.

Donnerwetter, dachte Karl.

Sie war mittelgroß und kräftig, hatte wunderbare dunkelbraune Augen und volle Lippen, das schwarz gelockte lange Haar einer Zigeunerin, gerade gewachsene Beine, einen hübschen herzförmigen Hintern und ein makelloses Gebiss.

Damit hätte er in Oberschwaben nicht gerechnet!

Gut, ihr knöchellanges hellblaues Kleid war ziemlich zerrissen und ihre Joppe, die irgendeinmal weiß gewesen sein musste, hatte überall Ränder und Flecken. Wie konnte man nur auf die abstruse Idee kommen, mitten im Wald in Gewändern mit derart empfindlichen Farben herumzulaufen? Weiß, dachte Karl von Drais, *weiß*, sie trägt tatsächlich weiß!

Na ja, ihr Haar war verfilzt und schlecht frisiert.

Aber sie hatte beileibe kein Korsett nötig, so wie seine Helene.

„Wo bin ich?", wollte Karl wissen, „was ist heute für ein Tag, wo sind meine Kleider, wo ist mein Zylinder und was habt ihr, Herr Gott im Himmel, mit meinem *Laufrad* angestellt?"

„Wir sind im Wald und heute haben wir den 22. Februar 1819, das weiß ich ziemlich genau, denn heute hat meine Großmutter Geburtstag! Dein komisches *Dingsda* ist konfisziert und deine Klamotten sind bereits auf dem Weg zum Markt!"

Ihr Profil war etwas rustikal und markant und ihre kräftige lange Nase wurde knapp nach der Wurzel von einem kleinen Höcker verziert. Aber das machte nichts, alles an ihr passte irgendwie perfekt zusammenzupassen. Das mit Kordeln verzierte knöchellange Kleid, ihre gut gefüllte Bluse und diese löchrigen Schnürstiefelchen aus Leder.

Wo hatte sie die nur her?

„Ich bin die *Crescenz*[2] und wer ist er?"

Sie stöpselte die Schnapsflasche wieder zu, warf das Gebetbuch achtlos weg, hockte sich rittlings auf Karls Oberschenkel und starrte ihm frech ins Gesicht.

„Los, sag, woher kommst du und wohin *wolltest* du?"

Selbst im schummrigen und flackernden Licht des Lagerfeuers konnte er jetzt ihr Manko erkennen: ihr Kinn, ihre Wangen und ihre Stirn waren mit Pockennarben übersät.

„Was habt ihr vor mit mir?", fragte Karl.

Sie griff sich ein Säckchen, schnürte es auf, fasste hinein und stopfte sich hastig ein paar braune Krümel in den Mund.

„Spitzkegelige Kahlköpfe, getrocknete Zauberpilze, die sollte er unbedingt einmal probieren!"

„Nein danke, lieber nicht!"

„Komm, trau dich, nimm ein bisschen und wir fliegen zusammen ins Paradies!"

Sie hypnotisierte ihn mit ihren großen runden Feenaugen, stopfte ihm einfach eine Ration in den Mund und dann hauchte sie ihm ihr Geheimnis ins Ohr.

„Ich bin in der Hoffnung, aber mein Verlobter hat sich aus dem Staub gemacht - er ist über alle Berge, der Dreckskerl!"

Sie richtete den Oberkörper gerade und präsentierte zum Beweis ein pralles rundes Bäuchlein.

Dritter oder vierte Monat, dachte Karl von Drais.

„Wenn ich diesen Schweinepriester je erwischen sollte, kratz' ich ihm die Augen aus!"

Sie überlegte, welche Strafen außerdem angemessen wären.

„Ich fessele ihn, ich rasiere seinen Schädel kahl und dann brühe ihn mit heißem Wasser wie ein Suppenhuhn, ich schneide ihm die Ohren ab, ich brenne ihm ein Brandmal auf den Arsch und dann liefere ich ihn dem da aus!"

Sie wies auf einen gefesselten Mann, der neben ihnen am Boden lag und verzweifelt versuchte, trotz eines Knebels zu sprechen, er würgte und hustete, dann spuckte er das Knäuel aus.

„Gestatten!", lallte er scheinbar wie betrunken los, „Franz Ludwig, Heiliger Römischer Reichsgraf, Sohn von Graf Markquart Willibald und Gräfin Waltraut, wohnhaft zu Oberdischingen! Seiner römisch-kaiserlich-königlichen und apostolischen Majestät treuer Kämmerer, seiner kurfürstlichen Gnaden zu Mainz wirklicher geheimer und des hochfürstlichen Stifts zu Eichstätt einziger

Erb-Marschall, und so weiter und so fort[3] - ich verlange einen Anwalt, jetzt und auf der Stelle!"

„Red' er kein Blech!"

Das Mädchen drehte sich um, spreizte die Beine und parkte ihren Hintern mitten auf dem hochwohlgeborenen Gesicht.

„Hmmmmpf!"

Das Feuer prasselte munter vor sich hin, die Spießgesellen lauschten mit schwankenden Oberkörpern dem Verhör und Crescentia wandte sich um, zu Karl.

„Arbeitet er etwa mit dem da zusammen?"

Sie deutete auf den gefesselten Körper unter ihr.

„Den kenne ich nicht, habe ihn noch nie gesehen!"

„Lüg er mich nicht an, den Malefiz-Schenk kennt doch jeder!"

„Ich bin auf der Reise", sagte Karl, „mit meinem Rad."

„Ist er ein Spitzel oder gar ein Commissär, hm?"

„Spitzel, wieso Spitzel, sieht so ein Spitzel aus?"

„Raus mit der Sprache, aber hui!"

Ihre Stimme war jetzt mit einem Bariton unterlegt, der ihm das Blut in den Adern gefrieren ließ, sie klang antörnend, angsteinflößend, altmodisch und albern zugleich.

„Mein Name ist Karl von Drais, ich bin Erfinder!"

„Na, dann wollen wir doch mal sehen, was ein *Erfinder* so alles bei sich hat, los steh auf und komm mit, du wirst jetzt visitiert!"

Sie schleppte ihn in eine Hütte und die anderen lachten.

„Pass auf, dass du deine Hosen nicht verlierst!", rief ihnen einer hinterher, „Crescentia versteht das hochnotpeinliche Verhör!"

Der Anführer hielt es für angebracht, besser mitzukommen.

In der Hütte schnürten sie seinen Rucksack auf und stöberten akribisch darin herum, doch der Befund war ernüchternd.

28

„Etwas, das aussieht wie ein Chronometer", fand Crescentia, „dann ein Brief und ein kleines Tischtuch aus Pergament, und, hoppla, jetzt schlägt es aber dreizehn, Veri, gleich *dreimal* die Heilige Schrift!"

„Nicht schlecht!", antwortete der Anführer, „diesmal haben wir doch tatsächlich mal einen Priester erwischt!"

„Es handelt sich hier um einen nagelneuen Kompass", antwortete Karl von Drais süffisant und in abschätzigem Tonfall, „sowie um einen Reisepass des Herzogs von Baden, die Straßenkarte von Baden-Württemberg und meine Lieblingsbücher!"

„Kannst du etwa *richtig* lesen und nicht nur so halbseiden wie unser dämlicher Dorfkaplan?", fragte Veri.

Der Erfinder schnaufte laut und nickte.

„Echt jetzt, dann mach doch mal vor!"

Crescentia reichte ihm ein Exemplar zur Probe.

„*T-i-e-r-l-e-b-e-n-v-o-n-a-e-b-r-e-h-m*", deklamierte der Erfinder andächtig und zeigte auf das Titelblatt des dicken Wälzers, auf dem der Kopf eines Löwen abgebildet war„ ein wirklich herrliches Exemplar - reich bebildert und handsigniert!"

Die Räuberbraut blätterte darin herum um und strahlte.

„Ui, ein Bilderbuch mit lauter Tieren!"

Sie nahm den Band an sich und setzte sich mit leuchtenden Augen in die Hocke wie ein Kind an Weihnachten.

„Das hier ist besonders - äh", Karl von Drais konnte sich das Prädikat *wertvoll* gerade noch so verkneifen und sagte stattdessen, „hübsch, meine ich!"

„Was steht denn drauf?", wollte Veri wissen.

„*C-a-r-o-l-i-l-i-n-n-a-e-i-f-l-o-r-a-s-u-e-c-i-c-a*", las der Erfinder langsam vor, damit es auch alle verstünden, „die Pflanzen Schwedens, von Carl von Linné! Das habe ich mit, weil es bei euch in Oberschwaben ja so saukalt sein soll. Die Botanik, müsst ihr wissen, ist meine zweite große Leidenschaft!"

„Verrate mir lieber deine erste!", befahl Crescentia.

„Die Technik!", rief der Erfinder stolz, „nur dafür lebe ich!"

„Komische Leidenschaft!", antwortete die Dame enttäuscht, „wartet bei dir zu Hause denn kein Weib auf dich?"

„Doch, schon, aber", stotterte Karl, „wir haben Streit, zurzeit!"

Fast hätte er den Ehekrach gebeichtet.

„Und hier, voila!", rief er stattdessen ziemlich laut, „mein Lieblings-Schmöker - frisch aus der Druckerpresse: *Die Räuber*!"

Crescentia und Veri erstarrten.

„Ein freies Leben führen wir", rezitierte Karl von Drais, *„ein Leben voller Wonne, der Wald ist unser Nachtquartier, bei Sturm und Wind hantieren wir, der Mond ist unsre Sonne."*[10]

„Von Friedrich Schiller!", wollte er noch sagen.

Doch dazu kam er nicht mehr, denn Veri verpasste ihm einen Kinnhaken und warf die Lektüre in den Wald.

„Taste seinen Körper ab!", befahl er barsch.

Gern, dachte Crescentia und fasste Karl ungeniert zwischen die Beine und unter die Achseln.

„Keine Pistole, kein Messer, kein Schlagring!"

Sie durchstöberte seine Hosentaschen wie ein Kriminalbeamter und trennte sogar ein paar Nähte auf.

„Der Kerl ist sauber, vielleicht ist er ja doch ein Pfaff?"

Im Lager war es still geworden.

„Gutenstein, Waal, Schelklingen, Berg und Altbierlingen gehören mir und Engelswies, Ablach und Altheim, Bach, Wernau, Einsingen, Hausen im Donautal und Stetten am kalten Markt befinden sich in meinem Besitz", kam es vom Lagerfeuer herüber, „ich bin ein von Gott gesegneter Mann und Inhaber der Herrschaft Oberdischingen! Außerdem Kurfürstlich Mainzischer Geheimer Rath, Kaiserlicher Österreichischer Kämmerer und Erbmarschall des Hochstifts Eichstätt - lasst mich augenblicklich frei oder ich bring euch alle an den Galgen!"

Er robbte näher und zeigte seine gefesselten Hände.

„*Mit der Freiheit meines Geistes*", piepste der Adelige, „*und mit der unbändigen Macht meines Willens, unterstützt von meinem fürstlichen Vermögen und dem Glanz meines Namens, habe ich nicht den Ruhm auf dem Schlachtfeld oder im Umgang mit großen Männern und schönen Frauen gesucht, nein, ich habe mich, zum Wohle Württembergs, ausschließlich mit Jaunern und Mördern, mit Straßenräubern und Zigeunern, mit Markt-, Tag- und Nachtdieben, mit Beutelschneidern, Mordbrennern, mit Falschmünzern, Betrügern, Bettlern und mit Schatzgräbern[3] abgegeben und mein prächtiges Schloss, nachdem man mir den Roten Hahn dort aufgesetzt hatte, in ein herrliches Zuchthaus verwandelt - ich bin übrigens gar nicht beschwipst, ich tu nur so!*"

Er sah Karl von Drais verdattert an.

„Wer ist er denn nun?", wollte auch der Graf jetzt wissen.

„Ich bin, nein, ich meine natürlich, Wir sind", antwortete Karl spontan, „Bruder Hartmann aus Brixen!"

Der Graf stutzte.

„Hab ich mir doch gleich gedacht!", rief der Schwarze Veri.

„Was für einen komischen Habit Ihr da tragt?", jetzt beteiligte sich auch der Graf an der Leibesvisitation.

„Ludit in humanis divina potentia!", antwortete Karl.

„Er sieht mir aber gar nicht aus nach einem Mönch!"

„Favete linguis!"

„Wo ist Eure schwarze Tunika?", wollte Franz Ludwig wissen.

Der Erfinder rollte nur mahnend die Augen.

„Ego sum qui sum!"

Er hob drohend die Brauen.

„Wo ist das Skapulier, wo das Leder-Zingulum und wo habt Ihr Eure Kapuze?", fragte der Graf.

Karl zuckte nur mit den Schultern.

„Qualis autem homo ipse esset talem esse eius orationem!"

„Lasst diesen Hokuspokus jetzt, ich glaub Euch ja!"

„Alles wurde mir gemopst!"

„Ist ja der Hammer, nicht mal die Kirchenmänner sind mehr sicher in diesem räuberischen Land!"

„Ein Hinterhalt!", japste Karl von Drais.

„Wart Ihr etwa allein, ohne Eskorte, ohne Escadron?"

Der selbsternannte Mönch nickte.

„Contra vim mortis non est medicamen in hortis!"

Der Graf schüttelte den Kopf.

„Mich haben sie beim Rückweg aus Ulm erwischt, ich kam gutgelaunt von einem Ball. Die Nachforschung und Verfolgung von Übeltätern aller Art gestaltet sich bei uns schwierig. Gauner und Ganoven können sich prima im Wagenhart oder im Altdorfer Wald verstecken und leicht von einer Parzelle zur nächsten gelangen, ohne dass man sie greifen kann. Kesselflicker, Kleinkrämer, Gaukler und Musikanten machen unsere schöne oberschwäbische Welt unsicher, das ist das Problem! Wunderheiler und Schausteller streunen umher! Oberämter wie Waldsee oder Pfullendorf werden von Vaganten heimgesucht.

Bettler und Deserteure verkriechen sich tagsüber in Scheunen,

Ställen oder Spelunken und treten nachts auf den Plan. Liederliche junge Burschen klopfen mit derben Knotenstöcken mitten in der Nacht an die verrammelten Türen der Einöden und entlegenen Höfe, betteln um Speis und Trank, spielen sich auf wie die Herren im Haus, setzen gerne mal den Roten Hahn aufs Dach, wenn es nicht gleich so läuft wie sie wollen und wissen doch ganz genau, dass man sie schwer fangen kann. Und die unschuldigen Einwohner des Oberlands müssen das üble Spiel mitspielen - ist das nicht bizarr?"

„O tempora o mores - was für Zeiten!", antwortete Karl.

„Alles ging blitzschnell: ein Kutschenrad kracht in eine getarnte Grube, Achsbruch vorn und Achsbruch hinten, der Landauer hin, ein neuer ist fällig! Beide Diener sind Hals über Kopf davon, es ist absolut kein Verlass mehr aufs Personal! Und das Allerschlimmste ist: mein neuer Hirschfänger hatte Ladehemmung!"

„Verehrter Herr Graf", murmelte der Erfinder, „barmherzig und gnädig ist der Herr und von großer Güte! Die Gerechtigkeit und die Vernunft werden irgendwann in Oberschwaben siegen", und flüsterte ihm ins Ohr, „wenn wir aber unsere Sünden bekennen, so ist der Herr treu und gerecht, dass er uns vergibt und er reinigt uns von aller Ungerechtigkeit - möchtet Ihr nicht beichten, solange es noch geht?"

Es sah aus, als wolle ihn der Graf mit seinen Augen erdolchen. Am liebsten hätte er wohl losgeschrien, doch er hielt sich zurück und blies beide Backen auf wie ein Grasfrosch.

„Ich habe mich erst kürzlich reinigen lassen, der Ablass hat mich 100 Gulden gekostet, das muss reichen, für eine Weile."

Er schmollte.

„Aber die recht illustre Gesellschaft, in die wir da beide geraten sind, die könnte einmal beichten!"

„Um nicht aufzufallen, tragen sie wie gewöhnliche Handwerksburschen braun gebeizte Knotenstöcke aus Zwetschgen- oder Apfelbaumholz mit sich. Bei einem Überfall steht gewöhnlich einer mit seinem Stock vor der Haustür Wache und haut zu, wenn ein Bewohner zu fliehen versucht."

Er deutete mit seinem spitzen Kinn auf einen sturzbetrunkenen Mann, der gerade seiner Braut in den Ausschnitt fasste und sich eine schallende Ohrfeige einfing.

„Vor allem der Kerl dort hinten mit dem grauen Deckel auf dem Kopf, der kräftige Lange mit dem blassen Gesicht und den roten lockigen Haaren, der seinen Humpen gerade hebt - der mit der braunen Jacke, der roten Weste und dem silbernen Ohrring. Das ist der engste und treueste Vertraute des Bandenchefs: der Schöne Fritz. Wirkt er nicht fromm wie ein Lamm und sieht er nicht auf den ersten Blick vertrauenswürdig aus?"

Der Graf rückte seine Perücke zurecht und holte Luft.

„Er ist 28 Jahre alt und Sohn eines Tagelöhners und Metzgers aus Besenfels im Schwarzwald. Zu Beginn seiner Bäckerlehre war er ein halbwegs ehrlicher Mensch! Dann hat ihn sein Meister 1816, im Jahr ohne Sommer, und 1817, im schlimmsten Hungerjahr, zum Stehlen verführt. Er hat sich später als Proviantbäcker bei der französischen Armee durchgeschlagen, wurde aber bei Kriegsende wie viele Soldaten arbeitslos und ist in Gesellschaft irgendwelcher Fechtbrüder geraten. Stellt Euch vor, Bruder, er kann als Einziger von denen lesen und schreiben und genießt deshalb den meisten Respekt in der Bande. Er versteht es hervorragend, die Polizei zu narren und ist sehr geschickt im Fälschen von Pässen und Wanderbüchern."

„Er kann als Einziger von denen lesen und schreiben?"

„Ja, der Einzige der Bande, der halbwegs das Alphabet beherrscht. Die anderen können weder buchstabieren noch rechnen oder gar ihren eigenen Namen schreiben. Addieren, subtrahieren, multiplizieren oder dividieren sind Vorgänge aus einer anderen Welt für die. Geometrie halten sie für Hexerei, Pythagoras für eine Giftschlange und wenn sie das Wort Algebra hören würden, dann dächten die meisten höchstwahrscheinlich an Alchemie und würden weglaufen. Ihre Geschichtskenntnisse beschränken sich auf Adam und Eva, Kain und Abel und die wenigsten haben wohl mitbekommen, dass die Erde keine Scheibe, sondern eine Kugel ist. Junger Mann, ich weiß, wovon ich rede, ich habe in meiner Besserungsanstalt mein Möglichstes versucht."

„Lehrermangel?"

„Ihr habt's erfasst", sagte der Graf, „niemand hat mehr Lust, der Landjugend etwas beizubringen! Das Resultat ist gleich hier zu beobachten: lauter Gangster, Gauner und Ganoven. Dabei werden die Herren Schulmeister im Königreich Württemberg doch großzügig mit Naturalien, Bier und Brennholz versorgt, dürfen kostenlos in einer hübschen Kammer mit Tisch, Bett, Stuhl und Schrank direkt über dem Schulsaal wohnen und müssen nicht wirklich arbeiten!"

„O tempora, o mores!"

„Die hübsche Dame neben ihm, die mit den Blattern-Narben im Gesicht, ist seine feste Freundin und heißt Therese, ein heimatloses Soldatenkind aus Triest, zeitlebens als Strickerin und Bettlerin in Süddeutschland auf Wanderschaft, die scheint hier fast jede Lokalität zu kennen. Das schlanke Weibsstück mit den blendend weißen Zähnen und den schwarzen Augenbrauen neben ihr heißt Maria-Josepha!"

Der Graf machte eine kurze Pause.

„Ich meine die mit den adretten und sauberen Kleidern. Sie ist seit vier Jahren mit dem Anführer liiert und gibt sich unter Vorlage falscher Papiere sogar als dessen Ehefrau aus! Eine Weber-Tochter aus Eppishofen, stadtbekannt als liederlich und lügt wie gedruckt - eine Bessere hätte er nicht finden können! Sie wickelt die Leute an der Haustür mit ihren geschmeidigen Reden ein, verfügt über großes Geschick beim Kartenschlagen und kundschaftet dabei unauffällig die Räumlichkeiten aus."

Die Droge fegte jetzt wie ein Wirbelwind durch Karls Gehirngänge. Zauberpilze hatte er noch nie probiert!

„Am meisten gefürchtet von allen aber ist *Ulrich*[2], der jüngere Bruder des Anführers, ein hinterhältiger Unhold und immer zu einer Gaunerei aufgelegt. Der große schlanke Kerl mit der braunen Narbe quer über der Wange und den silbernen Halbmond-Ohrringen, der so flink mit seiner Pistole herumhantiert, ein Gauner und Räuber par excellence! Er soll einfallsreich beim Erfinden von Quälereien sein, wenn es darum geht, den Bewohnern das letzte Geld abzupressen. Sie nennen ihn den Urle, er hat nie ein ehrliches Handwerk gelernt, kennt nichts anderes als Stehlen und Fechten und hat stets ein Stilett und ein Messer dabei. Man hat ihm, weil er sich nicht viel aus Weibern macht, die pummelige kleine Agathe, die mit den großen braunen Augen und den dicken Lippen zugeteilt!"

Der Graf biss sich auf die rissigen Lippen.

„Der Einäugige *Fidelis*[2], der Bandit, der dort drüben gerade so laut schnarcht, der ist harmlos und nur hinter der hübschen Crescenz her."

In seinen Mundwinkeln klebte jetzt trockener Speichel.

„Der, mit dem der Einäugige gerade spricht, den hab' ich noch nie gesehen. Ich weiß nur, dass sie ihn Sebastian[1] nennen und dass seine Freundin Agnes heißt - kennt Ihr ihn vielleicht?"

Karl schüttelte den Kopf und faltete die Hände vor der Brust.

„Aber vielleicht den anderen, den sie Josef rufen oder den Condeer. Derjenige, der als Einziger eine lange rostige Flinte hat, die er gerne wie ein Soldat am Riemen über dem Rücken trägt, wenn die Bande marschiert und andauernd damit angibt, dass er sie auch einsetzen werde, wenn er mit seinem Knotenstock nicht mehr weiterkäme?"

„Nescio, keinen Schimmer!"

„Unglaublich!", monierte der Graf, „allen Kerlen sind Weibspersonen zugeteilt und manche geben sogar vor, verheiratet zu sein! Um den Nachwuchs brauchen wir uns nicht zu sorgen - der entsteht von allein, nebenbei in jeder Nacht. Seht Euch das an: Kleinkinder und Säuglinge mitten im Wald und einige der Weiber sind schon wieder schwanger."

Der Anführer wankte heran, um nach dem Rechten zu sehen. Er baute sich wie ein Klotz vor ihnen auf, hantierte mit seinem Stock herum und stopfte dem Grafen den Knebel ins Maul.

Dann wandte er sich direkt an Karl von Dais.

„Meinen Stock habe ich einem schlafenden Vaganten abgenommen, Stehlen und Klauen ist meine einzige Einnahmequelle, verstehst du? Zum Kühehüten, meinem angestammten Beruf, habe ich keine Lust. Vorige Woche hätten sie mich beinahe erwischt, ich musste meinen Riss wegwerfen und Fersengeld geben. Mein Gewehr und meinen Soldatenrock konnte ich gerade noch rechtzeitig verschwinden lassen - was für ein Jammer, aber wenn sie mich damit erwischen würden, dann Halleluja! Vor zwei Monaten bin ich aus Tyrol hierher gekommen!"

Crescentia hockte sich wieder auf den Grafen.

„Morgen ist Karfreitag und die Rätschen knarren", rief sie wie von Sinnen, „die Glocken bleiben stumm, der Altar wird verhängt und der Pfarrer liest die Leidensgeschichte vor. Hochwürden wird böse auf mich sein, wenn er mein Bäuchlein sieht! Muss ich jetzt wie Kunigunde über eine glühende Pflugschar gehen oder bekomme ich an Ostern mein gekochtes Ei auch so?"

Der Graf lachte hysterisch, als er den Unsinn hörte.

Crescentia fiel in Trance.

„Mein Verlobter hat eine andere", sagte sie, „das spüre ich!"

Sie lachte und plapperte Karl etwas von einem weichen Strohsack ins Ohr, der nun frei wäre. Ihre Bettlade stünde in einem Verschlag auf der Schattenseite und unter dem Dach. Wände, Decke und Boden wären aus ungehobelten Fichtenbrettern und trügen die Farbe des Elends.

„Aber sonst ist es urgemütlich, dort drin!"

Sie hätte panische Angst vor dem Fegefeuer.

„Erlöse mich", flehte sie den Erfinder an und rückte näher.

Sie faltete die Hände, murmelte ein Vater-Unser und hauchte mit geschlossenen Lippen ein Gegrüßt-seist-du-Maria. Dann rief sie verzweifelt die Heilige Margareta an, stopfte sich eine letzte Ration Pilze in den Mund und wurde ohnmächtig.

3

Flohfallen

Irgendwann strampelte sich Franz Ludwig wie ein Baby frei, würgte, hustete und spuckte seinen Knebel in hohem Bogen ins prasselnde Feuer. Der Adelige rappelte sich auf, stolperte mit verbundenen Augen über die Wurzeln und Äste, huschte in langen weißen Unterhosen quer durch das Lager und meldete sich erneut zu Wort.

„Wo bitte geht's hier zur Tapetentür?", wollte der Graf wissen.

Sein Toupet rutschte auf dreiviertel Neun, die auf den Rücken gebundenen Hände zerrten und rissen solange an den Fesseln, bis sie sich endlich lösten und ein Freudenschrei hallte durch die feuchtkalte Luft. Ein Eichelhäher beschwerte sich lautstark über die nächtliche Ruhestörung, ein Rehbock stieß bellende Warnrufe in die Nacht und eine verirrte Schleiereule floh entsetzt durch die Wipfel.

„Wo habt ihr meinen Leibstuhl versteckt?"

„Such ihn dir doch!"

„Er ist hellblau lackiert und aus Tannenholz, hat einen doppelten Boden für den Nachttopf, eine mit Samt überzogene Rückenlehne und ist schon ziemlich ramponiert", versuchte Franz Ludwig zu erklären, „ich werde mir einen neuen besorgen müssen, jetzt, wo man mir den alten gestohlen hat!"

Schweißperlen erschienen auf Crescentias Stirn, ihre Hände rafften das Kleid vor ihrem Bauch zu einem Knäuel zusammen, ihr Rückgrat verwandelte sich in eine Blattfeder aus Stahl und sie jammerte auf.

„Jungfrau Maria, steh mir bei!"

Ihr Atem wurde flach, ihre Lunge fing an, wie ein Blasebalg zu hecheln, sie legte sich auf Karl, zog die Beine an und holte Luft.

„Jesus Christus, erbarme dich unser!"

Doch ihre Hilferufe und die Gymnastik kamen zu spät, etwas in ihrem Unterleib verkrampfte sich, ihr Magen begann zu rebellieren und die Speiseröhre zu beben und dann erbrach sich die Arme in einem plätschernden Schwall.

Ihr untreuer Liebhaber bemerkte von alledem mit Sicherheit nichts, er hatte weder sympathetisches Pulver genommen, noch wusste er, wie man meditiert. Er dachte nicht an seine vermeintliche Braut, kraulte stattdessen wohl gerade seinen Hirtenhund hinter den Ohren oder freute sich, dass die Schafe so gut gediehen.

„Ich muss dringend mal auf den Lokus!", sagte der Graf.

„Mein lieber verehrter Herr Graf", Crescentia wischte sich mit dem Rockzipfel den Mund ab, verneigte sich tief und reichte ihm einen Blecheimer, *„Sie sind in der glücklichen Lage scheißen gehen zu können, scheißen Sie also nach Belieben[8]!"*

Der Graf ging in die Hocke, packte misstrauisch einen imaginären Deckel und schielte durch das runde Loch. Dann platzierte er eine fiktive Bettpfanne in den Fehlboden seines imaginären Nachtstuhls, klappte den Deckel zu und schickte ein Stoßgebet zu seinem Herrgott.

Hatte er auch Zauberpilze erwischt?

Franz Ludwig hatte auch ohne seinen richtigen Leibstuhl Glück, es klappte auf Anhieb, ohne dass man ein Klistier oder ein anderes Instrument hätte reichen müssen. Ein Privileg, von dem die meisten anderen Hochwohlgeborenen in seiner weitverzweigten

Sippschaft nur träumen konnten, wie er frohgemut mitteilte.

Nach dem erfolgreichen Geschäft hob der Graf das Gefäß aus dem imaginären Leibstuhl und stellte es vor eine imaginäre Tür. Er tat so, als nähme er einen frisch gewaschenen und gebügelten Lappen von einer Anrichte und säuberte sich. Den olfaktorischen Notstand bekämpfte er mit ein paar Zügen aus einem Riechfläschchen, das er für solche Events stets in der Westentasche bei sich trug. Eine Wasserspülung konnte er nicht betätigen, denn in der freien Wildbahn gab es diesen Luxus natürlich nicht.

„Musst du mitten im Lager kacken?", fragte einer.

Der gute Graf war ein hartnäckiger Fan barocker Gebräuche und hasste neumodische Sitten wie die Pest. Wie alle seine Vorfahren glaubte der Mann, alles Flüssige wie Blut, Urin oder Wasser wäre der Ursprung körperlicher oder seelischer Leiden und ein Hort gefährlicher Krankheiten. Und weil er keine Lust hatte, sich durch Händewaschen die Cholera einzufangen, zupfte er an einer unsichtbaren Klingel-Kordel und setzte sich erschöpft ins Gras.

„Man reiche mir den Zungenschaber", kommandierte Franz Ludwig, „und einen schönen knackigen roten Apfel!"

Die Meute johlte und grölte, sie konnten es nicht fassen, sie applaudierten und warfen dem Schauspieler trockene Tannenzapfen an den Kopf. Franz Ludwig zurrte seine Hose fest, tupfte sich mit seinem Spitzentaschentuch die Achseln trocken und klatschte ein paar Mal kräftig in die Hände.

Einer der Spießgesellen stand auf, näherte sich dem Grafen unter tiefen Verbeugungen, beglückwünschte seinen vermeintlichen Herrn, applaudierte artig, packte den dampfenden Eimer und schüttete ihn in den Wald. Für die weitere Morgentoilette hielt sich der Graf strikt an die Vorgaben seines Baders, der ihm regelmäßig nach Großväter-Art glitschige Egel an die Gurgel setzte, Blut abzapfte und empfahl, wenn es wirklich einmal nicht mehr anders gehen sollte, allenfalls ein Bad in Spätburgunder zu nehmen.

„Zum Trockenputz, marsch-marsch!"

Der Graf stand auf und stolzierte wie ein Pfau schnurstracks zu einer imaginären Puderkammer, um etwas gegen die lästigen Milben und Flöhe in seinem ergrauten Haupthaar zu unternehmen. Er hockte sich auf einen Baumstumpf, klopfte an eine imaginäre Wand und wartete, bis der Blasebalg in Aktion träte. Doch leider rieselte heute kein Pulver auf den hochwohlgeborenen Kopf und die Kleidung des Grafen herunter.

„Leibdiener, bürste er mich sauber!", befahl er trotzdem.

Kein Problem, dieser Wunsch wurde dem Grafen erfüllt, der Anführer persönlich stand auf, suchte sich einen Reisig-Wedel und streifte ihm die Schultern blank.

„Vergesst die Flohfallen nicht, tränkt sie ordentlich mit Honig und Blut, damit mich der Juckreiz nicht überfällt!"

Crescentia setzte ihm die Rosshaar-Perücke auf und steckte ihm zwei Aststückchen ins Haar. Gut gerüstet, bestens gelaunt und optimal restauriert verlangte Franz Ludwig nun nach seinem Leibgericht.

„Rebhühner für meinen Tisch", forderte er, „und vergesst ja meine geliebten Preiselbeeren und die Ziegenmilch nicht!"

Doch er bekam nur neuen Schnaps und setzte sich entrüstet.

„Los, Veri, nimm ihn dir vor!"

Der Anführer zückte seinen Knotenstock, rappelte sich auf und stellte sich breitbeinig vor den gefangenen Grafen.

„Was hast du mit unserer Schwarzen Liese gemacht?!"

„Sie hat mir siebzehnhundert Gulden geklaut!"

Franz Ludwig bekam es mit der Angst.

„Du hast sie ohne Not zum Tode verurteilt!

„Sie war eine gemeine Sackgreiferin!"

„Man erzählt, du hättest sie übel missbraucht!"

„Ich war mit meiner Kutsche auf dem Weg zum König."

Der Graf gewann die Fassung zurück.

„Du hast sie hinten einsteigen lassen!"

„Sie hat mich in der Hofkapelle beim Beten beklaut, das Geld in einer Schachtel versteckt - ein Grenadier hat es entdeckt, im Ludwigsburger Arsenal."

Er fasste Mut und stand auf.

„Das ist Beweis genug!"

Er stellte sich gegen den Mann mit dem Knotenstock.

„Deine Beweise sind keinen Kreuzer wert!"

„Das Urteil wurde abgemildert!"

Der Graf war sich seiner Sache sicher und warf sich ins Zeug.

„Statt Tod-durch-das-Rad nur noch Tod-durch-das-Schwert, es ist fein säuberlich in den Akten vermerkt!"

„Sie war schwanger, du hattest kein Recht dazu!"

„Sie hat alles haarklein gestanden!"

„Du hast sie hochnotpeinlich verhört!"

„Das war so üblich, das wisst ihr doch: in Bayern, in Württemberg, in Biberach, in Pfullendorf und auf der ganzen Welt, ich hab' nur meine Pflicht erfüllt!"

„Du hast sie gleich nach ihrer Niederkunft, grausam hinrichten lassen!"

„Ein gerechtes Urteil, findet ihr nicht? Sie hatte die Syphilis und sowieso nicht viel zu verlieren."

„Dein Meister Hans hat drei Hiebe gebraucht!"

„Das Volk hat gejubelt, bei ihrem Tod!"

„Er war ein Stümper, dein Scharfrichter!"

„Andere hast du *pardoniert,* warum nicht sie?"

„Es hätte gereicht für zehnmal Tod durch das Schwert!"

„Sie war erst einundzwanzig Jahre alt!"

Die beiden Männer standen sich Auge in Auge gegenüber.

„Wartet dein Meister Hans jetzt auf uns?"

Der Graf wich keinen Schritt zurück.

„Das Gebiet ist zersplittert: Baden, Württemberg, Hohenzollern, Baden, Württemberg und noch einmal Hohenzollern, wohin man kommt!"

„Wir haben Hungerjahre!"

„Ich packe nur die Bösen!"

„Du packst am liebsten selbst mit an! Das einzige Ziel, das du hast, ist der Ruhm! Dein langer Name soll später einmal in den Büchern stehen, damit die Schulkinder sagen: ah, das war doch der - aber daraus wird nichts!"

„Meine Mission ist heilig!"

„Rädern, Henken, Köpfen, Brandmarken - deine heiligen Galgen und Pranger, die kennen wir!"

Der Anführer spuckte eine Ladung Kautabak auf die Erde und man konnte sehen, dass ihm einige Zähne fehlten.

„Oberschwaben ist in Not: Raub, Mord, Einbruch, Erpressung und Plünderung!"

„Wir stehen auf deiner Liste!"

„Keine Angst, junger Mann, die Blockhäuser für die Schwerverbrecher sind im Moment alle belegt!"

„Deine Fronfeste ist überfüllt mit armen Schluckern!"

„Eine Stube für die halbwegs gesitteten, die wäre noch frei!"

„Selbst deine Kinder hassen dich!"

„Lass meine Familie aus dem Spiel!"

„Deine Sträflinge werden wie Galeeren-Sklaven verkauft!"

„Gerade mal eben 100 Gulden gibt mir die Armee für zwei Spitz-
buben! Und wenn die türmen, dann zahle ich alles zurück. Ein
riskantes Geschäft, findet ihr nicht?"

Das Feuer prasselte bedrohlich, der Wind frischte vor lauter Ärger auf und die Äste krachten vor Wut in den Baumkronen.

„Mein Werk ist nur gerecht, seht das doch ein! Man hat meine
Residenz in Brand gesetzt!"

„Das war ein Kugelblitz!"

„Man hat mein Lustschloss beraubt. Mein Mobiliar steht jetzt in
den billigsten Spelunken und die größten Strolche laufen in meinen schönen neuen Hosen herum!"

Der Graf blickte grimmig in die Runde.

„In meiner Fronfeste herrschten Zucht und Ordnung!"

Seine Augen funkelten.

„Jeder bekommt dort Essen, die Kinder werden erzogen!"

Er betastete seinen Stoppelbart und überlegte.

„Wir suchen Eisenmeister, Zuchtknechte, Köche und Küchen-
mägde, wer von euch hätte wohl Lust?"

„Du hast 150 Menschenleben auf dem Gewissen!"

„Hör zu, ich mach dir ein Angebot: du lässt mich laufen und mel-
dest dich morgen beim Registrator! Ich schreibe dem
Kanzleirat, dass er die Anklage fallen lassen soll."

„Napoleon hat dich bestochen, du jämmerlicher Vasall!"

„Wenn ihr mich gehen lasst, spreche ich euch frei!"

„Du verprasst das Geld der Armen!"

„Und du bist auch kein Robin Hood!"

Zuerst traf den Grafen eine linke Gerade am Kinn, dann folgte ein Schwinger in die Magengrube und dann ein Hieb des Knotenstocks auf seinen Schädel.

„Gib's ihm, Veri!"

Aber der Graf trat an, zum Gegenstoß.

Er schlich sich geschickt hinter den Anführer, stellte ihm ein Bein und schubste ihn ins Feuer. Und ehe die Meute richtig begriff, spannte er seine Muskeln und hechtete wie ein Frosch ins Unterholz. Keiner nahm die Verfolgung auf, niemand setzte ihm nach und Crescentia stopfte Karl von Drais eine neue Prise Kahlköpfe in den Mund. Der zerkaute die Medizin zu einem bitteren Brei, würgte alles in den Magen und spülte mit Branntwein nach.

Der Wind frischte auf, riss in der Dunkelheit an den Ästen und zerrte an den Zweigen in den Kronen der Fichten und Tannen. Er konnte spüren, wie die Kälte brach und in der Luft roch es nach Neuschnee. Dürre Nadeln rieselten aus der Nacht herunter, Eiskristalle lösten sich von den Zweigen und verpufften in winzigen Explosionen, wenn sie ins Feuer trafen. Die hohen Wipfel der Bäume wiegten sich gemächlich hin und her, in der Ferne heulte ein Hund oder ein Wolf und der letzte Uhu oder eine einsame Eule oder irgendein anderer Kauz klagte irgendeinen anderen Waldbewohner an.

So etwas wie Normalität kehrte ein im Lagerleben, sie hatten kein Interesse mehr an Karl von Drais und wechselten über, in den Ruhemodus. Sie fläzten sich am Feuer, sie scherzten mit den Weibern, sie lachten laut, sie boxten sich in die Rippen und die Kürbisflaschen wanderten weiter von Mann zu Mann.

Warum er sich zu Wort melden musste, wusste er nicht.

„Stimmt es, dass ihr einem Ochsen Stiefel angezogen habt, um seine Spuren zu verwischen[2]?"

„Du bist selber ein Ochse, ein Hornochse sogar!"

„Aber es stand doch in der Zeitung!"

„Fritz, Seppel, Sebastian, Ulrich, Fidelis, hört auf zu saufen, steht alle mal auf!"

Plötzlich war es still im Wald.

„Kommt alle mal her, weckt die Weiber und die Kinder!"

„Bitte, keinen Aufwand, das ist doch nicht nötig!"

„Alle mal herhören: der Kerl mit der Draisine behauptet doch glatt, dass man einem Ochsen Stiefel anziehen kann!"

„So war das doch nicht gemeint!"

„Bindet die Milchkuh los und holt sie aus der Hütte!"

„Kumpel, nun aber mal langsam!"

„Wenn du es schaffst, der da", der Anführer zeigte auf eine braun-scheckige Kuh, die wiederkäuend heranwackelte, „wenn du unserer Berta auch nur einen einzigen Stiefel überziehen kannst, dann lassen wir dich laufen", er hob die geballte Faust, „wenn du aber versagt, *Dulldapp*, dann bleibst du da!"

Seine Kumpane nickten begeistert.

„Die Wette gilt?!"

„Bitte, liebe *Kollegen*, seid doch nicht gleich eingeschnappt, ich nehme es zurück, das mit dem Ochsen, meine ich".

„Du bist ein Hornochse, ein richtiger Hornochse!"

„Ihr wisst ja, wie die Redakteure sind, die schreiben gerne so allerhand!"

„Was wird noch über uns geschrieben?", wollte Veri wissen.

„Wer den Galgen nicht scheut, den die Arbeit nicht freut, der komme zu mir, ich brauche Leut' - oder so ähnlich!", sagte Karl.

„Der Ortsvorsteher von Horn[2] hat Anzeige erstattet!"

Maria-Josepha[1], die Frau des Anführers, mischte sich ein.

„Man hat einen Eilboten zum Oberamt nach Biberach geschickt. Und nun ist er hinter uns her!"

Sie ließ hilflos die Arme hängen.

„Als wir vom Benzenhaus abrücken und Richtung Saulgau türmen mussten, hätte uns fast eine Streife erwischt", sagte Veri.

„Die Bevölkerung im Oberland ist in Aufruf wegen euch", sagte Karl, „jetzt stellt man sogar Wachtürme auf, mitten im Ried!"

„Mit dem Überfall auf den Soldaten aus Tristolz, nachts um halb Elf an der Umlach, damit haben wir nichts zu tun, das war der Bregenzer Seppel, dieser Depp!", sagte der Anführer.

„Es stimmt, der Neue hat recht", mischte sich ein anderer ein, „eine Escadron Chevaulegers aus Memmingen, eine Compagnie Infanterie aus Ulm und 175 Mann aus Reutlingen sollen im Anmarsch sein, jetzt sind wir endgültig am Arsch!"

„Ihr seid auch alle Hornochsen, macht ihr jetzt gemeinsame Sache mit dem da, wollt ihr mir einen Bären aufbinden?", der Anführer packte seine Braut am Arm, „troll' dich in die Hütte, auf der Stelle, kümmre dich gefälligst um deinen Balg, der schreit wie am Spieß die halbe Nacht, dass es nicht auszuhalten ist, man hört das Geplärr ja meilenweit!"

„Die Milch ist alle, die Kuh gibt nichts mehr, dein Kind schreit, weil es Hunger hat!"

„Dann geh betteln oder klau dir welche!"

Er fluchte, spuckte aus und kam auf Karl zu, zückte sein Messer und drückte ihm die Klinge an die Gurgel.

„Raus mit der Sprache: was hast du hier zu suchen?"

„Die Sache ist die: ich hab mich verfahren!"

„Mit diesem Ding da, aus Holz?"

Veri deutete mit seinem Stock nach hinten, zu einem Baum, wo das Veloziped wie eine Trophäe an einer Astgabel hing.

„Das sieht genauso seltsam aus wie du."

„Das Rad ist meine Erfindung!", stotterte Karl „und mein Eigentum."

Er stand auf und stellte sich gegen den Schwarzen Veri.

„Was habt ihr eigentlich hier zu schaffen, warum liegt ihr nicht längst alle zu Hause in euren Betten?"

Lautes Gelächter brach los.

„Und ich muss dich korrigieren", spottete der Erfinder, „das Teil dort am Baum, mein Laufrad, ist keinesfalls aus gewöhnlichem Holz, sondern aus sündteurem Mahagoni, wenn du es genau wissen willst. Ich mache dir jetzt ein Angebot: wenn du mich freilässt, darfst du es einmal Probe fahren!"

„Soll ich mir das Genick brechen?"

„Kauf dir halt einen Helm!"

Der Anführer fand das gar nicht komisch und wurde richtig pampig, er packte Karl am Kragen, hob ihn ein Stück hoch und warf ihn zu Boden. Der Erfinder robbte auf den Ellbogen über die Wurzeln hinter den nächsten Baum, fand seine Brille wieder, setzte sie auf, klammerte sich an den rauen Stamm, zog seinen Körper nach oben und angelte mit der ausgestreckten Hand nach seinem Rad.

„Seht mal, wie leicht es ist, der Rahmen wiegt fast nichts!"

Er setzte es ab und klopfte mit der Faust auf den Lenker.

„Alles fest verleimt und gedübelt, ist das nicht toll?"

Die Räuber zeigten keine Reaktion.

„Crescentia!"

Karl rollte das Rad vor aller Augen hin und her, spreizte die Beine und setzte sich wie ein Profi geschwind auf den Sattel.

„Komm her, zu mir!"

Er packte mit einer Hand lässig die Deichsel und deutete mit der anderen auf die Stange vor seinem Bauch.

„Steig auf, lass uns zum Horizont reiten, die Sonne putzen!"

„Mach unseren Engel nicht an, sonst kriegst du dermaßen was in die Schnauze!", lautete Veris Antwort.

Er bekam mit Mühe einen Fuß über den Sattel, stemmte ein Bein gegen den Baum und stieß sich ab. Dann drückte er seinen Oberschenkel mit aller Kraft durch, doch der Winkel stimmte nicht. Die Räder holperten nur ein kurzes Stück über die Wurzeln vorwärts, er taumelte in Schlangenlinien zwischen den Stämmen durch, doch dann wehrte sich sein Rad wie ein störrischer Geißbock und er kippte um, der Fluchtversuch war gescheitert.

„Hebt den Trottel auf, gebt ihm die Lederstiefel, die uns der Graf freundlicherweise da gelassen hat und fangt die Kuh ein: jetzt soll der Kerl zeigen, was er kann!"

Veri hockte sich auf einen Baumstumpf, spuckte verächtlich aus und biss ein frisches Stück Kautabak ab.

Um es vorwegzunehmen, in einem für die Menschheit besonders wichtigen Punkt lagen die Redakteure damals vollkommen daneben: niemand kann einem Ochsen Stiefel überziehen!

Karl war so naiv gewesen, die Meldung in der Oberschwäbischen Zeitung für bare Münze zu nehmen und nun war er der Gelackmeierte. Seine Wette mit dem Schwarzen Veri war eigentlich schon verloren, noch ehe es recht ans Eingemachte ging. Er hatte es zwar nur mit einer einfachen Kuh zu tun und nicht mit einem richtigen Ochsen, nachts, am Lagerfeuer und allein im

Wald. Mit einem weiblichen Rindvieh, träger und schwächer als jeder normale Bulle, aber umso unberechenbarer.

Kühe, Stiere, Bullen und Ochsen sind bekanntlich Paarhufer, ebenso wie Flusspferde, Giraffen, Schweine und Kamele. Diese Tiergattung, das hatte Karl von Drais in *Brehms Tierleben* gelesen, ist näher mit Walfischen und Delfinen verwandt, als mit dem Menschen und hat daher keine Füße, sondern Klauen. Ihre Vertreter sind in puncto Schuhmode noch anspruchsvoller als Menschen und geben sich widerspenstig, wenn es zur Anprobe geht.

Als die Kuh bei Karl von Drais angekommen war, blieb ihm die Spucke weg. Wag dich doch mal etwas vor, dachte er, Kühe beißen nicht, aber nähere dich lieber nicht von hinten! Er ging von vorne an die Sache ran und sah sich die Füße seiner Kuh aus der Nähe an. Er musste feststellen, die Dinger waren nicht nur dreckverschmiert, sondern riesengroß.

Aber das war nicht das einzige Problem.

Er sagte zuerst freundlich Guten Tag, stellte sich höflich vor, wies auf das schöne Wetter hin und fragte das Tier dann, ob es ihm gutginge. Er versuchte, auf Verkäufer zu machen, das wäre der Trick, um die Gunst der Kuh zu gewinnen!

Als die Kuh missmutig nickte, tat er den nächsten Schritt und brachte ganz nebenbei die Stiefel ins Spiel. Er näherte sich langsam und vorsichtig, damit die Kuh sein Ansinnen nicht als plumpen Annäherungsversuch missverstehen würde. Dann hielt er den Atem an und dem Tier die Stiefel ganz nahe vor die glibberige Schnauze. Er wusste, dass Kühe kurzsichtig sind und sich gern auf ihren Geruchssinn verlassen. Als das nicht funktionierte, gab er dem Tier einen freundschaftlichen Klaps aufs Hinterteil und fragte Veri nach ihrem Vornamen.

„Berta, die Kuh heißt Berta!", sagte Veri.

Karl sprach das Tier beim Vornamen an.

Aber die Kuh wollte ums Verrecken nicht!

Da probierte es der Erfinder mit Gewalt.

Ein fataler Fehler.

Die Wette ging verloren.

Dafür wusste der Ingenieur nun, was passiert, wenn man einer oberschwäbischen Kuh allzu sehr auf die Nerven geht. Und er wusste, wie es sich anfühlt, wenn einem jemand mit einem rostigen Dolch das Ohrläppchen schlitzt.

„Dein Rad ist konfisziert!", sagte Veri und verschwand.

4

Drei Sonnen am Himmel

Karl von Drais wusste nicht wie ihm geschah und schreckte hoch. Sein Erschöpfungsschlaf war beendet, er fror wie ein Hund, er hatte einen jämmerlichen Durst und erbärmlichen Hunger.

„Los steh auf und mach Feuer!", wurde gerufen.

Mangels Alternative besorgte sich der Erfinder ein großes Holzscheit, suchte sich einen hübschen runden Ast, kniete nieder und begann wie ein Wilder zu zwirbeln. Aber der Trick aus der Steinzeit war ein Schuss in den Ofen. Seine zarten Hände wurden rot, die Haut an den Fingern schlug große Blasen und er produzierte nichts, außer heißer Luft und ein bisschen Rauch.

„Was gibt's zum Frühstück? Mir knurrt der Magen!"

„Der Klotz müsste aus Buche sein und der Stab aus Fichte, du Anfänger, so wird das nichts!"

Crescentia kniete sich neben ihn.

„Das wird bei uns so gemacht!"

Sie holte einen spitzen schwarzen Stein aus der rechten Tasche und einen goldgelben runden Brocken aus der linken.

„Flint und Markasit!"

Sie streute etwas Loses auf ein trockenes Eichenblatt.

„Pappelsamen, Löwenzahn, Birkenrinde und Zunder!"

Sie rollte das Zeug zu einer kleinen Kugel zusammen, häufte Stroh und dürre Ästchen auf und fing an, rote Funken zu schlagen, die wie winzige Feuerwerkskörper auf das flockige Gewölle herunter sausten.

„Du hast noch einiges zu lernen!"

„Wo ist mein Velociped?"

Sie kniete sich hin und pustete sachte in die frische Glut.

„Wenn du etwas essen willst, musst du mit mir Fechten gehen. Die Fallen abklappern hat keinen Sinn, es gibt kein Wild mehr."

Sie band sich ein Kopftuch um, streifte sich eine Strickjacke über und schnallte sich einen Korb auf den Rücken.

„Zum Kuckuck, wo habt ihr mein Rad versteckt?"

Karl zerrte und zog an seinem schwarzen Loden-Umhang, den ihm die Räuber verpasst hatten, er kratzte und scheuerte wie verrückt auf seiner weichen Haut.

„Ich will meine Kleider wieder haben!"

„In deinem dämlichen Aufzug würdest du nur unnötig auffallen und die Leute würden sofort merken, dass etwas nicht stimmt. Deine neue Mönchskutte da, die passt perfekt zu dir und der Malefiz-Graf hält dich offenbar für einen Kirchenvater, das könnte uns von Nutzen sein. Los, mach hin, wir brechen auf!"

Der schwarze Umhang hatte Löcher und roch übel, doch er würde ihn halbwegs warm halten. Als er die Kutte auf links drehte, um sie sich über den Kopf zu ziehen, fielen ihm die eingestickten Buchstaben OSB auf.

„Was guckst du? Du bist jetzt Benediktiner, benimm dich gefälligst auch so!"

„Wo sind die anderen?"

„Alle abgereist, wir wechseln unser Versteck!"

Sie nahm ihn bei der Hand und zog ihn quer über die Lichtung. Es roch nach kalter Asche, getrockneter Kotze, Urin und Exkrementen, nur der Alkoholdunst hatte sich verflüchtigt. Sie huschten an einem halben Dutzend windschiefer Buden vorbei, deren Dächer mit grünem Tannenreis belegt waren.

„Voila!", sagte Crescentia, „das sind unsere Traumhäuser!"

Die Wände bestanden aus über Kreuz gelagerten rohen Fichten-stämmchen, in den Fugen steckten Moosknäuel und Lehmbatzen und das Dichtmaterial unter dem Reisig bestand aus plattge-drückter weißer Birkenrinde.

„Nicht besonders regenfest, aber strategisch günstig auf badi-schem Gebiet gelegen, nicht weit vom Schlössle-Hof, nur einen Büchsenschuss von Württemberg und Hohenzollern entfernt - das perfekte Rückzugsgebiet, hier dürfen nur die Gendarmen der Gelbfüßler streifen, aber die lassen uns in Ruhe, weil wir die Ba-denser in Ruhe gelassen haben, kapiert?"

Vorgärten und Blumenbeete fehlten.

„Bis gestern hat das bestens funktioniert", sagte sie, „dann ist uns der doofe Graf über den Weg gelaufen und jetzt haben alle Angst, dass er uns holen kommt."

Eine auffallend große Hütte verfügte aber über eine rampo-nierte Holztür, die man wohl samt Zarge und Angeln irgendwo herausgerissen hatte.

„Veris Luxus-Villa", erklärte sie, „ein Doppelhaus mit Fenster, Türstock und Holzofen, sein ganzer Stolz, er hat es mit seinem Bruder und ihren beiden Frauen geteilt."

„Sind dort die Golddukaten versteckt?"

„Spar dir deine dummen Witze!"

Fässer und leere Korbflaschen lagen im Gras.

Das ganze Areal war übersät mit schmutzigen Lumpen, zerfled-derten Kleidern, hölzernen Löffeln, abgenagten Maiskolben, un-zähligen Nussschalen, bleichen Knochen, zerrupften Federn, aus-gerenkten Hühnerbeinen, abgeschabten Schweineschwarten, achtlos verstreuten Getreidekörnern, mit tausenden von dürren

Ästen und mit abgerissenem Tannenreis. Als Zeichen der Zivilisation baumelten ein paar Kinderhemdchen an einer Wäscheleine.

Ein einziger Saustall im schönen oberschwäbischen Wald, keiner hatte nach der Party aufgeräumt! Sie führte ihn zu ihrem Wasser-Reservoir, einem traurigen trüben Toteisloch, dem einzigen Komfort ihrer romantischen Räuberwelt. Die Morgentoilette fiel aus, sie hatten keine Zeit und einen elenden Durst, sie hockten sich ans Ufer und Crescentia hackte mit dem Schuh ein Loch ins Eis. Dann stöpselte sie ihre Flasche auf, tauchte sie unter, die Luft blubberte in Blasen heraus und er durfte als erster trinken, alles war gut.

„Was ist los, warum so eilig?"

„Der Graf schickt Streifen!"

Karl sah die Angst in ihren Augen, nahm sie bei der Hand, wollte wie ein richtiger Mann die Initiative ergreifen und zum Waldrand marschieren, um Ausschau zu halten.

„Nein, doch nicht hier, unsere Spuren im Schnee!"

Sie zerrte ihn wie ein ungezogenes Kind zurück.

„Mann-o-Mann, wir verraten doch unser Lager, wir müssen woanders raus, irgendwo dort, ganz weit hinten!"

Sie folgte lautlos wie ein junges Reh den Spuren der Wildwechsel und er trampelte, so gut er eben konnte, wie ein alter Esel hinterher. Sie schlüpfte wie eine Wildkatze von einem Dickicht ins nächste und er hatte Mühe, halbwegs Anschluss zu halten.

Seine Kondition, auf die er im richtigen Leben stolz war wie ein Kind, erwies sich als der reine Witz. Sie kletterte mit ihren frechen Stiefelchen wie ein Wiesel über querstehende tote Bäume, sie flog wie eine tanzende Fee über den verschneiten Boden, trat geschickt nur zwischen den Ästen auf und zerteilte mit ihren nackten Händen die braunen Wedel des Adlerfarns. Dann blieb sie plötzlich stehen, presste den rechten Zeigefinger an den Mund und horchte.

„Pass auf, hierher traut sich bald keiner mehr!"

Sie spuckte dreimal in den Wind, zog eine abgenagte Hühnerbrust aus der Tasche und zerrte an einem ganz bestimmten Teil, vermutlich am Schlüsselbein der Henne, in zwei Richtungen, bis es knackte und der Knochen riss.

„Pfui, pfui, pfui - dass ich dich beschrei!"

Sie kniff die Augen zusammen, trat an eine Eiche, klopfte siebenmal gegen den Stamm und lächelte erleichtert.

Dann endlich zerrte ihn Crescentia ins Freie.

„Du hast wohl deine komischen Ballettschuhe noch nicht bezahlt, weil sie so knarren!"

Er blickte verdutzt zu Boden.

„Die knarren nicht, die quietschen schon, die sind im Eimer, total mit Wasser vollgesogen - das sind übrigens keine Ballettschuhe", er überlegte, wie er es ihr am besten erklären sollte, „das sind Fahrradschuhe, die taugen nicht zum Wandern!"

„Wandern, was meinst du mit wandern?"

„Oh, ich meine gehen oder laufen!"

„Wir gehen nicht und wir laufen nicht, wir sind auf der Flucht!"

Sie suchte sich einen langen Ast, huschte mit ihm unter einer Tanne mit tief herabhängenden Ästen durch und stocherte den Schnee von den Zweigen, um die Spuren zu verwischen. Sie gingen erst 500 Schritte in die eine Richtung am Waldrand entlang, drehten um und liefen dann in die andere Richtung, bis zum Arnoldsberg.

„Das wird sie irritieren!"

Sie war zufrieden mit ihrer Taktik, nahm das Kopftuch ab und hängte es locker um ihre Schultern. Doch dann blieb Crescentia stehen und stutzte, bekreuzigte sich und der Blitz fuhr in Karls Begleiterin. Sie erstarrte zu einer Salzsäule, fiel auf die Knie und zeigte mit aufgerissenem Mund zum Horizont.

Der Himmel wartete an diesem Morgen nicht mit den üblichen gelben oder roten Farbtönen auf. Das Zentralgestirn tauchte die Wolkenbänke über der Rinckenburg in ein Lila, wie es Caspar David Friedrich mit seinen Ölfarben nicht phantastischer hinbekommen hätte.

Doch das war noch nicht alles.

„Elisabetha Bona, liebe Gute Beth aus Reute, bitte steh uns bei: drei Sonnen am Himmel!", schrie Crescentia.

„Das hat nichts zu bedeuten! Nur eine meteorologische Himmelserscheinung, kein Grund zur Panik, kommt ab und an vor. Interferenzen an Eiskristallen oder so, hoch oben in der Atmosphäre, habe ich zigmal beobachtet, bitte beruhige dich!"

„Mater dolorosa!"

Sie hatte Recht, irgendetwas stimmte nicht dort droben.

Aber die Farbenpracht und die Nebensonnen waren nicht die einzigen Phänomene. Ein gespenstischer brauner Schleier aus Asche oder Staub hing hoch oben in der Luft. Crescentia zog ein geschwärztes Stück Glas aus ihrer Schürzentasche, legte den Kopf in den Nacken und starrte gebannt durch das Scheibchen.

„Jetzt kommt noch mehr Unglück über die Welt!"

„Unglück, wieso Unglück?"

„Sieh nur, die Sonnenflecken[4] nehmen überhand!"

Sie gab ihm das Glas, aber er hatte Angst um seine Augen.

„Die Sonne ist unrein geworden!"

„Quatsch, das sind höchstens ein paar dunkle Stellen auf der Photosphäre und keine Flecken - die sind nur etwas kühler als der Rest, kein Grund zur Panik, kommt alle paar Jahre vor. Bitte bleib ruhig!"

„Und wenn die Sonne morgen erlischt?"

„Die hält noch Millionen Jahre, länger als jeder Kohleofen!"

„Gottes Zorn ist am Werk!"

„Los, gib die Scherbe mal her, lass mich mal sehen!"

Die Sonnenflecken waren tatsächlich keine normalen Flecken, der Fixstern schien wie von einem Gemälde verziert, das auf den ersten Blick aussah wie der Mann im Mond.

Es war verrückt!

„Gut, ja, da ist so eine Figur, eine Art Sichel zu sehen!"

„Eine Sichel, oh je, Gott schneidet uns vom Halm!"

„Wie, vom Halm schneiden, du meinst: die Menschheit auslöschen? Das schaffen wir ganz allein!"

„Es heißt, ein Komet hätte der Sonne die Wärme entzogen!"

„Ein Komet kann einem Stern keine Wärme entziehen!"

„Doch, jetzt naht das Ende!"

„Schau doch einmal etwas genauer hin", er drückte ihr die Scherbe in die Hand, „ist das nicht Napoleons Profil?"

„Juhu, man hat Bonaparte auf die Sonne verbannt, jetzt kann er bei uns keinen Schaden mehr anrichten, was für ein Glück!"

5

Rübensuppe

Wohin und was genau Crescentia mit Karl von Drais wollte, warum er sie begleiten durfte, statt mit den anderen ziehen zu müssen, das wussten nur ihre Geister und Dämonen, die ihnen von nun an heimlich folgten. Sie hatten wohl den Auftrag, nach etwas Essbarem zu suchen, aber wo und wie und was, das lag in den Sternen. Sie richtete ihre Augen wie eine Seherin zum Himmel und stapfte unverdrossen an einem abgeernteten Kornfeld entlang und er wie ein alter Gaul hinterher.

Die Reihen im Acker verliefen nicht wie üblich parallel und mit dem Lineal gezogen schnurgerade von einem Ende zum anderen. Der Bauer musste betrunken gewesen sein und hatte die Saat einfach über den ganzen Acker verstreut. Auf der braunen glitschigen Erde zwischen den verfaulten Wurzeln war beim besten Willen nichts Brauchbares erkennbar.

Jedenfalls nichts, was man hätte mit spitzen Fingern aufpicken, heimlich mitnehmen, zu Hause eventuell in einen Brei verwandeln oder zu einer klebrigen Suppe verkochen und anschließend mit einem dieser drolligen Holzlöffel zu sich nehmen können. Die Landwirtschaft hatte letzten Herbst bei der Ernte ganze Arbeit geleistet, vom Weg aus waren weder Ähren, Körner, Halme noch Spreu zu erkennen.

„Stell dir vor: Frost im August und zu Martini zwei Ellen Schnee", Crescentia hatte seine Gedanken erraten und wurde melancholisch, „alle naslang Polizei-Streifen auf unserer Spur", sie faltete die Hände und rollte mit den Augen, „die Bauern haben im

Herbst nur leeres Stroh gedroschen, der Klee ist niedrig geblieben und nicht einmal das Unkraut wollte wachsen."

„Du machst mir Mut!", sagte Karl von Drais.

„Im Sommer Schnecken, Ratten, Mäuse und Ungeziefer überall, die Wintersaat und die Rüben verfault, die Kartoffeln käsig und der Roggen grün! Nichts übrig für den Zins und den Zehnten, kein Dienstgeld für Hausknecht und Küchenmagd, die Speise- und die Vorratskammern sind überall leer - wir finden fast nichts, wenn wir einbrechen, nur die Kühe brüllen uns vor Hunger an im Stall und die Bauern haben kein Futter mehr für ihre Ziegen und Schafe!"

Sie seufzte.

„Dann letzte Weihnachten dieser Regen, dieser Dreck, dieser Schlamm und dieser Matsch, dann wieder Kälte und Eis und jetzt endlich, seit deiner Ankunft: Tauwetter und wenigstens ein bisschen Sonne! Du hast den Bann gebrochen, ein paar Wochen noch und wir wären alle krepiert!"

Sie hielt an, drehte sich um und umarmte ihn.

Mitten im Feld, vielleicht hundert Schritte entfernt, dort sah Karl plötzlich mit pochendem Herzen ein paar einzelne Getreide-Garben, die mit hängenden Köpfen geduldig auf ihr Schicksal warteten. Was für ein herrlicher Anblick, welche Freude, das Wasser lief ihm im Mund zusammen.

„Schau nur, dort!", er konnte sein Glück kaum fassen und rannte los, „dort wartet unser Frühstück!"

„Sofort runter vom Acker!", Crescentia war empört „ja weißt du nicht, dass einzeln stehende Garben Unglück bringen?"

Sie starrte ihn entrüstet an.

„Mein rechtes Auge beißt, wenn ich dieses Feld betrachte!"

Sie ging in die Knie, hockte sich resigniert auf die Hacken ihrer Stiefel und räusperte sich.

„Oh je, oh je, oh je!", sie schüttelte den Kopf, „jetzt hab' ich mich verschluckt, das heißt, man gönnt uns das Getreide nicht!"

„Kennst du kein Gegenmittel?"

Sie kniff ihre Augen zusammen und starrte zu Boden.

„Wir suchen uns einen Donnerstein!"

„Wie sehen die denn aus, deine Zaubersteine?"

„Kleine runde Knollen, außen weiß und innen schwarz verbrannt, sie fallen manchmal mit dem Blitz vom Himmel!"

Sie suchten den Feldweg ab, aber sie fanden nichts.

Also zogen sie weiter.

„Zaubern würde helfen, aber ich bin aus der Übung! Ja, mein Lieber, ich bin ein echtes Brauchweib, man hat mir nach meiner Geburt einen dicken fetten Regenwurm in die Hand gedrückt, hier ist der Beweis!"

Sie zog ein schrumpeliges Etwas aus ihrer Tasche.

„Den habe ich immer mit! Sei schön brav und tu gefälligst, was ich dir sage, sonst lasse ich die bösen Geister los!"

„Jih-hi-hi-hiiiiiih!"

Dieses Lachen machte ihm Angst.

„Siehst du nicht meine dichten schwarzen Augenbrauen?"

Sie tippte mit dem Zeigefinger an ihre Schläfe.

„Ich kann die ganze Welt mit einem einzigen bösen Blick verwandeln, wenn ich nur will!"

„Nicht nötig", sagte er, „das hast du schon geschafft!"

Wie sollte er es am besten ausdrücken? Oberschwaben hatte sich vollkommen verwandelt! Die Gegend sah aus, als hätte Johann Baptist Pflug alles mit einem Pinsel in Öl übermalt.

Die roten Ziegeldächer der Häuser waren mit braunen Pastelltönen eingefärbt, alle Wände mit grauer Farbe gestrichen und statt der Scheunen hatte man jede Menge Sträucher, Bäume und Hecken in die Landschaft gesetzt.

Die Szenerie wirkte zwar vollkommen harmonisch, es gab keine störenden Ecken und Kanten mehr in der Natur. Man sah fast nur noch Feld, Wald und Wiese, aber das Land strahlte eine geradezu beklemmende Einsamkeit aus.

Crescentia hatte den Maler mit ihrer Zauberei tatkräftig unterstützt und trottete zufrieden den Rain entlang. Sie hatte die bösen Nebensonnen wieder verschwinden lassen, das Zentralgestirn zog nun allein über den Himmel. Aber ganz oben in der Atmosphäre hing noch dieser Dunst wie ein Filter in der Luft und verschleierte die Sonne.

„Crescentia, hör mir mal gut zu, jetzt!", mahnte Karl, „du hast den Feinstaub vergessen!"

Sie schüttelte den Kopf, sie wollte nicht.

„Du solltest unbedingt sofort etwas unternehmen, der Qualm ist gefährlich!"

„Ja, ja, ich weiß", sagte sie, „Rauch ist ungesund."

„Ihr wisst Bescheid, das haut mich um!"

„Denkst du vielleicht, wir leben hinter dem Mond?"

Sie winkte verächtlich ab und lachte.

„Jedes Kind weiß doch", sagte sie, „dass ein böser Zauber für den Staub verantwortlich ist!"

„Meinst du wirklich?", fragte er.

„Ein Pyromane hat die Geister gereizt, das kommt vor, und paff! ist die Bombe explodiert!"

„Zaubere ihn doch einfach weg, den Dreck!"

„Das geht nicht so einfach!"

Weiber, dachte er.

„Und warum nicht, bitteschön, die Neben-Sonnen hast du doch auch geschafft?"

„Das waren nur zwei", sagte sie, „Feinstaub besteht aus Aber-millionen von Teilchen, die kriegt man nicht so einfach weg!"

Karl gab sich der weiblichen Logik geschlagen, nahm sie bei der Hand und ging mit ihr weiter.

Sie erreichten die durch ihre übersinnlichen Kräfte recht schmal gewordene Landstraße von Ostrach nach Spöck und kauerten sich in den Graben, um Ausschau nach Uniformen zu halten. Doch die Luft war rein, zumindest hier unten. Seine Knie rebel-lierten und lauter schwarze Flecken tanzten vor seinen Augen hin und her, als ihn Crescentia hochzerrte.

„Total unterzuckert, mir ist schlecht!"

„Wir können es ja einmal versuchen, aber ich glaube kaum, dass wir dort drüben welchen finden, ich war ein paar mal da, das Hauswesen ist bescheiden, nur Bettelleute mit ein paar Kühen und Ziegen."

Ein Fuhrwerk kroch ihnen kettenklirrend entgegen, die Ochsen zerrten mit wippenden Hörnern an ihren hölzernen Jochen, sie hievten einen mit Baumstämmen beladenen Leiterwagen die lehmige Straße hoch.

„Jetzt ist der Bannwald dran", sagte Crescentia.

Unten, am Rand des Rieds, tummelte sich auf dem Brühl an ei-nem Teich eine kleine Viehherde, die von Hütejungen bewacht wurde. Sie spielten Fangen, einer rannte wie verrückt mit einem Strick um den Hals im Kreis und gleich daneben hockte ein junger Krauthirt auf einem Acker ohne Kraut und jagte die Ziegen weg.

„Der Teufel rennt an der Kette im Kreis, um seinen Apfel am Boden zu verteidigen."

„Ich hätte jetzt auch gern etwas Obst!"

„Dann geh doch hin und klau dir was, wenn du dich traust!"

Unter einem Apfelbaum lag ein Schweinekadaver.

„Rotlauf!", diagnostizierte Crescentia, „jetzt ist der Kleemeister dran, die tote Sau muss vergraben werden, der Heilige Antonius kann da nichts mehr machen, der Schlachttag fällt aus, der Wurstkessel wird kalt bleiben!"

Punkt zwölf Uhr mittags läuteten die Glocken von St. Pankratius im nahen Ostrach und weckten einen dürren schwarzen Cerberus, der missmutig einstimmte. Es war geradezu phantastisch, was sein dünner Hals an schrägen Tonfolgen zustande brachte! Der Hund war eine Hündin, die auf den Namen Sissi hörte, Crescentia hatte mit dem Tier wohl schon früher Bekanntschaft gemacht, denn als sie ihren Namen rief, war sofort Ruhe. Der Köter torkelte auf dünnen Beinchen mit kurzen Schritten hinter dem Zaun des Gemüsegartens auf und ab und steckte ab und zu die lange schmale Schnauze zwischen die Zaunlatten.

„Viel zu dürr!", sagte Crescentia.

Crescentia gab nicht auf, vertraute ihrem Geruchssinn und ihre Spürnase führte die beiden schnurstracks hinter das mit roten Biberschwänzen eingedeckte Wohnhaus. Dort stand zwischen dem Wagenschopf und dem Stadel eine Art windschiefe Holzhütte mit eisenbeschlagener Tür und einem mit Holzschindeln gedeckten windschiefen Dach. Das Bauwerk war mitten im allergrößten Mist und Matsch auf mehreren rechteckigen Steinquadern aufgebockt, damit es nicht spurlos im Morast versinken konnte. Crescentia lupfte wie eine Märchen-Prinzessin mit der rechten Hand lässig ihr Kleid, stakste mit langen Schritten zu einem Holzverschlag, zog mit der anderen kräftig an einem rostigen Riegel und schon öffnete sich der Sesam. Dann zog sie einen schräg angebrachten Laden in seinen quietschenden Scharnieren hoch, balancierte einen Schritt zurück, kippte den Deckel mit einem Ruck auf die andere Seite und ließ ihn los.

Es grunzte laut und Crescentias Augen leuchteten.

Ein mageres, aber immerhin noch lebendiges Schwein steckte seinen rot angelaufenen Rüssel zwischen zwei angeknabberte Holzstäbe, lugte blinzelnd ins Gegenlicht und klimperte nervös mit den blonden Wimpern.

„Der *Stinker*[5] ist doch viel zu eng für die *Bole*", meinte Crescentia und lachte.

„Wir werden das arme Schwein bald erlösen. Schau nur, wie praktisch, das Saugatter steht schon parat!"

Sie zeigte auf eine Art tragbares Brettergestell, das aussah wie ein zu klein geratener Transportkäfig für die Umsiedelung von afrikanischem Großwild.

„Mal sehen, was es sonst noch zu holen gibt!"

Auf einem Brett unter dem Vordach der Kate lagen lauter schrumpelige braune Zwiebelhälften in Reih und Glied. Karl überlegte, ob er sich welche in den Mund stopfen sollte.

„Wirst du die wohl liegen lassen?!"

Crescentia rollte ihre braunen Augen.

„Die zwölf Zwiebeln der Raunächte darf man auf keinen Fall anrühren", sagte sie, „aber schau nur: alle sind vollkommen feucht geworden, dieses Jahr wird wiederum nass und kalt werden, es nimmt einfach kein Ende!"

Die Heiligen Drei Könige hatten vor kurzem ihr CMB mit Kreide auf den Türstock des Bauernhauses in Dichtenhausen gekritzelt, doch das *Christus Mansionem Benedicat* der katholischen Kirche reichte den Bewohnern wohl nicht, man hatte für alle Fälle drei zusätzliche weiße Kreidekreuze auf jeden Türpfosten gemalt, am Scheunentor grüne Holunder- und Fliederzweige gegen Feuer und Krankheiten aufgehängt, Palmzweige gegen Blitz und Donner am Dachfirst festgenagelt und eine alte Sense und ein rostiges Messer zur Abwehr von Dämonen und Gespenstern in einen leeren Holztrog gelegt.

Die Zeit stand still an diesem Ort.

„Gespenster sind gefährlich, aber dumm!", sagte Crescentia.

Crescentia wusste ein Mittel, klatschte laut in die Hände, um die Dämonen zu vertreiben und die Uhren liefen weiter. Sie schickte Karl vor und empfahl ihm, doch die Türklinke zu drücken, wenn er etwas zu essen wolle.

„Wenn die Gespenster um die Häuser reiten, muss man sie mit Lärm vertreiben", sie huschte geschwind vor ihm in den finsteren Flur und hob den Zeigefinger, „wenn du trotzdem einen hörst, auf keinen Fall umdrehen!"

Gleich hinter der Schwelle wartete eine Mausefalle aus Draht auf ungebetene Gäste, die mit einem lauten Knall explodierte, als Crescentia mit der Stiefelspitze dagegen trat.

Jetzt würde es keine Gespenster mehr geben, im ganzen Haus.

Sie huschte vor ihm in den finsteren Flur.

„Wenn du trotzdem eines hörst, auf keinen Fall umdrehen!"

Der Hausflur war gleichzeitig Schlafzimmer und Bad, das konnte ja heiter werden.

Ein Bad-Zuber wartete auf Kundschaft und ein Pottschamber aus Ton stand für den Notfall bereit.

Weil dies sein erster Besuch in einem Bauernhaus war, erwartete Karl naiv eine adrette Bilderbuch-Stube mit einem knarzenden, frisch gewienerten hellen Dielenboden und einer rustikalen Holzbalkendecke. Er hoffte auf einen schönen warmen Kachelofen mit grün emaillierten Fliesen oder einen wummernden gusseisernen Herd, auf dem Töpfe in den Ofenringen brodelten. Er hatte sich weiß getünchte Fachwerkmauern mit einer sachte vor sich hin tickenden Pendeluhr in der einen und einen malerischen Herrgottswinkel in der anderen Ecke ausgemalt. Einen Tisch mit hübschen Stühlen und einer bequemen Eckbank vor runden Butzenscheiben für den Bauer und die Bäuerin und, etwas abseits, eine ellenlange Tafel aus Holz mit roh gezimmerten Bänken für Knechte und Mägde. Heiligen-Bilder an den Wänden, jede Menge Borde mit antiquiertem Essgeschirr und allem möglichen Alltagskram, dem er als Stadt-Mensch kaum einen Zweck würde zuordnen können.

Die hübscheste Tochter der Bauernfamilie hockte bestimmt am surrenden Spinnrad und Karl hoffte, dass die Hausherrin Schöpflöffel-schwingend vor ihm stünde, um ihm einen Teller fetter Rindfleisch-Suppe anzubieten mit den Worten: „Grüß Gott und herzlich willkommen, bitte legt doch ab und nehmt Platz, ihr werdet sicher hungrig sein!"

Crescentia hatte, ohne zu fragen, die Uhren angehalten und bei ihm machten sich erste Vorboten von Panik breit.

Auf dem Fensterbrett brannten Kerzen gegen die Nachtgespenster, obwohl die Sonne hell durch die Scheiben schien. Ein zahnloser Greis mit von der harten Arbeit gekrümmten Händen schnarchte in alten Lumpen mit offenem Mund auf einer schmalen Bank und eine hohlwangige Alte mit einem schmutzigen Tuch um den Kopf knetete Teig. Sein Herz setzte aus vor Angst und polterte mit doppelter Energie gegen die Brust.

Sie sagten einander weder Guten Tag noch Grüß Gott, keiner sprach ein Wort und der Hausherrin schien die Welt vollkommen egal zu sein. Schmalzhafen, Fleischpresse, Brothange und Brotschneider suchte man vergeblich und es gab nirgends ein Butterfass oder eine Buttermodel. Es gab nur einen Krauthobel und an der Wand lehnte vergessen und verloren eine Ofenschaufel und wartete ungeduldig auf jede Art von Teig.

„Sie backt Brot aus Kartoffelmehl, Flechten, Moos und Wurzeln, nicht hinsehen, sonst geht ihr der Teig nicht auf!"

Crescentia hatte Mitleid, zögerte nicht und gab ihr Bestes.

„Wir werden uns wohl mit *Bauerndegen* begnügen müssen!"

„Oh je", antwortete er, „bitte keine grünen Bohnen!"

Crescentia holte drei Kohlen aus der Tasche und warf sie in den Weihwasserkessel am Türstock. Sie beobachteten gespannt ihren Tanz in der trüben Flüssigkeit und als das erste Stückchen seinen Auftrieb verlor und zu Boden sinken wollte, da huschte sie geschwind zur Bäuerin.

„Bist du beschrien von einem Mann, soll es greifen an ihm an!"

Es folgte ein erstes Kreuzzeichen.

„Bist du beschrien von einem Weib, soll es fahren in den Leib!"

Sie bekreuzigte sich zum zweiten Mal.

„Bist du beschrien von der Magd, wird es weichen von dir ab!"

Sie machte noch ein Kreuzzeichen, rannte zurück zur Tür, hob den Weihwasserkessel an den Mund, trank einen Schluck, spritzte eine Prise über die untere Türangel und spuckte den Rest in hohem Bogen auf den Hinterkopf der Bäuerin. Dann holte sie die Kohlen aus dem Kessel, warf sie ins Herdfeuer, über dem ein

Kessel Rübensuppe vor sich hin köchelte, nahm ohne zu fragen einen zerbeulten kleinen Kochtopf vom Bord, hievte den Tiegel vom Drei-Bock und schütte etwas hinein - ein karger Lohn für soviel Hilfe.

„Wir rücken ab!"

Draußen präsentierte Sissi keifend ihr blendend weißes Gebiss und knurrte ihnen von der anderen Seite des Zauns wüste Drohungen entgegen. Crescentia reagierte nicht, gönnte dem Tier weder böse Worte noch giftige Flüche und sie nahm sich nicht die Zeit, wenigstens ein paar Kieselsteine nach ihm zu werfen. Und so trottete die launische Diva beleidigt in ihre Hütte, malträtierte ein morsches Holzstück, hockte erst auf die Hinterläufe und legte sich dann vor ihrem Domizil auf die Lauer.

Mal sehen, was da kommt.

Da verlagerte der Herrgott das animalische Gezänk vom Erdboden in die nächsthöhere Etage. Er schickte zwei fette Drosseln mit gesprenkelten Federn in die Baumkronen über dem Gartentor. Die Singvögel gerieten außer Rand und Band, hackten flügelschlagend mit den Schnäbeln aufeinander ein und beharkten sich wie philippinische Kampfhähne.

Crescentia schüttelte nur den Kopf.

„Du kriegst höchstens Bauchweh davon!", sagte sie zu Karl.

Eine Elster begann zu zetern und das brachte den Hund erneut auf den Plan. Neuer Aufruhr entstand, jetzt zählten nur noch Zähne und Kiefer, Schnäbel und Krallen! Auf dem Schornstein landete Verstärkung: eine Krähe!

Was hatte die hier noch zu suchen?

Der Schwarzkittel kürte sich mit lautem Krächzen zum Herrscher des Biotops und hackte mit seinem Schnabel Löcher in die

70

Luft. Dann nahm der Revierkönig Anlauf und hopste über die Dachpfannen, bremste rechtzeitig vor dem Abgrund und hockte auf der Regenrinne. Er drehte den Schädel nach rechts und links und untersuchte mal mit dem einen und dann mit dem anderen Auge den Schmutz in der Dachrinne. Dann packte er herzhaft zu, hielt einen bleichen Knochen im Schnabel und bedankte sich mit einem knappen aber kräftigen Kra.

„Vergiss es, den fängst du nie!"

Da schickte Diana ein Nagetier vorbei.

Versessen auf irgendwelche Nahrung hopste ihnen eine Wanderratte über den Weg und schlüpfte elegant mit ihrem langen glatten Schwanz unter einen Bretterstapel.

Sie bewaffneten sich mit Stöcken und legten sich auf die Lauer.

Und dann machte das Tier den entscheidenden Fehler.

Es rechnete nicht mit ihrer Geduld und kroch wieder heraus.

Sie liefen zwar ein paar Mal ins Leere, bis sie die Ratte im toten Winkel zwischen Haus und Scheune hatten, doch dann war es aus mit ihr.

6

Der Fünfeckweiher

Der lange Marsch durch Oberschwaben begann, doch Karls neunmalkluge Räuber-Braut hatte zu Beginn der Reise mit erheblichen Orientierungs-Problemen zu kämpfen. Sie verzichtete auf Kompass und Karte, ignorierte stur den Stand der Sonne, wusste nichts mit Sternzeichen anzufangen und kümmerte sich kaum um den Moosbewuchs an den Bäumen, weil ihr die Himmelsrichtung eh pieps-egal war. Und sie wanderte an jeder Wegegabelung, an der er *jetzt aber mal links* empfahl, aus reiner Boshaftigkeit prompt nach rechts.

Wie Frauen manchmal so sind.

Sie wählte leider nicht die damals branchenübliche einfache Transit-Route, die sie zuerst auf badisches Gebiet bei Wangen geführt hätte, dann ins Württembergische bei Jettkofen, anschließend nach Hohenzollern und in einem weiten Bogen um Ostrach herum quer durch den Wagenhart zurück nach Württemberg und zuletzt, an Hosskirch vorbei, über Ratzenried, Käfersulgen und Eichstegen zu ihrem eigentlichen Ziel, der Stadt Altshausen, wo sie ein Armenhaus aufsuchen wollte.

Diese Strecke käme bei Gott nicht infrage, dort würden, wie Crescentia meinte, nur die Häscher des Grafen auf sie warten.

Sie war schließlich die Fachfrau!

Die Dame folgte ihrer Intuition, navigierte mit dem Siebten Sinn und wollte sie auf verworrenen Pfaden an den gefährlichen Sümpfen und dichten Kiefernwäldern des Pfrunger Rieds vorbeilotsen. Das Band der schneebedeckten Schweizer Berge erschien zwschen der Rinckenburg und dem Höchsten über der ebenen Riedlandschaft und auf den Wiesen erinnerte nur ein schiefer Heuschober an die Existenz der Menschheit. Ein Falke flatterte auf und ab, rüttelte kurz in der Luft und jagte mit angewinkelten Flügeln herunter. Ein Rotmilan balgte sich mit einer Rotte Krähen, die partout keine Ruhe geben wollte, drehte ärgerlich ein paar Kreise, breitete die Flügel aus und machte sich pfeifend aus dem Staub.

Ansonsten bewegte sich nichts.

Zuerst trotteten sie auf offener Straße ganz ungeniert von der Kate weg den Hügel hinab, überquerten ein Holzbrückchen und marschierten in südwestlicher Richtung eine leidlich befestigte Straße den Hügel hoch. Crescentia agierte frech und setzte auf Täuschung durch Tarnung und er musste zugeben, dass sein schwarzes Mönchs-Gewand ein perfektes Mimikry war.

Rechts stand ein großes Bauernhaus und links eine riesige Scheune, doch das interessierte die Dame nicht.

„Petschaft[5]!", frohlockte sie.

Er hatte keine Ahnung, was das war, bis ihm Crescentia die beiden unscheinbaren Zinken an der Hauswand zeigte.

„Das Viereck mit dem Punkt in der Mitte bedeutet, dass der Hausherr brutal sein soll", flüsterte Crescentia und nahm seine Hand, „und die vier parallelen Striche daneben, dass man erst hart arbeiten muss, wenn man etwas zu essen haben will!"

„Lass uns schnell von hier verschwinden!"

Sie rannten wie Lausbuben um einen Stoppelacker, hüpften über einen Graben, überquerten eine feuchte Wiese und schlichen sich am Waldrand davon.

Und dann folgten Haken und Umwege.

Zu allem Übel hatte der aufmüpfige Geist der räudigen Ratte keine Lust, bis zur Dunkelheit zu warten, um wie ein Kobold durch Karls Träume zu turnen. Das kleine Tier fing schon jetzt, am helllichten Nachmittag, damit an, in seinen Gedärmen zu randalieren.

Die abgestandene dünne Rübensuppe, das höchstwahrscheinlich mit einer Million Mikroben verseuchte faulige Wasser aus dem trüben Tümpel im Wald, die kalten Nächte unter freiem Himmel, der viele Alkohol und diese dämlichen Pilze taten ein Übriges.

Eine Batterie Feuerwerks-Raketen explodierte im Sekundentakt mit voller Wucht in seinem Abdomen. Und weil im Bauch zur Unzeit Silvester gefeiert wurde, rief sein armer Körper die Berufsfeuerwehr, die auch sofort mit allen verfügbaren Kräften anrückte. Eine Armada Männchen versuchte, das Feuer in seinem Verdauungstrakt mit Unmengen Löschwasser wieder unter Kontrolle zu bringen. Überfallartig auftretende Krämpfe, hundsgemeine Spasmen und wellenförmige Wehen wickelten seinen Dick- und seinen Dünndarm zu einem unheilvollen viszeralen Knäuel zusammen und wenn er sich nicht absolut sicher gewesen wäre, männlichen Geschlechts zu sein, dann hätte er glauben können, kurz vor der Niederkunft zu stehen. Sein Dickdarm verwandelte sich in eine wilde Anakonda, die gerade dabei war, ein Schwein zu erwürgen.

Seine Mönchskutte war praktisch!

„Ich habe mir eine deftige Diarrhö eingefangen", stöhnte er, „lauf nicht so schnell, Crescentia, ich bin noch nicht fertig!"

„Hör auf zu jammern!"

„Hast du ein Mittel gegen Durchfall dabei?"

„Zeig mal her, ob dein Esszimmer in Ordnung ist, mach mal den Mund auf!", sie packte sein Kinn und taxierte sein Gebiss, „blendend weiße Zähne, du bist ein echter Glückspilz, aber vielleicht hast du ja Würmer im Darm oder das kalte Wasser zu hastig gesoffen - was weiß denn ich?"

„Hilf mir bitte, gib mir Essig oder Schüssler-Salz oder mach irgendein anderes Wunder!"

„Ich bin doch nicht der Heilige St. Blasius!", erwiderte sie, „aber mein Vater war ein guter Rossknecht und hat seinen kränkelnden Pferden bei Kotwasser gerne Eichenrinde, Blutwurz und Heidelbeeren ins Futter gemischt und sie dann beim Glockenläuten ins Stall-Tor gestellt."

„Meinst du, das wirkt bei mir?"

„Wenn der Hahn kräht auf dem Mist", sagte sie, „behält der Bauer, was er isst!"

Jetzt ginge erst einmal die Arbeit vor.

Sie wolle nach Laubbach, betteln gehen.

Doch sie ließ die Hornung und den Tischwald links liegen und trottete Richtung Osten.

„Wir machen einen Bogen um das vermaledeite Ried!", sagte sie und zog ihn weiter, „dort wohnt nämlich der Bauzemeck!"

Sie rollte die Augen.

„Verehrteste", antwortete er, „es gibt auf der ganzen Welt keinen einzigen materialistisch-empirischen Beweis für Geister!"

„Doch", sagte sie, „ich habe mit eigenen Augen welche gesehen und sie waren grauenvoll!"

„Deine Halluzinationen, die kenne ich nur zu gut!"

„Willst du partout das Fürchten lernen?", fragte sie ihn.

Es begann zu dämmern, die Luft wurde klamm, auf den kahlen

Ästen kondensierte Feuchtigkeit und in den Senken bildeten sich die ersten Nebelschwaden.

„Schluss jetzt mit diesem Quatsch", sagte er, „wir kürzen ab!"

„Nicht mit mir!", Crescentia drehte sich bockig um, verschränkte die Arme vor der Brust und hockte sich mitten auf den Weg.

„Du kannst mir voll und ganz vertrauen", behauptete er, „meine Karten sind auf dem letzten Stand!"

„Wir werden langsam im Morast versinken, eine Million Qualen leiden und tausend Tode sterben!", jammerte Crescentia.

„Ach woher doch, dummes Zeug!"

Er lachte sie aus.

„Sieh nur, es ist ganz einfach: da sind Fichten und Tannen, die stehen auf festem mineralischen Grund."

Er bückte sich zu ihr hinab, hob ein Steinchen auf und warf es lässig nach links.

„Der Sumpf mit den Moor-Birken und dem Schilf liegt auf der anderen Seite."

Er drehte sich auf den Hacken um.

Er wies nach rechts, stand auf, deutete mit ausgestrecktem Arm nach unten und stampfte mit beiden Beinen ein paarmal fest auf den Boden. Sie sah ihm fassungslos ins Gesicht.

„Und hier in der Mitte befindet sich, wie du siehst, der extra für uns frisch präparierte Waldweg von Burgweller nach Laubbach Mühle! Dem brauchen wir nur zu folgen und, Simsalabim, schon sind wir da! Dahinter liegt übrigens der sagenumwobene Fünfeckweiher und dann kommt der Große Trauben!"

„Der Fünfeckweiher", behauptete Karl von Drais, „der ist kein Hirngespinst, den gibt es wirklich und wahrhaftig!"

„Das Dunkle dort sind Bergkiefern!", dozierte er weiter.

„Was du nicht sagst!"

„Noch ein Stückchen und wir stehen vor einem schnurgeraden Graben, in dem es Fische gibt - dann schöpfen wir frisches Wasser und fangen uns einen fetten Karpfen!"

„Und dahinter beginnt das Gelobte Land, nicht wahr?"

„Nicht albern werden, meine Liebe", sagte er, „bitte, wenigstens ein bisschen Respekt vor den Wundern der Natur!"

Als der zunehmende Mond das Ried silberhell beleuchtete, verwandelte sich der Schotter unter ihren Schuhsohlen allmählich in knöcheltiefe Grassoden.

„Weißt du nicht, dass Geister die ruhelosen Seelen ermordeter Menschen sind?", wimmerte Crescentia, „je mehr sie leiden mussten, desto heftiger fällt ihre Rache aus!"

Es folgte glitschiger Lehm und feuchter Torf.

Sie kämpften sich ein Stück weit durch hüfthohes dürres Schilf und standen urplötzlich vor einer schwarzen Wand aus haushohen Bäumen.

„Man kann Geister sehen, aber nicht anfassen, sie sind verdammt auf immer und ewig!", sagte Crescentia.

Sie wateten durch knüppeltiefen Sumpf und erreichten einen mit Schilf und Rohrkolben bestandenen Graben.

Der Tiefenbach, da war er sich absolut sicher!

Dort war ein Trupp Waldarbeiter am Werk gewesen, jede Menge akkurat zugespitzte und entrindete kurze Knüppel lagen herum wie überdimensionale Bleistifte zwischen kleinen Haufen glatter Holzspäne kreuz und quer am Boden verteilt. Robuste Biberzähne hatten hier außerdem den Stamm einer stattlichen Erle einen halben Meter über den Wurzeln so ziemlich exakt auf den halben Durchmesser reduziert. Morgen würden die Holzdiebe nach dem Frühstück bestimmt zurückkehren, dem labilen Baum den Rest geben und ihn gnadenlos umlegen, genüsslich sämtliche Zweige und alle Knospen abknabbern und mit den Ästen die Dammkrone ihres Wehrs ein weiteres Stück erhöhen, um das Naturfreibad für die nörgeligen Kinder zu erweitern.

Als sie den breiten Schleifspuren am Boden folgten, machte es plötzlich *platsch* und der Revierförster persönlich schnellte aus dem Wasser. Der Biber schüttelte sein braunes Haarkleid aus, hockte sich mit der Kelle zwischen den Hinterbeinen vor ihnen auf den Weg und schnupperte mit seiner Nase im Wind.

Crescentia bekreuzigte sich.

Und weil ihm ihr Geruch überhaupt nicht und ihre Anwesenheit sowieso nicht passte, kratzte er sich mit den Vorderpfoten nervös am Kinn, drehte ihnen verächtlich sein fettes Hinterteil zu und setzte eine Ration öliges Bibergeil als Duftmarke an einem Baumstumpf ab.

Bis hierher Leute und nicht weiter!

Dann machte er verärgert kehrt und glitt wie ein Aal blitzschnell ins Wasser. Er ruderte ein paarmal kräftig mit seinem breiten Schwanz, tauchte in den Fluten ab und verschwand.

„Wie du siehst, sind Gespenster nur Fehlinterpretationen simpler Naturphänomene", sagte Karl von Drais zu Crescentia, „Biber sind Biber und keine Geister!"

Baumstamm um Baumstamm kam ihnen in die Quere.

„Irrlichter sind Irrlichter und keine ruhelosen Seelen", dozierte er unverdrossen weiter, „simple Leuchterscheinungen in Folge von Biolumineszenz oder von Faulgasen!"

Doch das beruhigte sie kein bisschen.

Es war nicht zu übersehen, dass ihr bange war.

„Gehenkte, Geköpfte, Geräderte und Gestreckte verwandeln sich in Foltergeister und Gefallene in Kriegsgeister!", sagte sie.

„Meinst du nicht, wir werden es eher mit Wassergeistern und Sumpfgespenstern zu tun bekommen?", spottete er.

„Oh je, die Seelen der Ersäuften und Ertrunkenen!", sagte sie, „das sind die Allerübelsten, die locken uns ins Wasser!"

„Oder vielleicht mit Nebelgeistern?", neckte er sie weiter.

Crescentia sank heulend zu Boden und klammerte sich wie ein Kind an seine Beine.

„Du Dummerchen, wenn jetzt Sommer wäre", versuchte er sie aufzumuntern und streichelte ihr verfilztes Haar, „dann würden hier die Wasserfrösche quaken, bunte Mosaikjungfern von einem Stängel zum nächsten schwirren und du könntest beobachten, wie Zebraspinnen ihre Netze bauen!"

Mit aller Gewalt zog er seinen Fuß aus dem nächsten tiefen Loch und der Moorboden gluckste.

„Ich mag keine Spinnen, lass uns Rausch-Beeren suchen!"

„Im Pfrunger Ried ist Beerenpflücken verboten!"

„Du redest wirres Zeug", sagte sie, „lass mich mal sehen!"

Sie legte eine Hand auf seine Stirn.

„Ganz schön heiß, dein armes Köpfchen!", meinte sie, „gut und gerne 39 Grad, du verträgst aber auch rein gar nichts: kaum werden deine Füße nass, schon hast du Temperatur!"

„Ich krieg keine Luft mehr durch meine Nase!"

Mit letzter Kraft bändigte sein Körper einen Schüttelfrost.

„Alles was hier gedeiht", schwadronierte er weiter, „basiert auf reinem Regenwasser, ist das nicht wunderbar?"

„Von solchen Wundern werden wir nicht satt!"

Sie schüttelte den Kopf.

„Und hier soll es Fische geben?", fragte sie.

„Doch!", antwortete er, „die wurden eingesetzt."

„Wann denn, bitteschön?", wollte Crescentia wissen.

„Gut, lassen wir das! Vielleicht fangen wir ja einen Aal!"

„Kannst du gerne alleine essen, deine Aale, mir wird speiübel, wenn ich nur an diese glitschigen Dinger denke!"

„Wir stehen übrigens auf gefühlten zehn Metern Torf!"

„Nicht mit mir, sie zahlen nur fünf Kreuzer für 14 Stunden!"

Und dann funkte ihm seine Begleiterin wieder dazwischen.

Sie hatte den Fünfeckweiher einfach weggehext!

Wie sollte er sich da noch zurechtfinden?

Sie wateten nach rechts, kehrten um und wateten nach links.

Sie kletterten über Seggen, sie raschelten durch Pfeifengras-Wiesen und sie rutschten von glitschigen Totholz-Stämmen ab. Äste brachen unter ihren Sohlen krachend entzwei, ihre Füße patschten durch braune Pfützen und Tümpel und ständig bekamen sie es mit den Nadeln der Spirken zu tun. Je tiefer sie in den Sumpf vordrangen, desto mehr schienen die Gesetze der Naturwissenschaft ihre Gültigkeit zu verlieren.

„Crescentia, was soll das?"

Der Bannwald verwandelte sich immer mehr.

Und Karl hatte sich total verirrt.

„Glaubst du noch immer nicht an Geister?", fragte Crescentia.

„Ich bin doch Ingenieur, wo denkst du hin!"

„Es gibt gute und böse Geister!"

„Was soll das: Geist, Gespenst?"

„Gespenster spuken durch Gebäude und Geister durch den Wald - weißt du das denn nicht?"

„So, so!"

„Hier gibt es Erd-, Wasser-, Feuer- und Luftgeister!"

„Ach, sieh mal an!"

„Sie wohnen im Ried, im Sumpf, im Moor, im See, im Fluss oder im Bach und sie schlüpfen gerne in Bäume, Büsche oder Sträucher. Manchmal stellen sie sich Menschen in Gestalt von Bergkiefern in den Weg oder sie schweben als Nebelschwaden durch den Sumpf."

„Und du bist eindeutig ein Quälgeist!"

Doch Crescentia ließ nicht locker.

„Auch Seggen sind mit Vorsicht zu genießen!"

„Ja wirklich?"

Karl stampfte wie ein ungezogenes Kind auf das nächstbeste dieser drolligen Grasbüschel. Prompt begann der feuchte Morast zu glucksen, zu gurgeln und zu gären. Methan trat aus und im Nu züngelte ein blauer Flammenkranz aus Sankt-Elms-Feuern um den kleinen Hügel, der immer weiter aus dem Boden wuchs. Harrte Karl aus, kehrte Ruhe ein, bewegte er sich wieder, dann fuhr der Moorgeist unter der Segge mit seinem Spektakel fort.

Ein männliches Gesicht erschien und grinste ihn an.

Ein besonderer Feinstoffkörper mit einer spektakulären Aura.

„Willkommen!", begrüßte er Karl hinterlistig.

Dann schürzte er die schmalen Lippen und rief: „Wurde auch Zeit, das sich endlich mal wieder jemand herbemüht, um sich um mich zu kümmern!"

Eine ziemlich extravagante Reinkarnation, fand Karl von Drais.

Doch das anfangs noch fröhliche Gesicht bekam schnell einen grantigen und aggressiven Ausdruck, ein Blick genügte und es wurde klar, dass sich dieser Geist hier nicht wohlfühlte.

„Vive la France", begann das Astralgesicht, „der Staat bin ich!"

Oh je, ein Franzose, dachte Karl!

Der Geist setze einen Hut auf und legte ein Fernrohr an. Als Karl näher trat, schälte sich der Oberkörper aus dem Sumpf.

„Es gibt kein gutmütigeres, aber auch kein leichtgläubigeres Volk als das deutsche!", fand der Geist.

Ein Regenwurm kroch aus seiner Nase.

„Ich brauchte nur meine Netze auszuspannen, dann liefen sie wie ein scheues Wild hinein. Untereinander haben sie sich gewürgt und sie meinten, ihre Pflicht zu tun. Törichter ist kein anderes Volk auf Erden."

„Haben Euch die deutschen Moorgeister erwischt?"

„Ich will nach Hause!", jammerte der Feldherr.

„Unmöglich", sagte Crescentia, „einmal Geist, immer Geist!"

Waldameisen krabbelten über sein Gesicht.

„Warum haben sie dich geholt?"

„Keine Ahnung, wo ich doch den Fortschritt über den Rhein getragen habe - diese undankbaren Deutschen!"

Ein schwäbischer Steinkauz flatterte heran und kackte prompt auf seinen Kopf.

„Stell dir vor", stöhnte der Geist, „ich muss Tag für Tag über die Wiesen laufen und Kuhfladen sammeln!"

„Geschieht dir recht", krächzte der Vogel, holte aus und hackte den Kaiser ins Ohr.

„O-la-la-la-la-la-la: man zwingt mich, Gülle zu trinken", jammerte der unzufriedene Franzose, „neulich hat mich eine Bisamratte gebissen und die Graureiher lachen sich krumm, wenn sie mich mit meinem Kübel nur kommen sehen."

„Égalité, Liberté, Fraternité!", antwortete Karl.

Der Kopf des Geistes wurde rot, sein Hals begann zu würgen.

„Sie halten mich in einem engen Käfig aus Draht, das ist gegen die Genfer Konvention! Ich bekomme morgens, mittags und abends nichts anderes als Kraut", fuhr er mit seiner Beschwerde fort, „immer nur Kraut, Kraut, Kraut!"

Er deutete auf zwei blutige Flecken an den Schläfen.

„Sie haben mir die Hörner abgeschnitten", heulte er, „gleich am ersten Tag - das hat vielleicht wehgetan!"

Er seufzte und Tränen rannen ihm aus den Augen.

„Und weißt du", fragte er schließlich, „was das Allerschlimmste hier ist?"

„Nein, spuckt es ruhig aus!", sagte Karl und war gespannt.

„Die Moorgeister haben meinen Vorderlader konfisziert, weil ich Wildschweine schießen wollte. Außerdem schleicht jede Nacht ein Wolf um meinen Käfig und behauptet steif und fest, er hätte ein Recht darauf, hier zu leben. Stell er sich vor, er meint wirklich: hier, in meinem schönen Württemberg."

„Passt auf", sagte Karl, „dass er Euch nicht in Euren fetten Hintern beißt!"

Der Geist des Napoleons verlor die Fassung.

Leuchterscheinungen loderten um seinen Kopf und Nordlichter waberten über den Himmel.

„L'état c'est moi!"

Es roch nach Pech und Schwefel, der Geist holte noch einmal Luft, reckte die geballte Faust in den Himmel und versank mit Pauken und Trompeten im Moder.

„Vive la France!"

Kaum war er verschwunden, kehrte Ruhe ein im Ried.

Eine trügerische Ruhe allerdings.

Karls ruinierter Verdauungstrakt meldete sich zurück. Sein Magen hatte es seit Tagen nur mit pflanzlicher Nahrung, aus rein biologischem Anbau zwar, zu tun gehabt und ausschließlich Ballaststoffe verdauen dürfen. Das rächte sich nun und ein neuer Geist tauchte auf.

Unsichtbar und körperlos, gemein und hinterhältig.

Der Hunger-Dämon!

Ein Kinderspiel für diesen Profi, Karls Hirn in ein Tollhaus zu verwandeln und seine Sinne Amok laufen zu lassen. Zuerst hörte er in der Dunkelheit nur seine Rufe, doch als er aus Versehen sein Revier betrat, da kroch er aus dem Sumpf.

Er kam, um ihn zu holen!

Der Geist entpuppte sich als ein besonders übler Sadist.

„Kraut stärkt die Haut!", hallte es durchs Moor.

Als Vorspeise zauberte der Unhold sämtliche Spielarten und Variationen der oberschwäbischen Lieblingsspeise Nummer eins auf einen hübsch gedeckten aber imaginären Tisch mitten ins Ried: zuerst scharf riechend, roh und gehackt, dann gedünstet und gewickelt, später geschnitten und weich gekocht und zuletzt in ganzen Blättern eingelegt und vergoren.

„Bitte, aber doch kein *Kraut!*", jammerte da der Badener.

„Doch, das hilft gegen Eingeweidewürmer!", rief Crescentia.

Der Geist merkte, dass das württembergische Nationalgericht nicht so recht ankam und versuchte es mit einer gut gefüllten Terrine Metzel-Suppe, auf der riesige Fettaugen schwammen.

„Lieber sterbe ich Hungers!", stöhnte der Mannheimer.

Da präsentierte der Geist einen großen Berg schwäbischen Wurstsalat mit Zwiebelringen und Karls Mundhöhle füllte sich spontan mit einem ganzen See aus Speichel.

„Schon besser, bitte je eine große Portion für meine Freundin und mich", forderte Karl.

Sofort legte der Geist nach und ließ einen randvollen Teller heißer Flädlesuppe mit kleingehackter grüner Petersilie und kurz darauf eine Portion geschmälzte Maultaschen mit Röstzwiebeln an seinen Augen vorbeidefilieren.

Karl konnte sich nicht entscheiden.

Dann folgte das schwäbische Nationalgericht Nummer zwei.

Linsen und Spätzle.

Das käme selbst bei einem Badener an!

Ein dickes Paar knackiger Saitenwürstchen, das in einer mehligen Masse aus gekochten Alblinsen schwimmt, die von einem Damm aus handgemachten goldgelben Spätzle am Überlaufen gehindert wird.

Als Karl von Drais auch damit nicht recht zufrieden war und großspurig und frech eine Portion Zwiebelrostbraten mit Schupfnudeln und dann Apfelküchle und Schlagsahne als Nachtisch bestellte, wurde der Geist grantig und es kam nur ein mickriger imaginärer Krapfen angeflogen.

Egal, ob heiß und fettig, Karl hatte einen höllischen Hunger und schnappte nach dem Ding, doch der Krapfen zerplatzte wie eine Seifenblase vor seinen Augen.

„Crescentia, zu Hilfe, ich sterbe!"

Von den Verlockungen in den Wahnsinn getrieben, gierte sein Magen nach Kohlenhydraten und Fett und seine Bauchspeicheldrüse wünschte sich nichts sehnlicher als eine Ration Zuckersüßes, in welcher Form auch immer. Im Delirium schnappte Karl erst nach einem Leberkäs-Wecken und dann nach Geister-Schnitzeln und Gespenster-Wurst und wurde bitter enttäuscht.

„Gertraut, bitte heute kein Kraut!", phantasierte Karl im Fieber. Er gab nicht auf und verlangte nach einem großen Becher Heidelbeergelee, wollte Schwarzwälder-Kirsch-Torte haben und bettelte heulend um ein Stückchen Zwetschgenkuchen.

„Wildschwein mit Preiselbeeren!", forderte Karl von Drais schließlich, „lass uns auf die Jagd gehen, mein Schatz!"

Am Ende wäre er mit einer einzigen Praline oder einem Rippchen Schokolade zufrieden gewesen.

Als sie ihm genervt ihre Zunge zwischen die Schneidezähne schob, gab er Ruhe und der Spuk schien vergessen.

Doch dann wurde es wieder schlimmer mit ihm und Karl von Drais begann zu röcheln und zu stöhnen. Crescentia bettete den Erfinder wie ein Baby auf einen Haufen Schilf, warf sich ihren Umgang über die Schultern, raffte den Rock hoch, zündete eine Fackel an und verschwand mit ihrem Körbchen zwischen den Bäumen. Nach ein paar Minuten kehrte die Kräuterhexe mit einem Bündel Brennnesseln und einem Büschel Adlerfarn zurück, zündete ein Feuer an, schöpfte mit ihrem emaillierten Töpfchen Wasser aus einem Tümpel und stellte es in die Glut. Karl wachte auf und sah, wie sich Crescentia im Schneidersitz vor das Feuer hockte und ein geheimnisvolles Säckchen zückte.

„Keiner sieht dem Weißdorn an, was er wirklich leisten kann!"

Sie schloss die Augen und warf eine Portion ins Wasser.

„Die Kraft, das Weh im Leib zu stillen, verlieh der Schöpfer den Kamillen, sie blühn und warten unverzagt, bis jemanden der Ranzen plagt!"

Es folgte eine Prise Breitwegerich und eine Spur Spitzwegerich, reichlich zerriebene Eicheln, Seifenkraut und eine gehörige Portion Kapuzinerkresse, dann noch geriebene Löwenzahnwurzeln,

Bärlauchblätter, Schöllkraut und Lindenblüten.

Der Zaubertrank mochte bitter schmecken, aber er wirkte.

Karl von Drais lag bald erlöst auf dem Rücken und hielt mit geweiteten Pupillen Ausschau nach Sternschnuppen, Kometen und anderen Himmelszeichen. Sein Körper hörte auf zu bibbern, seine Nerven beruhigten sich, das Adrenalin in seinen Arterien verflüchtigte sich und eine ungeahnte wohlige Wärme breitete sich unter seiner nassen Kutte aus. Alles was er noch hörte, waren ein paar Mäuse, die zwischen den Heidelbeersträuchern herumraschelten, dann vibrierte die Stille in seinen Ohren.

Die Nebelgeister hatten die Nase voll vom nächtlichen Spuk, lösten sich auf und überließen den Sternen die Regie und auch der Mond machte sich vom Acker.

Bald herrschte vollkommene Dunkelheit und Ruhe.

„Heiliger St. Veit", hauchte Crescentia, „weck uns bei der Zeit!"

7

Gesegnete Mahlzeit

Aber sie wurden die Hungergeister nicht los. Lauter zerlumpte Menschen empfingen sie in Trauben bei den Beamtenhäusern am Torgebäude von Schloss Altshausen. Ein Heer von Bettlern und Tagedieben bevölkerte die schnurgerade breite Allee, deren Projektion angeblich bis nach Jerusalem reichen soll, und wartete auf Almosen. Von solchen Hirngespinsten wurde damals aber leider niemand satt. Und ein Bummel durch den romantischen Seepark des Deutschen Ordens beruhigte ihre gereizten Magennerven kaum.

Um die Kneipen und Kaschemmen lungerten die Underdogs und Outlaws der damaligen Zeit, man duldete sie allerhöchstens tagsüber in der Stadt.

Tagelöhner ohne Tagelohn, entlassene Dienstboten ohne Aufträge, arbeitslose Mägde und aussortierte Knechte ohne Schuhe an den Füßen, Pfaffenkinder und Uneheliche, ehemalige Büttel, Henker und Schinder, Totengräber sowie arbeitslose Klee- und Wasenmeister. Junge Mütter flehten sie mit nackten Kindern auf den Armen um ein paar Kreuzer an, sobald sie Karls schwarze Kutte sahen. Fliegende Händler versuchten verzweifelt, Zahnstocher oder Haarpuder, Schuhwichse oder zerfledderte Liederbücher an den Mann zu bringen.

„Der fette Friedrich, unser lieber König von Napoleons Gnaden", schimpfte Crescentia, „kommandierte jeden Morgen eine Eselkarawane mit Tierfutter zu seiner königlichen Menagerie im Tierpark Stuttgart, ich hab's mit eigenen Augen gesehen!"

Ein Sackpfeifer, ein Leirer und ein Hackbrettler hatten sich zu einer Band zusammengetan, die ihr Bestes versuchte.

Sie schüttelten den Kopf und wehrten ein paar Halbstarke ab.

„Heerscharen von Mittellosen belagern auch die Städte in Bayern und in der Schweiz und in Italien wandern angeblich ganze Bettelzüge von Dorf zu Dorf!"

Sie lotste Karl ins Wirtshaus und zog sofort alle Blicke an.

Trotz zerrissener Kleidung.

„Du kannst doch lesen?", fragte sie Karl und zeigte auf ein Plakat, „haben die Oberen noch irgendetwas auf Lager?"

„*Zum Behuf der Brotvermehrung durch Flechten und Kartoffelmehl[4]*", stand dort als Überschrift in großen Lettern.

„*Bey den noch immer sehr hohen Getreidepreisen und der fortdauernden Theuerung aller Lebens-Bedürfnisse*", begann der Aufruf und es hieß, „*haben manche Arme schon öfters Mittel ergriffen, die leider ihren Hunger auf Kosten des Lebens für immer gestillet haben*", und daher „*sollte man es dahin bringen*", lautete die Empfehlung, „*nur altes Brot zu essen, wegen des mühsamen Kauens, wodurch weniger verzehrt und der Brotverbrauch um ein Viertheil vermindert und der Mangel bis zur Ernte gedeckt wird[4].*"

„So ein Quark, das verstehe ich nicht!", sagte Crescentia.

„Eigentlich ganz logisch", antwortete Karl, „wer lange genug kaut, hat irgendwann genug!"

„Und wer früher stirbt, ist länger tot!", antwortete Crescentia.

„*Außerdem sollte man die Backrezepte strecken*", las er weiter, „*mit Erbsen, Bucheckern, Heidelbeeren, Rosskastanien, Runkelrüben, Kohlrabi, Holzmehl, Baumrinde, Quecken, Stroh und Ochsenhäuten[4].*"

„Wollt ihr wohl wegbleiben, ihr Schmarotzer!", ein Kaufmann huschte mit einer Schar zerlumpter Halbwüchsiger im Schlepptau heran, „haut ab, oder ich zeig euch an!"

Er wehrte sich mit Stockhieben.

„Wiederholungstäter werden strafrechtlich verflogt, Bruder!"

Wollte er sich einschmeicheln in der Hoffnung auf Absolution?

„Stellt Euch vor, Vater", sagte er zu Karl, „in Kürnbach hat der Hochwürden, ein echter Patriot und pflichtbewusster Bürger, eine Kindsmörderin bei der Beichte überführt, sie hatte ihren Säugling mit vergorener Milch getötet!"

Er rümpfte die Nase und schüttelte den Kopf.

„Sie wurde zum Tode verurteilt und hernach zu lebenslänglich begnadigt, die Behörden sind lasch, im Königreich!"

Er pochte mit seinem Stock auf einen anderen Aushang.

„Ausländische Bettler und Landstreicher, die im Königreich ergriffen werden", lautete die frohe Botschaft, *„sind mit 18 bis 30 Streichen zu belegen und in ein Zwangsarbeitshaus zu sperren*[4].*"*

„Gut, dass die Politik jetzt bei den Flüchtlingen und Asylanten reagiert", ereiferte er sich, „die Plage nimmt kein Ende!"

„Ein Pfarrer in Lungau hat ein neues Liedchen getextet", sagte ein hohlwangiger Mann in heruntergekommener Kleidung, „Stille Nacht - Heilige Nacht, lautet jetzt die Parole der Kirche!"

Er zog zwei dunkelbraune Brocken aus der Tasche.

„Da", sagte er und schluckte trocken, „das ist alles, was der Magistrat für mich übrig hat: Brotersatz aus Kleie, gehackten Brennnesseln, Heublumen, gemahlenen Wicken und Baumrinde. Meine Kinder werden weinen vor Glück, sie klauben die Reste von den Feldern und manchmal wandert ein Hase oder Dachs in unseren Topf. Mein Nachbar fängt Maulwürfe, Mäuse und Ratten. Es gibt keine Katzen und Kettenhunde mehr!"

„Wilhelm und Katharina haben doch Generalpardon für Deserteure und Sträflinge erlassen und in Oberschwaben wurde eine Amnestie für Holzdiebstähle eingeführt!"

„Es gibt kein Holz mehr, das man klauen könnte und die Hälfte der Bevölkerung hat kein Geld mehr in der Tasche!"

„Die Schützenvereine dürfen schießen, es geht voran!"

„Wie in Frankreich, wo keine Bettler zu sehen sind, weil man sie wie Vieh zusammenpfercht, in der Hoffnung, sie mögen an der Ruhr krepieren? Die Korn-Juden erwerben die Ernten auf dem Halm und verkaufen das Schaff Dinkel für 100 Gulden oder mehr! Kaufleute, Großbauern und selbst Pfarrer geben gegen hohen Zins Kredit und profitieren vom Notverkauf - gehörst du in diese Kategorie?"

Sie ließen die beiden Streithähne stehen und machten sich auf den Weg zum Armenhaus.

Ihre Mägen knurrten laut.

Ein aufgebrachter Mob wollte die Tenne eines Preisspekulanten stürmen und vor König Wilhelms Sozialstation präsentierte ein Bettler seinen zerbeulten Hut verkehrt herum.

In der Stube herrschte drangvolle Enge. Auf den Tischen standen Kerzenstummel, Wasserkrüge und leere Näpfe mit Holzlöffeln. Ein Beamter erteilte Ratschläge, aus was noch allem man Brot backen könne und warnte vor dem Verzehr von gekochtem Katzenhirn.

Er teilte der ungeduldigen Menschentraube freudestrahlend mit, dass er die Armen-Suppe nicht nur aus Steckrüben, Zwiebeln und Lauch, sondern aus Weißkohl und Gerstengraupen gekocht und mit einer Prise Essig und reichlich Salz verfeinert hätte.

„Gesegnete Mahlzeit!", sagte er und schenkte die Brühe aus.

Sie schlürften so viel sie konnten in sich hinein.

Ein gut gekleideter Herr hockte in löchrigen Socken auf einer Bank und hielt zwei kleine Brotlaibe in Händen.

Er hatte heute das große Los gezogen.

„Jetzt helfen nur noch deine Pilze", sagte Karl zu Crescentia und sie verordnete ihnen eine Extra-Ration. Kaum eine Minute später hockte Karl mit offenem Mund und geweiteten Pupillen auf den Dielen. Der Speichel rann ihm aus dem Mund und er beobachtete fasziniert, wie sich seine Freundin mit einem dicken Besenstiel zwischen den Oberschenkeln in Stimmung tanzte.

Ein Kaleidoskop bunter Ringe waberte durch den Raum.

„Hosianna, lass uns fliegen!", jubilierte er.

„Hörst du die Klänge?", fragte sie.

Tatsächlich, in seinen Gehörgängen begann eine Orgel zu spielen, sein Körper wurde schwerelos und er schwebte wie von einer unsichtbaren Hand getragen nach draußen.

Sie folgten einer grölenden Menge.

Er nahm einen Schluck aus der Pulle, Crescentia lud ihn auf ihren Besen und sie flogen zum Marktplatz, wo eine Prozession im Gange war.

„Die Katholisch Erweckten!", rief Crescentia und zog ihn weiter, „der Pöschl und sein Medium aus Ampflwang[4], das dürfen wir nicht versäumen!"

Die Offenbarung folgte auf dem Fuß.

„Wir wollen durch tätige Liebe und Buße das Reich Gottes errichten!", rief ein seltsamer Prediger, „lasset die Arbeit ruhen, verkaufet Haus und Hof, holet Frauen und Kinder und folget mir nach Jerusalem, das Ende der Zeit ist nah! Ihr Menschen, ich sage euch: am Palmsonntag kommt das Jüngste Gericht!"

Die Menge raunte und bekreuzigte sich.

Und der Maler Johann Baptist Pflug zückte sein Notizbuch.

„In Italien wütet die Pest und das Meer ist versiegt, Frankreich wird von der Seine überflutet, die Sonne ist von einer Sichel gezeichnet und die Magnetnadeln weisen nach Süden. Brüder, treibt endlich den Wollust-Teufel aus!", befahl der hagere Mann mit dem schwarzen Priester-Talar nun, „werft euer Hab und Gut auf einen Scheiterhaufen, zündet alles an und versöhnt euch mit Gott!"

Die Geißelkammern[3] wurden geöffnet und ein bizarrer Zug mit einem schwarzen Reiter an der Spitze zog die Straße entlang.

„Lasst uns nach Prag ziehen und die Juden bekehren!"

Karl sah Männer mit rückenfreien Kutten, die Holzgriffe in Händen hatten, an denen Schnüre mit Messingsternen hingen. Die barfüßigen Büßer beteten monoton einen Rosenkranz nach dem anderen, trotteten im Gleichschritt dahin und schlugen sich die Knotengeißeln auf ihre nackten Rücken.

Warmes Blut und kalter Essig tropften zu Boden.

Ein Chirurg kümmerte sich um die allerschlimmsten Wunden.

Dutzende Priester folgten ihnen mit gefalteten Händen.

Mönche wollten Gaben eintreiben, provisorische Beichtstühle standen bereit und Ablasszettel wurden gegen Bares angeboten. Rübengeister tauchten auf und sie sahen, wie man Agatha[7] mit heißen Kohlen traktierte. Die Heilige Katharina hielt ihnen ein Spinnrad entgegen, ein St. Antonius aus Gips bat Crescentia um eine Messe, damit sie wen auch immer wiederfände und ein am Boden liegender St. Fidelis aus Pappmaschee wollte ihnen unbedingt gegen das zu erwartende Kopfweh behilflich sein.

Nur St. Martin war weit und breit nicht zu sehen.

Stattdessen zogen nun vier hölzerne Rappen mit bunten Zügeln und Bändern in den Mähnen die Kutsche einer Äbtissin über den Platz. Die Chefin trug ein langes schwarzes Kleid, eine weiße Stirnbinde, eine hohe Halskrause und eine goldene Kette mit einem schweren goldenen Kreuz.

Ein als Jesus verkleideter Mann zog betend mit seinen Jüngern vorüber, man steckte ihm eine Schweinsblase mit Stierblut unter die Kutte. Die Menge schrie auf, als ein Trupp römischer Kriegsknechte auf Pferden heransprengte, den König der Juden gefangen nahm und ihm ein Holzkreuz auf den Rücken packte. Als er sich schwankend in Bewegung setzte, wurde er von der wehklagenden Veronika mit dem Schweißtuch verfolgt. Der schwarz gekleidete Tod hockte auf einem hölzernen Schimmel und Trompetenbläser stimmten einen Trauermarsch an. Pontius Pilatus, Herodes, der Prophet Jeremias, Priester und Schriftgelehrte heulten Klagegesänge um die Wette. Am Ende des Zugs zerrten schließlich ein paar Teufel den jammernden Hiob und den im Maul eines riesigen Walfischs zappelnden Jonas hinter sich her.

Und dann war es soweit, man richtete das Kreuz auf, ein Hauptmann zückte seine Lanze, stach Jesus Christus ins künstliche Herz und ein blutroter Schwall plätscherte in eine goldene Schüssel.

Die Glocken läuteten.

Da tauchte Crescentias Freund als Geist in der Menge auf und drohte Karl mit der Faust. Er zerrte eine Braut-Kuh hinter sich her, lud alle zur Besichtigung des Brautbetts ein und zählte schon mal die Wäschestücke durch. Die spirituelle Strömung trug alle davon. Karls wackelige Beine strauchelten, seine weichen Knie versagten ihren Dienst. Er schwamm in einem Gewässer, das er nicht kannte, er war im Meer der katholischen Kirche gelandet. Hier konnte keiner umfallen, viel zu dicht drängten die Fanatiker mit erhobenen Händen durch die Straße und es gab nur eine einzige Richtung: die zum Herrgott höchstpersönlich. Die Flut des Glaubens spülte alles weg, was sich dem frommen Drang entgegenstellen wollte. Männer und Frauen, Frauen und Kinder, Kinder und Kleinkinder, Kleinkinder und noch kleinere Kinder. Sie stießen und schoben die anderen vor sich her, sie stutzten ängstlich, standen plötzlich still. Ihr Drang nach vorn stagnierte einen Moment. Da schrien sie frenetisch im Chor und jubelten wie besessen, flehten ihren Heiland um Gnade an und stolperten weiter. Sie wogten wie die Brandung einer aufgewühlten See gegen die Klippen der Häuser und er war gefangen in einer apokalyptischen Prozession. Ein Tau wanderte von Hand zu Hand, ausgestreckte Arme bugsierten Holzbalken halsbrecherisch über die Köpfe der raunenden Menge hinweg. Ein Strick wurde herumgereicht und ein Weihrauchkessel herbeigeschleppt.

Ein grimmiger Geselle erschien mit einem Hammer.

Er drückte die Hand des Heilands an ein rohes Brett und spreizte seine Finger auseinander. Jemand hatte ein Glas in der Hand und schon schraubte einer den Deckel ab, fischte einen langen Nagel heraus und der Henker drückte dem Komparsen die Spitze ins weiche Fleisch. Frauen fielen in Ohnmacht, Männer rissen die Hände empor, Kinder wurden auf Schultern gesetzt. Alle sollten es sehen: ein Schlag mit dem Hammer, ein zweiter und ein dritter und dann starrten alle zum Himmel.

Johann Baptist Pflug klappte sein Notizbuch wieder zu, Stoff genug für ein paar Jahre.

8

Der lange Marsch

Am nächsten Morgen ging die Reise weiter und sie schlichen sich an Mendelbeuren vorbei nach Malmishaus. Als im Nebel die ersten Gebäude vor ihnen auftauchten, zog ihm Crescentia hastig die Kapuze ins Gesicht, steckte Karl die Hände in die Kuttenärmel, bekreuzigte sich und schickte ihn los.

Er sollte anklopfen und betteln.

Ohne Ausbildung, ohne Einweisung, einfach so.

Nicht nur eine undankbare Aufgabe!

Ein absolutes Scheiß-Geschäft!

Karls roter Hals und seine gereizten Stimmbänder produzierten recht tiefe Frequenzen und mit seiner Mönchskutte verfügte er sogar über ein ganz besonderes Alleinstellungsmerkmal. Aber ihm fehlten der Mut, das Rückgrat und der notwendige Background für diesen Job und er hatte, nicht nur nicht die richtige, sondern genaugenommen gar keine Strategie. Ihm fiel nichts Besseres ein, als die Hände vor der Brust zu verschränken, den Kopf hängenzulassen und wie ein bockiges Kind mit den Schuhspitzen gegen die nächstbeste Tür des erstbesten schwäbischen Ein-Hauses zu pochen, das ihm in die Quere kam.

Keine Reaktion.

„Du musst jammern, das kannst du doch!", befahl Crescentia.

Alle Fenster und Türen blieben verrammelt und verriegelt.

Er mochte stöhnen, wimmern, heulen, fluchen, bitten, flehen und auf den Knien um das Haus rutschen, so lange er wollte.

Sie ließen ihn nicht rein.

„Wir probieren es dort drüben, bei den Alten ", sagte Crescentia, „die sind gutmütiger und wehren sich nicht!"

Sie schlichen sich zum Stübchen gegenüber.

Jetzt klopfte Crescentia an die Haustür.

Nichts, es war zum Heulen.

Aus Verzweiflung rüttelte Karl an einem der Fensterläden.

Totenstille im ganzen Gebäude.

Niemand da? Auch gut!

Crescentia gab ihm ein Zeichen, er solle sich umdrehen, an die Hauswand lehnen und eine Spitzbubenleiter bauen. Sie holte Luft, setzte einen Fuß in seine Hände, stieg mit dem anderen auf seine Schulter und schlüpfte irgendwo durch.

Lange geschah nichts.

Dann rumpelte und rumorte es im Haus, man hörte lautes Getrampel, gellende Schreie, derbe Flüche und aufgeregte Stimmen und dann landete die Fachfrau mit ruinierter Frisur vor ihm auf der Erde. Das Ende eines hölzernen Dreschflegels kam in seine Richtung geflogen, er hörte einen Fensterladen knarren und sah, wie eine alte Frau genau in senkrechter Linie über seinem Kopf ihren Nachttopf umdrehen wollte. Die Glocke der Dorfkapelle begann zu bimmeln und läutete dann in den höchsten Tönen Sturm, die Hofhunde schlugen an, Fensterläden klapperten und Türen schlugen zu.

„Du bist einfach zu nichts zu gebrauchen!", Crescentias Urteil war vernichtend, „du hättest sie ablenken müssen!"

Er hatte sich vor Schreck in die Kutte gemacht.

In der Ferne knallte ein Schuss.

„Nimm deine Beine in die Hand, sie schicken eine Streife!"

„Ich kann nicht mehr, ich will nach Hause!"

„Feigling!", rief sie und rannte davon.

Trotz Abitur und Ingenieur-Diplom wusste er nicht weiter.

Er raffte seine Kutte hoch und rannte hinterher.

„Jetzt fechten schon die Mönche!", hörte er den alten Bauern schimpfen, „lasst ihn laufen, der Kerl bringt nur Unglück, er muss vor Hunger verrückt geworden sein!"

Sie zogen Siebenmeilenstiefel an und hetzten Richtung Süden. Crescentia mit starrem Blick und wie ein verirrtes Schaf auf der verzweifelten Suche nach der Herde vorneweg und Bruder Hartmann mit hängenden Schultern wie ein Kinobesucher im falschen Film hinterher.

Sie hätten ebenso gut nach Osten, Norden oder Westen marschieren können, das spielte keine besondere Rolle, weil es plötzlich anfing, wie aus Kannen zu gießen.

Und weil mit dem Regenwasser etwas nicht stimmte.

„Blutregen!", hauchte ihm seine Begleiterin ins Ohr.

Tatsächlich, der Niederschlag war nicht klar und rein wie sonst.

„William Turner ist mit einem Fesselballon unterwegs", spottete Karl, „jetzt mischt er rote Pigmente ins Regenwasser, lila Wolken reichen ihm nicht mehr."

Doch als er merkte, wie sich der Regen in farbigen Lachen und Rinnsalen auf den Äckern sammelte und rot über Crescentias Wangen rann, da war Schluss mit solchen Scherzen.

„Hilfe, der Himmel blutet!", jammerte Crescentia, „wir brauchen so schnell wie möglich ein Dach über dem Kopf!"

Naturwissenschaftliche Deutungsversuche werden schwierig, wenn man das Übersinnliche quasi mit Händen greifen kann. Und weil seine Begleiterin felsenfest behauptete, sie hätte den Atem des Leibhaftigen im Nacken gespürt, sparte er sich rationale Erklärungen und mutierte zum Mystiker.

Gerade rechtzeitig tauchte eine Kapelle auf.

Nur das traurige Wrack eines Gotteshauses in Miniaturausgabe.

Ein gedrungenes und geplündertes Bauwerk, das einmal bessere Zeiten erlebt haben musste, jetzt aber nicht mehr dem Herrgott, sondern wie das ganze Land dem Untergang geweiht war.

Im Türmchen auf dem Dachfirst fehlte die Glocke.

Über die Dachziegel wucherten Moosteppiche und braune Schimmelrasen überzogen die vormals weißen Wände.

Zeit für ein Gebet!

Die Tür ließ sich auf Anhieb öffnen.

Im Innenraum empfingen sie wurmstichige Holzbänke zum Knien, ein Holzkreuz ohne Jesus, ein ramponiertes Weihwasserbecken aus Stein und ein zerkratzter Stucksockel, auf dem einmal ein Altar gestanden haben musste.

Es roch nach Moder.

Ihre Schritte hallten in der klammen Luft.

Crescentia bekreuzigte sich, zurrte ihr Kopftuch fest und nahm die Wände unter die Lupe.

„Nichts", sagte sie enttäuscht, „keine Zinken zu finden!"

„Hilft uns das da vielleicht weiter?", fragte Karl, führte sie nach draußen und zeigte auf den Sockel neben der Tür, „dieses komische Gekritzel ganz unten?"

Crescentias Augen leuchteten.

„Eine Brezel, eine Bäckerschaufel und ein Besen", jubelte sie, „hurra, das Markenzeichen des Schönen Fritz! Der Pfeil darunter zeigt die Richtung an, in der sie gegangen sind."

„Und was bedeuten die zwölf Striche?"

„Sie sind zu zwölft, juhu, die Bande ist komplett!"

Der rote Regen war ihr jetzt egal, es gab kein Halten mehr.

Bald standen sie am nächsten Moor.

Vor den Blitzenreuter Seen.

Die Wassergeister im Schrecken- und Buchsee wetzten die Messer und ihre Kollegen im Hecklerweiher wurden wach.

„Nicht mit mir", sagte Crescentia, „ins Dornbacher Ried kriegen mich keine zehn Pferde!"

Diesmal waren sie einer Meinung.

„Wenn wir Veri nicht finden, sind wir verloren!"

Sie streiften vergeblich durch die Erlen und Eschen des Schenkenwalds, machten einen Abstecher zum Schmalegger Tobel und rasteten am Wasserfall. Sie suchten und fanden den Scheibensee, aber leider nicht ihre Kollegen. Sie streiften am Arrisrieder Moos entlang und campierten zwei Tage am Argensee. Vom Gründenried und von Wurzach wollte Crescentia nichts wissen. Der Rohrsee hätte es ihr eher angetan, doch dort und an der Schussenquelle war von der Bande nichts zu sehen.

„Vielleicht hocken sie ja im Atzenberger Wald!"

„Sie sind weg, ich kann meine Freunde nicht finden! Es ist aus, der Graf hat alle erwischt!"

„Und wie soll es weitergehen mit uns?", fragte Karl.

„Vielleicht am Blinden See!", sagte Crescentia, „im Kanzacher Wald, möglicherweise hocken sie ja dort!"

Und Gott erhörte ihr Gebet.

Aber Petrus wollte nicht mittun.

Er senkte Anfang 1819 den Druck über Mitteleuropa, dirigierte mit Feuchtigkeit überladene Luft Richtung Süddeutschland und öffnete die Himmelsschleusen über Oberschwaben. Ein Regenguss nach dem anderen prasselte auf das sündige Oberland und das Jahr drohte, noch schlimmer zu werden als die beiden vorherigen. Die Böden sogen sich mit Wasser voll und weichten auf, Hänge rutschten ab und auf den pitschnassen Feldern staute sich das Wasser knöcheltief. Die klapprigen Pflüge und Eggen, die jetzt eigentlich dran gewesen wären, rosteten in den Scheunen vor sich hin, weil die Zugochsen auf den Äckern im Matsch zu versinken drohten. Die Bäche und die Nebenflüsse der Donau traten übers Ufer, auf der Alb lag noch Schnee und der Pegel des Bodensees erreichte ein Rekordniveau, sodass man die Streuobstwiesen am Ufer mit Kähnen befahren konnte.

Als dann noch die junge Königin Katharina starb, prognostizierte die Kirche das Ende der Welt und die Pfarrer predigten sich jeden Sonntagmorgen auf ihren Kanzeln die Lungen aus dem Leib, um die Leute auf den rechten Weg zu bringen.

Dass der Tambora dahinter steckte, verriet man ihnen nicht.

Die Gläubigen schoben das Desaster den Heiligen in die Schuhe.

Die alten Männer redeten sich an den Stammtischen die Mäuler fusselig und ihre Weiber jammerten zu Hause in der Stube. Bauernburschen schimpften wie die Rohrspatzen in den Scheunen, die Bäuerinnen jammerten am Herd, die Mägde beteten beim Melken Extra-Vater-Unser und die Knechte fluchten so laut sie nur konnten in den Ställen und alle bekreuzigten sich bei jeder Gelegenheit.

Im Wald wurde es noch ungemütlicher als sonst.

Doch das kümmerte den Schwarzen Veri nicht.

Er hasste jede Art von Gejammer wie die Pest und nannte seine Männer allesamt Jammerlappen und Memmen.

„Wer gehen will, kann gehen", rief der Räuberhauptmann voller Zorn, „Ersatz steht an jeder Ecke bereit!"

Er hatte etwas anderes im Sinn.

„Du bist der Auserwählte!", verkündete er plötzlich und deutete mit einer theatralischen Geste auf Karl von Drais. Der würde niemals vergessen, wie der klobige Ring an Veris Zeigefinger, das Symbol seiner Macht, golden im Lagerfeuerlicht blitzte.

„Pass auf, Freundchen!"

Der Räuberhauptmann warf seine Branntweinflasche weg und spuckte seinen Pfriem in hohem Bogen ins Feuer.

Karl von Drais wurde blass.

Veri stand auf, klopfte sich die Nadeln aus dem Rock und verschwand im Unterholz. Erst herrschte Stille, dann tuschelten und tratschen die Leute weiter wie gewohnt. Endlich knisterten und knackten die Äste zwischen den Bäumen und der Räuberhauptmann kam zurück.

Mit einem Präsent für Karl von Drais.

„Voila!", rief Veri in die Runde, „der Nachtstuhl des Grafen!"

Die Räuber trauten ihren Augen kaum und Karl von Drais war bitter enttäuscht, weil er dachte, man würde ihm endlich sein Laufrad zurückgeben. Zuerst kam ungläubiges Geplapper auf, dann boxten sich die Gesellen in die Seiten und am Ende kugelten sich alle vor Lachen.

Zeit für etwas Poesie im Wald.

„Fünf Minuten scheißt der Hund, ein guter Geselle scheißt gleich ne halbe Stund', aber keine Angst und Bange, der Meister scheißt genauso lange!"

„Hast du im Leben nichts zu lachen, lass es auf dem Lokus krachen!"

Sie durften sich kurz austoben, dann gellte ein lauter Pfiff durch den Wald und der Stuhl stand genau vor Karl von Drais.

„Du willst deine Draisine wiederhaben?", fragte Veri und setzte sich mit einem beherzten Ruck breitbeinig auf sein Beutestück, dass die Lehne nur so knarzte.

Karl nickte verlegen.

„Gut, dann begibst du dich gleich morgen früh zum Grafen und sagst ihm, dass er das Ding für 20 Gulden wiederhaben kann!"

Ein Raunen ging durch die Reihen ob dieser Summe.

„Falls du je zurückkommen solltest", sagte Veri und grinste, „dann kriegst du deine Karre wieder!"

„Ehrenwort?", fragte Karl.

„Ich schwöre es beim Leben meiner Ur-Großmutter, der Herr hab sie selig, so wahr mir Gott helfe!", antwortete der Räuberhauptmann und ergänzte lapidar: „Sag deiner Braut, sie möchte dich einmal gründlich mit Kernseife sauber schrubben, und nimm ausnahmsweise ein langes heißes Bad, sonst riecht dich der Graf schon zehn Meilen gegen den Wind. Hüpft meinetwegen zusammen in den Zuber, es könnte dein letztes Vergnügen sein!"

9

Amsel, Drossel, Fink und Star

Also trottete der Erfinder mutterseelenallein, müde und misstrauisch über die Landstraße Richtung Osten, immer der blutrot aufgehenden Sonne und einem ungewissen Schicksal entgegen. Und weil keiner mehr da war, mit dem er sich hätte austauschen können, flüchtete er sich eben in Selbstgespräche und zog Bilanz.

Und die fiel mager aus.

Seine Testfahrt war, gelinde gesagt, ins Stocken geraten.

Man hatte sein phänomenales zweirädriges Veloziped als Faustpfand genommen und irgendwo im Wald versteckt. Die Dukaten waren futsch und der Reisepass war weg und irgend so ein gemeiner Gauner stolzierte jetzt irgendwo in Karls schönen neuen Klamotten durch die Gegend, lupfte vielleicht gerade Karls schwarzen Zylinder von einem ungewaschenen Kopf, wünschte frech einen guten Tag, zog womöglich den geklauten Pass aus der Tasche und gab sich als ehrenwerter Bürger Badens aus.

Heute würde man so etwas wohl Identitätsraub nennen.

Das Abenteuer Oberschwaben war zum Albtraum geworden.

Karl steckte in einer schäbigen Mönchskutte, dachte an sein geliebtes Laufrad, an seine teure modische Montur und im selben Moment, hoppla, was war das denn nun, an die hübsche Crescenz. Er mochte sich gar nicht ausmalen, was die Räuber mit alledem wohl gerade anstellen könnten.

Hatte er sich verliebt?

Oh Gott, das konnte und durfte nicht sein!

Wie sollte er das alles nur seiner Helene beibringen?

Also hoffte Karl von Drais inständig, dass ihn niemand wiedererkennen möge und spähte im Minutentakt über die Schultern.

Er hatte allen Grund, auf der Hut zu sein.

Nicht nur um das Wetter war es damals schaurig bestellt.

Karl zählte sieben Galgen auf seiner Wanderschaft.

Auf weniger als 30 Meilen Weg.

Überall hockten die dazu passenden Rabenvögel.

Und einmal baumelte noch ein Körper im Wind.

Wackelige Knie bekam der Biedermeier aber erst so recht gegen Ende seiner Wanderschaft, als auf einer Anhöhe die Silhouette des gräflichen Anwesens als unübersehbares Herrschaftszeichen auftauchte. Weil ihm Veri aus schlechtem Gewissen ein paar Kreuzer zugesteckt hatte, ließ sich Karl von Drais von einem Fährmann über die träge dahin fließende Donau schippern, kehrte in einer Wirtschaft am Rand von Oberdischingen ein, marschierte dann die prächtige Allee entlang, bog in die von Häusern in französischem Stil gesäumte Herrengasse ein, schlich sich an der Kanzlei, dem Kavaliershaus und der Dorfschule vorbei und stand schließlich bange vor dem Hoch- und Blutgericht.

Nichts rührte sich, nur eine Katze streunte die Mauern entlang.

Sie hatte ein dreifarbiges Fell.

Doch das realisierte der Erfinder nicht.

Er sah nur die schwarzen Krähen in der Luft.

Und im Süden wieder das winzige Band der schneebedeckten Alpen in der Ferne flimmern und im Osten den Bussen über der kahlen braunen Landschaft im grauen Dunst hocken.

Das sollte die berüchtigte Frohn-Feste sein?

„Hoffentlich ist keiner zu Hause!", dachte Karl von Drais.

Dann zog er an der Glocke.

Doch es dauerte nicht lange und eine Tür sprang auf.

Wurde er erwartet?

„Bruder Hartmann, was für eine Überraschung", rief jemand laut, „Ihr seid ja noch am Leben?"

Der Hausherr nahm ihn gleich persönlich in Empfang.

Der Graf hatte ihn auf Anhieb wiedererkannt!

Was für ein Spiel wurde hier gespielt?

Lagen die Eisen schon parat?

Franz Ludwig bat den Erfinder in ein düsteres Foyer.

„Dem Himmel sei Dank, ihr konntet entkommen!"

Karl nickte und steckte seine Hände verstohlen in die Ärmel.

Hatten ihn die Räuber etwa ans Messer geliefert?

Karl traute dem Frieden nicht, wie nur sollte er beginnen?

„Danke der Nachfrage, Euer Exzellenz, aber ich müsste mal eben auf den Lokus, wäre Euer *Leibstuhl* vielleicht gerade frei?"

Aber das Stichwort fruchtete nicht.

„Kein Problem, Bruder Hartmann, mein Diener zeigt Euch unser stilles Örtchen gern!", schmunzelte der Hausherr.

Karl presste die durchtrainierten Pobacken zusammen.

Wusste der Hausherr Bescheid?

Warteten die Schergen schon?

Würde er sein Leben auf dem Lokus lassen?

Er sah, wie sich der Graf genüsslich die Hände rieb.

„Hinter der Tapetentür", erklärte ihm der Hausherr und deutete zur Wand, „steht mein *neuer* Leibstuhl aus Zedernholz - nichts geht über einen gediegenen Stuhlgang! Ich habe mir zwei solcher Pracht-Exemplare auf Maß schreinern lassen, einen auf Reserve! Soll der Schwarze Veri mit dem alten doch machen, was er will!"

„Ihr wollt Euer Erbstück gar nicht zurück?"

„Mein Erbstück?", fragte der Graf.

Franz Ludwig stutzte.

„Also bitte", ereiferte sich der Adelige, „ich scheiße doch nicht in Löcher, durch die das gemeine Volk schon gefurzt hat!"

Der Graf schien den Braten gerochen zu haben.

„Hat Euch der Schwarze Veri vielleicht gar geschickt?"

Der Erfinder wurde rot und immer röter.

„Steckt Ihr mit dem Gesindel etwa unter einer Decke?"

Karl sah sein Leben in Sekundenbruchteilen vor seinen Augen im Rückwärtsgang ablaufen.

„Ich soll die Räuber doch bekehren!", antwortete er dreist.

Der Graf näherte sich bedrohlich seinem Gesicht.

„Ihr seid auf *Mission* im Oberland?"

Karl nickte und Franz Ludwig lachte auf.

„Der Bischof von Brixen hat dich hergeschickt?"

Die gräflichen Augen wurden weit.

„Ihr arbeitet also gegen den König von Württemberg?"

Karl zuckte mit den Schultern und nickte.

„Dann seid herzlich willkommen auf meinem Schloss, dieser Schmarotzer ist seit gestern ein rotes Tuch für mich!"

Der Erfinder atmete auf.

„Was nicht heißt, dass ich mit Raubgesindel Handel treibe!"

„Nein? Aber Euer schöner Stuhl!"

Der Graf wurde wütend.

„Den Räubern wünsche ich allenfalls einen recht gesegneten Dünnpfiff!"

Franz Ludwig zog ein Bein an und furzte laut.

„Und der Bande die Pest und die Cholera an den Kragen!"

Er redete sich in Rage.

„Möge die Diarrhoe ihre räudigen Därme blähen, bis sie platzen! Wehe, wenn ich je einen erwischen sollte!"

Danach sah es im Augenblick allerdings nicht aus.

Das Schloss war offenbar bis auf die Diener menschenleer.

„Statt in einem mit Blumen gewürzten, mit Atlas und Seide bezogenen und mit Teppichen belegten Diplomatenkabinett", seine Worte hallten wie Donner durch den Raum, *„statt mit bedeutenden Männern oder mit schönen Frauen, statt auf ruhmreichen Schlachtfeldern oder auf höherer Mission hatte ich täglich Umgang nur mit Gaunern, Mördern, Straßenräubern und Zigeunern, mit Markt-, Tag- und Nachtdieben, mit Beutelschneidern und Mordbrennern, mit Falschgeldmünzern, Betrügern, Falschbettlern und Schatzgräbern - und was habe ich zum Dank dafür bekommen?"[3]*

Der Graf hatte tränennasse Augen.

„Also, Exzellenz, die Sache ist die!", begann der Erfinder.

Doch da hörte er ein lautes Grunzen und hielt inne.

„Das ist nur Arnulf", beruhigte ihn der Graf, „habt keine Angst, mein letzter treuer Gefährte!"

Die Worte zeigten Wirkung, es röchelte und rumorte lauter.

„Der tut nur was, wenn ich es befehle, sonst macht er nix!"

„Das sagen alle Hundebesitzer!"

Der Graf schnalzte mit der Zunge, pfiff durch die Schneidezähne und lockte das unbekannte Wesen aus der Reserve.

„Neulich, beim Schlösslehof, da war auch so ein Vieh!", meinte Karl und stolperte ein paar Schritte zurück.

„Seht Ihr das Loch in meiner Kutte?"

Als der Graf mit den Fingern schnippte, kroch ein seltsames Tier mit kurzem Fell, platter Schnauze und triefenden Lefzen unter einem Tisch hervor, hockte sich auf die Hinterbeine, rappelte sich dann auf, trottete näher und knurrte den Erfinder böse an.

„Bei Fuß, Arnulf!", befahl der Graf, „was ist denn!"

Der Hund gehorchte widerwillig.

„Hör sofort auf zu schimpfen, das ist doch nur der liebe Bruder Hartmann aus Brixen, sag jetzt einmal artig guten Tag!"

Der Instinkt des Vierbeiners versagte, das Schwergewicht wusste nicht recht wohin. Es hob die Nase in den Wind, um zu ergründen, was der fremde Geruch wohl bedeutete. Dann watschelte es zu ihm und schnüffelte am Stoff seiner Kutte.

„Ja, wo ist er denn?", fragte Karl von Drais.

Und er erinnerte sich an die Merseburger Zaubersprüche.

„Ben zi bena, bluot zu bluoda", deklamierte Karl leise, „lid zi geliden, sose gelimida sin!"

Doch der Hund verstand kein Mittelhochdeutsch und knurrte.

Karl überwand allen Ekel, ging in die Hocke und packte den vierbeinigen Koloss am Halsband. Dann näherte er sein Gesicht der sabbernden Schnauze und knuddelte den Köter aufs Herzlichste.

Das half und der Hund gab Ruhe.

„Du bist ja ganz nass, mein Kleiner, hat man dich im Regen durch den Garten gejagt, warst du unartig?"

„Mit mir nicht", dachte der fette Hund und entwand sich seinen Händen, „nein danke, das kann ich nicht gebrauchen, lass mich sofort los, oder es gibt Ärger!", das Tier rannte zur Tür und die Dienerschaft suchte das Weite. Es trat abrupt auf die Bremse, dachte an ein Kotelett und überlegte es sich anders.

„Wohin des Wegs?", kommandierte der Graf, „nun wird aber pariert! Was sollen meine Gäste denken, du Fettkloß?"

Die Bulldogge zuckte zusammen.

Das Tier erkannte die Gefahr, kehrte um und wand sich wie ein Gummischlauch hin und her. Dann fing es an, wie eine Hyäne zu heulen, pirschte sich in geduckter Haltung reumütig heran und wedelte mit seinem virtuellen Schwanz.

Und das gefiel dem Grafen.

Aber der Freiheitsdrang des Köters war stärker als seine Furcht, er vergaß alle guten Manieren, wand sich weg, schnellte empor und sprang dem nächstbesten Lakai wie ein Basketball gegen die Brust. Die Phalanx der Saaldiener wankte, die Reihen wichen ängstlich vor den Zähnen zurück und der Graf grinste diebisch.

Karl bändigte den hässlichen Hund mit harter Hand, tätschelte dem garstigen Tier mit Klapsen die fetten Flanken und weckte seinen Spieltrieb. Das Tier gebärdete sich devot und schlenderte lässig mit seinem neuen Herrn durchs Zimmer.

Das wiederum missfiel dem Grafen.

Er holte sich die Initiative zurück, rief seinen Hund und der Vierbeiner kehrte um. Er hüpfte wie ein Gummiball auf und ab, krachte mit dem Gesäß auf den Boden und schlitterte auf allen Vieren wie ein Kartoffelsack über das frisch gebohnerte Parkett. Ungebremst knallte er gegen die Tür, hechelte vergnügt und schnappte nach dem nächstbesten Bein.

„Wo ist der Ausgang?", fragte das Hundehirn, ringelte das Tier zusammen, ließ den Fettwanst gegen den Schreibtisch poltern und setzte ihn in Marsch, diesmal in Richtung einer Vitrine. Myriaden von Splittern klirrten und die Diener rannten mit Besen und Schaufel herbei. Das Meißener Porzellan war hin.

„Sitz! Mach sitz, willst du wohl artig sein!", befahl Karl.

„Nicht schlecht, Ihr seid ja ein Hundeflüsterer!"

„Ein Prachtexemplar!"

„Eine reinrassige Bulldogge, ein *Eisenrücken*, toll, nicht wahr?"

„Ganz schön kräftig und flink, der Bursche!"

„Bekommt nur das Beste! Aber, mit dem Parieren ist das so eine Sache, genau wie bei meinem Personal!"

Der Graf blickte in die Runde.

„Wenn man nicht aufpasst, geschehen dumme Sachen!"

Er tätschelte das rüde Tier.

„Halt still jetzt, wirst du wohl?"

Der Graf näherte sich gefährlich der vierbeinigen Waffe an.

Doch der Köter schnappte nicht nach ihm.

„Aber mal im Ernst, Bruder Hartmann, woher wusstet Ihr, dass er nicht beißen würde?"

„Ich habe keine Angst vor großen Tieren!", sagte Karl frech.

Der Hausherr stutzte und Glasscherben knirschten unter seinen spitzen Schuhen.

„Ist ja nur ein Hund!", sagte Karl.

„Aber ein richtiger Racker, der besser parieren sollte - wie alle anderen auch, da kenne ich kein Pardon!", der Graf wurde sentimental, „anfangs, als Arnulf noch klein war, hat er mir permanent in die Rosenrabatte geschissen. Wisst Ihr, was am Ende die rechte Methode war, das Biest zur Räson zu bringen?"

„Nein, keine Ahnung!"

„Ich habe ihm die Schnauze solange in die eigene Scheiße gedrückt, bis ihm schlecht davon wurde. Das hat er kapiert, seitdem ist er stubenrein!"

„Nicht schlecht!", gestand Karl von Drais.

„Solltet ihr auch alle beherzigen!", der Graf drohte seiner Dienerschaft mit gestrecktem Zeigefinger, „wer schlecht arbeitet, dem wird der eigene Mist unter die Nase gerieben!"

Die Diener machten Anstalten, sich in alle Himmelsrichtungen zu zerstreuen, doch sie kamen nicht weit, der lange Arm des Gesetzes holte sie wieder ein.

„Erziehung, Erziehung, Erziehung, lautet die Devise", dozierte der Graf, „dann kommt noch aus dem allerübelsten Halunken etwas Gutes raus!"

Der Hausherr steckte Daumen und Zeigefinger in den Mund und ein lauter Pfiff bändigte seine Lakaien. Als sie sich artig in einer Reihe vor ihm aufgestellt hatten, winkte er einen dicken Kleinen zu sich, der sofort devot seine Mütze abnahm.

„Bitte hier, Bruder Hartmann, hier seht Ihr den lebendigen Beweis meiner Theorie: den Schönen *Matthäu*, vormals ein gemeiner Sackgreifer und Gauner - und was ist er heute, hm?"

„Küchenchef!", lautete die Antwort prompt.

„*Koch* bist du - du Kanaille, ich geb' dir gleich den Küchenchef!" Er züchtigte ihn mit ein paar Stockschlägen.

„Kommt, Bruder Hartmann!", rief der Graf daraufhin, „ich zeig Euch mal mein Anwesen!"

Er stürmte mit Karl von Drais und seinen Dienern im Schlepptau, mit schnellen Schritten und wehenden Rockschößen, erhobenen Hauptes im Zickzack-Kurs über den verwaisten Schlosshof und schien nicht so recht zu wissen, was er seinem Gast eigentlich zeigen sollte.

„Ich habe in Oberdischingen sofort nach Übernahme meiner Herrschaft eine Residenz errichten lassen", Franz Ludwig wies mit einer ausladenden Geste über den Hof, „und zwar in Hufeisenform, um jederzeit alles im Blick zu haben!"

Er machte vor der ersten Tür im linken Flügel Halt, drehte sich auf den Hacken um und verschränkte die Arme vor der Brust.

„Marie Antoinette hat mir die Ehre erwiesen und auf ihrem Brautzug hier Station gemacht!"

Seine lädierte Rosshaarperücke war auf halb sechs gerutscht und bedeckte die großen Ohren nur noch gerade so eben. Aber die beiden hellblauen Augen des alten adligen Herrn leuchteten auf wie zwei Kugelblitze und seine schmalen, fest zusammen gekniffenen Lippen signalisierten Entschlossenheit.

„1788 habe ich dann meine Besserungsanstalt hier eingerichtet - als das Gefängnis in Ravensburg zu klein und das Hauptzuchthaus in Buchloe überlastet war. Der Schwäbische Kreis hat mich auf Knien darum gebeten, weil niemand diese schwierige Aufgabe übernehmen wollte!"

Als der Graf den Kopf zur Seite drehte und seine ellenlange Nase mit dem messerscharfen Rücken Karl im Profil präsentierte, da hatte der Erfinder für einen Moment den Eindruck, als hätte er es mit Friedrich dem Großen zu tun.

„Meine Häscher waren pardonierte Gauner, die ich als Jäger verkleidet das Gesindel einfangen ließ. Die Schwarze Liese und das Vogelmändle waren meine ersten Gäste, ich habe sie mit Strang und Schwert gerichtet!"

Als seine Hand die dicke eisenbeschlagene Eichentür nach innen drückte, antworteten ihre Angeln mit einem lauten Knarzen und Knirschen, das wie das Gejammer und Gestöhne eines Gefangenen klang.

„Wir haben 16 solcher geräumiger Stuben zu je 16 Köpfen wie diese hier", fuhr der Hausherr fort und drückte mit aller Gewalt die nächste Klinke nach unten, „unsere Quartiere für die etwas gesitteteren Verbrecher."

Wie viele steckten noch da drinnen?

„Die Arme-Sünder-Stühle habe ich dort neben dem Galgen einrichten lassen."

Sein Finger deutete ans Ende des Hufeisens, in dessen Mitte ein Holzgerüst einen unheilvollen Schatten warf.

„Nicht nur mit breiten Pritschen, bequemen Matratzen, gepolsterten Sesseln, kleinen Tischen und Nachtstühlen ausgestattet, sondern, Ihr werdet es nicht für möglich halten, sogar mit Kerzenleuchtern und einem Kruzifix für die letzten Stunden, damit jeder unserem Geistlichen seine Sünden beichten und inständig bereuen konnte!"

Irgendwo im Dunklen piepste eine Ratte.

„Oben im ersten Stock, dort waren meine Eisenmeister, Zuchtknechte und Polizeidiener einquartiert, damit sie sich Tag und Nacht um unsere Delinquenten kümmern konnten und schnell zur Stelle waren, wenn einer meinte, randalieren zu müssen."

Ein Schwall Schimmel- und Modergeruch machte sich breit.

„Im Trakt gegenüber liegen die Wohnungen für die Beamten!"

Der Graf seufzte.

„Seit gestern sind alle beurlaubt!"

Er schüttelte resigniert den Kopf.

„Auch mein Medicus und mein Chyrurg!"

Der Graf stutzte, weil Karl das alles nicht zu glauben schien, rümpfte die Nase und setzte die Führung fort.

„Die Zellen für die Schwerverbrecher befinden sich im Trakt gegenüber", der Hausherr zögerte und legte nach, „leider hat auch der gute alte Meister Xaver, unser Scharfrichter, bis auf Weiteres frei - kommt mit, ich zeige Euch jetzt mein Inventar!"

Beim Weitergehen erklärte der Hausherr stolz, sein Richtmeister hätte 40 Hinrichtungen mit Bravour über die Bühne gebracht, kein Delinquent hätte länger zu leiden gehabt als nötig. Der Richt-Tag sei eine Woche im Voraus festgesetzt worden und dem Meister hätten immer zwei Schwerter zur Verfügung gestanden. Er fasste in die Rocktasche, holte einen Schlüssel heraus, fummelte das Ding in eine mit schweren Eisenbändern beschlagene Tür und drehte ihn im Kreis, drückte die Klinke durch und die Tür nach innen. Ein Diener rannte ihm hinterher, zündete die Kerzen eines Leuchters an, machte einen Bückling und überreichte das Licht seinem Herrn. Der Raum hatte kein einziges Fenster, sah aus wie eine Schmiede und war vollgepackt mit allerlei eisernem Werkzeug und hölzernem Gerät.

„Nie ist bei mir auch nur ein einziger Galgen gekippt!"

Der Graf zeigte Scheren zum Abschneiden der Haare, Augenbinden für die Exekution und weiße Kappen für die Totenruhe. Die Rüstkammer war voll mit Leisten, Brettern, Balken, Bohlen und Pfählen für zusätzliche Gerüste und Galgen und mit den dazugehörenden Stühlen, Stiegen und Leitern.

„Habt Ihr schon einmal eine Hinrichtung verfolgt?"

Er holte zwei lange spitze Nägel aus einer Vitrine.

„Ist Euch bekannt, wofür die gut sind?"

Karl schüttelte den Kopf.

„Das sind Galgennägel zum Abmessen der Schlaufen!"

Er zeigte ihm die Stäbe, die zu brechen waren, wenn die Urteile verlesen worden waren und das rote Tuch. Säcke mit Sand und Sägemehl standen in der Ecke bereit und Seile zum Absperren der Richtstätte hingen an der Wand.

„Für die Herren Geistlichen stand immer ein großes Fass See-Wein und für die Wachen eines mit Braunbier bereit. Meinem Richtmeister habe ich vorsichtshalber nur einen halben Liter zur

Verfügung gestellt, ha-ha, und die Delinquenten haben bei mir nur je ein kleines Gläschen bekommen!"

Der Graf händigte den Leuchter seinem Lakaien aus und trat vor sein Allerheiligstes, er schloss die Augen und öffnete die beiden Türen eines mit Intarsien geschmückten Wandschranks.

Dort lagerten seine mit Scharten übersäten Schwerter.

„Die Bevölkerung ist stets auf ihre Kosten gekommen, die Leute haben meine Fronfeste vor den Hinrichtungen geradezu gestürmt und noch ehe die Sonne recht aufgegangen war, hat eine wahre Völkerwanderung zum Richtplatz eingesetzt, der Boden hat unter den tausenden von Füßen förmlich gewankt."

Der Graf machte eine Pause und kam zum Höhepunkt.

„Als ich die schöne Viktoria aus Barmherzigkeit kurz vor dem Hieb begnadigen ließ, hat es Tote gegeben!"

Sein Gefängnis sei aber eigentlich kein Gefängnis, führte der Graf weiter aus, sondern eine Besserungsanstalt. Verträge hätte er mit Bayern, Württemberg, Baden und mit Herrschaften in der Schweiz geschlossen, fast alle Reichsstädte der Gegend hätten seine Dienste in Anspruch genommen und ihm die Delinquenten in Massen aufgedrängt.

„Für ein mehr als bescheidenes Salär!"

Er hätte wie der Blitz ermittelt, Prozesse geführt, Urteile gefällt und Strafen vollstreckt.

„Alle hatten ihre Chance!"

Jeder Gauner hätte seine Strafe abarbeiten können, wenn er denn nur gewollt hätte. Er hätte die Kinder der Ganoven nicht nur ernährt und versorgt, nein, sogar Lesen und Schreiben hätten sie bei ihm lernen können.

„Und dann das!"

Der Graf wurde bleich.

„König Wilhelm hat meine Fronfeste geschlossen! Stellt Euch vor, die Senatoren in Biberach sprechen nun selber Recht und haben eine Kette um ihr Rathaus spannen lassen, damit sie keiner dabei stört. Nun dauert es Monate und Jahre, bis ein Urteil gefällt wird!"

Franz Ludwig wurde noch blasser als ohnehin.

„Doch das ist noch lange nicht alles", jammerte der Hausherr weiter, „jetzt hat sich die Gerechtigkeit gegen ihren eigenen Sohn gewandt: der König hat mich auf die Sünderbank gesetzt!"

Der Graf musste gestützt werden, ihm schwindelte.

„Man hat mir den Oberamtmann Lempp aus Kirchheim unter Teck auf den Hals gehetzt und der behandelt mich wie einen Schwerverbrecher. Schreiende Umstände bei der Verwaltung, Unordnung, Willkür und Verzögerung wirft man mir vor - aber sagt selbst, Bruder Hartmann, sieht hier nicht alles penibel und ordentlich aus?"

Karl von Drais nickte.

„Der königliche *Commissär* hat verfügt, dass meine Verträge mit dem Ausland null und nichtig seien. Eine Liste alle Verurteilungen sollte ich anfertigen, eine Frechheit und ein schlechter Treppenwitz. Bei mir müssen Listen nicht extra angefertigt werden, sie wurden immer geflissentlich gepflegt! Die Besorgung aller Kriminalsachen würde jetzt ihm obliegen, diesem Anfänger. Er hat meinen Richter suspendiert und einen Amtsverweser eingesetzt, Ich hätte meine Inquisitionen weitläufig und über alle Maßen ausgedehnt, kranke Gefangene in Ketten gelegt und einen sogar auf dem Abtritt angekettet - traut Ihr mir das etwa zu?"

Der Erfinder schüttelte den Kopf.

„Fakultätsgutachten gegen meine Todesstrafen hätte ich ignoriert, ja wenn schon, Strafen eigenmächtig je und je erhöht und
sogar durch Todesangst verschärft, was sagt man dazu?"

Lieber nichts, dachte Karl und schloss die Augen.

Doch das stachelte den Grafen nur noch an.

„Als Reichsritter hatte ich nicht nur das Recht", fuhr er fort,
„sondern die Pflicht, zu tun, was getan werden musste. Zwanzig
Delinquenten waren hier stets in Untersuchung und meist über
hundert in Vollzug - ich habe mein Vermögen geopfert!"

Der Graf drehte seine leeren Hosentaschen auf Links.

„Gott und die Welt ist hierhergekommen, um meine Anstalt
über den Klee zu loben und die königlich-württembergischen Beamten haben alle immer unisono Beifall geklatscht, wenn ich das
Richtschwert habe heruntersausen lassen!"

Franz Ludwig ballte die Faust.

„Habe ich nicht immer alle in Atem gehalten?"

Nun nickte der Lakai und machte einen Bückling.

„Zum Dank schwebe ich ständig in Lebensgefahr, weil diese ver-
ruchten Gesellen, die ich habe laufen lassen müssen, in aller Öf-
fentlichkeit damit prahlen, mich aus der Welt schaffen zu wollen
- mich, den Sohn der Gerechtigkeit!"

Sein gewaltiger Körper bebte vor Zorn.

Doch dann würgte der Graf seinen Ärger herunter.

„Was bleibt mir anderes übrig, als meinem Hobby zu frönen?"

Der Graf schien fertig mit der Welt an der Erdoberfläche.

„Naturwissenschaft und Technik!", frohlockte der Graf und dem
Erfinder wurde es warm ums Herz.

Franz Ludwig führte seinen Gast in ein anderes Universum.

Und das befand sich im Keller.

Sie stapften eine düstere Wendeltreppe hinab.

„Nicht mehr lange", meinte der Graf und deutete auf eine Fackel an der Wand, „und die haben ausgedient!"

Unten angekommen, öffnete er die Kellertür einen Spalt und wischte mit den Fingerkuppen über die Oberkante des Türblatts. Um zu sehen, ob es auch sauber wäre. Da klirrte es, zwei Münzen kullerten über den feuchten Boden und blieben vor seinen Schuhspitzen liegen. Der Graf hasste solche dummen Späße der Dienerschaft wie die Pest, wurde unleidig und reagierte nicht auf das Geschenk.

„Dreck!", rief er stattdessen, „unerhört und inakzeptabel".

Er wurde rot im Gesicht vor Zorn.

„Lauter Fusseln, Fasern und Flocken!"

Man hätte eine Stecknadel zu Boden fallen hören können.

„Ich lege Wert auf Sauberkeit, ich verlange Sauberkeit und ich erwarte Sauberkeit!"

Dann besann er sich eines Besseren, ließ alle herein und schloss die Tür hinter sich ab.

Karls von Drais wurde es mulmig.

„Nicht mehr lange", meinte der Hausherr, „dann brauchen wir keine Fackeln und Funzeln mehr! Bald zieht der Fortschritt auch in Oberschwaben ein, Bruder Hartmann, meine neue Leidenschaft heißt nämlich *Electricität*!"

Dem Erfinder wurde es warm ums Herz, als er das Zauberwort hörte, damit hatte er nicht gerechnet: ein im Barock hängengebliebener Graf liebt die Physik!

„Die Herren Ampere, Volta und Galvani werden Euch jetzt meine *Electricitäts*-Maschinen demonstrieren!"

„Und dieser Dingsda, wie heißt *unser Russe* gleich noch?"

119

„Jablotschkow, gospodin!"

„Jablonkov?"

„Njet moy gospodin, Pawel Nikolajewitsch Jablotschkow, wenn ich Durchlaucht höflichst bitten dürfte!"

„Boskopp?"

„Ja-blotscht-kow, Erfinder des Glühkerze, Hochwollgeboren!"

„Egal, wie er auch heißt, Hauptsache es wird bald hell!"

„Gut Ding möcht haben Weile!"

Der Graf rollte die Augen.

„Das beste Team, Bruder Hartmann", flüsterte er Karl ins Ohr, „das am Markt zu haben war! Schon etwas angegraut zwar, aber dafür nicht mehr ganz so teuer, ha, ha!", er nahm Karl beiseite und tuschelte ihm ins Ohr, „habt keine Angst vor meinen Immigranten, die sind harmlos und tun Euch nichts!"

Ein Diener verteilte Ledermasken mit schmalen Augenschlitzen.

„Avanti amici, allez monseigneur, davai-davai tovarish, los an die Arbeit ihr Ölgötzen! Ich erwarte allmählich Ergebnisse oder es setzt was! Triefende Wachskerzen und stinkende Petroleumfunzeln, rußende Fackeln und qualmende Kienspäne müssen endlich der Vergangenheit angehören!"

Luigi Aloisio Galvani, der schüchterne kleine pensionierte Naturforscher aus Bologna, Alessandro Giuseppe Antonio Volta, der quicklebendige dicke Physiker aus Como, André-Marie Ampère, der agile, smarte Tausendsassa aus Marseille und Pawel Nikolajewitsch Jablotschkow, der große blasse Denker aus dem kalten St. Petersburg schritten andächtig zur Tat und traten an einen überdimensionierten Experimentierkasten, der surreal und wie aus einer anderen Welt wirkte. Im Zentrum einer wahren Wunderwelt der Physik aus miteinander verdrahteten Messingkugeln,

Metallstäben und Glasröhren thronte als Herzstück ein Kurbel-generator. Das Ding war mit einem halben Dutzend Bolzen fest in der Tischplatte verankert und bestand aus parallel gelagerten dicken Eisenplatten, die in einen geschlitzten Messingzylinder tauchten, der über ein Zahnrad mit einer Handkurbel angetrieben werden konnte.

„Den habe ich dem ollen Faraday vor kurzem abgeluchst", frohlockte der Graf, „für einen Appel und ein Ei!"

Doch die Wissenschaftler zögerten und waren uneins, wer beginnen sollte, keiner traute sich so recht ran.

„Jablotschki, los, fang an und bring die Kohlestifte in deiner verdammten Kerze endlich einmal kräftig zur Weißglut!", befahl der Hausherr.

Der Russe fasste sich ein Herz, verbeugte sich, trat ans Pult und drehte an der Kurbel.

„Es werde Licht!", rief der Graf.

Karl sah, wie der Russe Zeige- und Mittelfinger kreuzte, doch die Glühkerze glühte nicht, der Mann konnte kurbeln und kurbeln, solange er wollte.

„Merde!", meinte da der Franzose trocken, klemmte die Verbindungsdrähte ab und fummelte sie in eine lustig aussehende Apparatur mit einer giftig gelben Kugel in der Mitte.

„Die Schwefelkugel, gute Idee!", lobte der Hausherr und rief in schrillen Tönen: „Virtutes mundae! Lasst die electrischen Kräfte des Kosmos wirken!"

Und tatsächlich, es knisterte und knasterte in der Luft und irgendetwas schien sich auch wirklich entladen zu wollen. Es roch brenzlig und brandig, doch außer einem kurzen Spratzen rührte sich nichts in der verdammten künstlichen russischen Kerze.

Der Graf faltete die Hände und murmelte ein Gebet.

Kaum waren die Verse über seine Lippen, da verlor er die Geduld, riss dem Franzosen die Kugel aus der Hand und schüttelte sie kräftig durch. Und siehe da, ein Magnet in den Eingeweiden der Apparatur quittierte seinen Aufwand mit einem satten warmen Ton, aber zwischen den Elektroden zuckte nur ein jämmerlicher kleiner Funke. Die Halsschlagader des Grafen schwoll an und den Wissenschaftlern rutschte das Herz in die Hosen.

„Eine einzige Blamage!", rief der Hausherr fuchsteufelswild.

Er stellte sich mit bohrenden Blicken und in die Hüfte gestemmten Armen vor Jablotschkow und zog den Mantelkragen hoch. Der Russe stülpte sich in Gedanken einen Schutzhelm über den Kopf und sah sein Leben ebenfalls in Sekundenbruchteilen vor seinem inneren Auge im Rückwärtsgang ablaufen. Zu Hause hätte ihn Zar Alexander nun nach Sibirien verbannt, wie würde sein deutscher Herr wohl reagieren?

„Bloß kleiner Störung!", murmelte der Russe, klopfte mit der Faust auf den Apparat und trat mit dem Fuß gegen das Tischbein.

Vergeblich, seine geliebte Glühkerze hatte Ladehemmung.

Mit Entsetzen erfasste der Graf die Situation.

Seine Ehre stand auf dem Spiel, er zuckte mit den Schultern und suchte Augenkontakt zu Jesus Christus am Kreuz in der Ecke. Dann besann er sich eines Besseren, spannte die kräftigen Oberarme, packte die Schwefelkugel und gab alles. Die Maschinerie reagierte über, begann zu qualmen und quittierte den Vergewaltigungsversuch mit einer atonalen Kakophonie aus Knarzen, Knarren und Knistern.

„Das teure Ding!", jammerte der Graf.

Nun trat Luigi Galvani auf den Plan.

Der Italiener ruderte mit den Armen und rüttelte ebenfalls wie verrückt an dem störrischen Teil. Er schüttelte verständnislos seinen Lockenkopf, drehte missmutig die lange Nase weg, zerrte plötzlich einen Fetzen hellrotes Fleisch aus seinem Frack hervor und spießte zwei Metallstücke in das makabre Spielzeug.

„De viribus electricitatis!", quietsche er hysterisch.

Dann wickelte er eine Litze um die Enden der Nadeln und siehe da, der Kadaver begann zu zucken.

„In motu musculari!"

Die Lateinkenntnisse des Grafen hatten Lücken, er hob die Augenbrauen und drohte dem Italiener mit dem Zeigefinger.

„Bei mir, hier in meinem heiligen Schloss, da gelten nicht nur die Grundlagen der Naturwissenschaften, wir halten uns gefälligst *alle* schön brav auch an die Regeln der Religion. Darüber werde ich wachen, so lang ich am Leben bin. Ich dulde keine Zauberei, Luigi, ich will nicht in der Hölle schmoren, hört sofort auf mit Eurer Magie!"

Er wurde grantig.

„Ein für alle Mal, Luigi: keine Tierversuche mehr!"

Galvani verlor die Nerven, krächzte vor Erregung und hüpfte verärgert auf und ab, der zappelnde Frosch glitt ihm aus den Händen und er suchte Trost bei seinem Kollegen aus Como.

Der hatte noch einen Trumpf im Ärmel.

Alessandro Volta rannte an einen Wandschrank und kehrte mit einem Glaszylinder zurück, in dem zwei Kupferstäbe steckten. Er schraubte den Deckel ab, öffnete ein Fläschchen und schüttete Flüssigkeit in den Cylinder.

„Acidum citricum!", wisperte der Wissenschaftler.

Dem Graf wurde übel, als er die magische Formel vernahm.

Sofort blubberten Gasbläschen empor und der Italiener schnüffelte genüsslich an seiner qualmenden Batterie. Jetzt war es an der Zeit, diesen Querköpfen eine Lektion in Sachen Strom und Spannung zu erteilen, wie hatten sie nur an seiner fantastischen Säule zweifeln können? Er stürmte damit zum Tisch, scharrte mit seinen kräftigen Beinen, schaltete seine Erfindung kurz und die Kerze antwortete prompt mit einer gleißenden Entladung, dass die Funken nur so sprühten. Erst sprang ein Sankt-Elms-Feuer am Draht entlang, dann glühte das überlastete Kupfer dunkelrot und die Maschinerie stemmte sich noch einen Moment lang vergeblich gegen ihren Untergang, doch dann zuckte ein greller Blitz durch die Luft und es war um die Anlage geschehen.

Oben läutete ein Glöckchen.

„Das Dinner ist angerichtet!"

„Schluss für heute", kommandierte der Hausherr, „genug geforscht, ich habe jetzt Hunger! Gleich morgen früh werden neue Drähte eingezogen, ihr Armleuchter!"

Es dauerte nicht lange, bis das Malheur vergessen war und die ersten Krüge klirrend aneinander krachten.

Einmal, zweimal und ein drittes Mal.

Aber weil die Herren noch immer unter Schock standen und keinen substantiellen Beitrag leisten konnten und keine rechte Stimmung aufkam, da sah sich der Hausherr selbst genötigt, die Initiative zu ergreifen und ein viertes Mal kräftig zuzustoßen. Der geübte Zecher wechselte seinen Humpen, ohne einen Tropfen zu verschütten, von einer Hand in die andere. Er kippte das Gefäß, bis die weiße Schaumkrone überschwappte. Dann formte er beide Lippen zu einer schmalen Öffnung und schon strömte ein breiter Bach durch die Schneidezähne. Mit einem Trick schaltete er das Ventil in seinem Kehlkopf auf Durchfluss und ließ das Gebräu ohne zu schlucken rekordverdächtig schnell in den Magen gurgeln.

Das beruhigte die gereizten Nerven.

„Langt zu, Herrschaften", befahl der Graf, „auch wenn Freitag ist, braucht keiner Angst vor dem Rehbraten zu haben!"

Er stocherte mit einer langen Gabel im Fleisch.

„Das Reh ist kein Reh mehr, es hat jetzt Flossen, ha-ha!"

Er häufte sich eine Portion auf den Teller.

„Ich habe es kurz in den Fischweiher tauchen lassen."

Er sah in ungläubige Gesichter.

„Nun ist es ein Wassertier!"

Es gab bitteres schwäbisches Bier und italienischen Rotwein.

Und frischen französischen Champagner.

Der Graf prahlte, welch exorbitante Gewinne er mit dem Horten und Handeln von Getreide erziele.

„Dem Herrgott sei Dank für diesen hübschen Fasan, ich hatte Jagdglück, wie man sieht!"

Er stolzierte zur Anrichte und packte den Vogel am Kragen.

„Seht Euch nur diesen Prachtkerl an!"

„Zu Schade eigentlich, als Dekoration!"

Er drehte das Tier hin und her und lud ein, in seine Küche.

„Der schmeckt phantastisch, wenn man ihn richtig kocht!"

Er stellte sich mit dem Vogel neben einen Hackklotz.

„Bevor man das Geflügel rupft, muss man es brühen", erklärte er, „aber wegen des Kropfs brauchen wir uns keine Sorgen zu machen, der Fasan brütet zu dieser Jahreszeit noch nicht. Im Kropf ist normalerweise die Nahrung für die Jungen, die er hochwürgt, der Racker!"

Er nahm ein Beil, legte den Kopf des Vogels auf den Holzklotz, holte aus und trennte ihn mit einem sauberen Hieb wie ein gelernter Scharfrichter vom Körper.

„So, nun flammen wir die Federn ab!"

Er eilte mit dem Kadaver zum Herd, nahm ein paar Ringe heraus und hielt das tote Tier ins Feuer.

„Nun kommt das Wichtigste, passt gut auf, ich zeig Euch, wie man einen Hühnervogel ausnimmt!"

Er legte das Tier auf den Rücken, setzte das Messer zielsicher am After an und schnitt den Körper auf.

„Mit dem Schneiden muss man vorsichtig sein und da anfangen, wo normalerweise das Ei oder was anderes rauskommt, ha-ha, man darf aber ja nicht zu tief reinschneiden!"

Karl dachte an die armen Verwandten des Vogels.

„Ich schneide ringförmig um die Kloake herum und ziehe dann den Darm wie an der Leine heraus, ungefähr so."

Der Fasan gluckste laut.

„Dann löst man die Speiseröhre, fährt oben unter der Brust ganz tief rein und holt mit einer Schaufelbewegung in einem Zug, wohlgemerkt auf einmal, die ganzen Innereien raus."

Im Körper des Vogels gluckste es erneut.

„Die Leber und den Magen spülen wir mit kaltem Wasser ab!"

Aber Vorsicht mit der Galle, meinte er besorgt.

Er spießte etwas Dunkelrotes mit dem Messer auf.

„Wenn die platzen sollte, ist alles versaut."

Er ließ das Geschlabber zurückplumpsen.

„Na, läuft einem da nicht das Wasser im Mund zusammen?"

Dann wurde im Ballsaal das Festessen auf Tragen serviert.

Lebendige Tauben hatten bis auf weiteres Glück, denn sie durften aus einem tranchierten Wildschwein fliegen und im Raum umherflattern.

Alle applaudierten begeistert.

„Bitte", sagte der Graf, „Ente mit indischen Vogelnestern!"

Er zeigte der Reihe nach auf verschiedene Platten.

„Lombardische Wachteln hätten wir, Kapaun als Schildkröte verkleidet mit Trüffeln, Wildbret mit Austern und herrliche Süd-Früchte!"

Der Küchenmeister, sein Ober- und sein Unterkoch, der Zucker-bäcker, zwei Dekorateure und der Hof-Schreiner hätten eine neue Anrichte gezimmert und der Blumen-Arrangeur wäre flei-ßig gewesen. Sauber geputzte Schnepfen mit Zimt, Nelken, Pfef-fer und Salz würden mit Butter bestrichen und gebraten auf sie warten. Dazu gäbe es, bitte schön: Schnepfendreck klein gehackt und gewürzt mit Fleischbrühe und Brot.

Er hätte Singvögel anzubieten, in Schmalz gebraten.

„Amsel, Drossel, Fink und Star!", frohlockte der Graf.

„Mit Zwiebelwürfeln, Safran, Pfeffer und Weinessig!"

Es gäbe Lerchenpastetchen mit einem Boden aus Kalbfleisch und mit Kapern und Fleischbrühe gefüllt.

„Wisst ihr, wie man Sumpfschildkröten zubereitet? Nein? Gut: Schildkröten sind Bestien und versuchen, Kopf und Füße unter dem Panzer zu verbergen, damit man sie nicht abhacken kann."

Er steckte sich einen Knödel in den Mund.

„Man muss ihnen eine glühende Kohle auf den Rücken legen, voila, schon fangen die Biester an zu strampeln!"

Er lachte.

„Dann kann man ihnen geschwind die Hammelbeine und das Köpfchen abschneiden, den Körper sieden, die Schale abziehen und das Fleisch frikassieren, fertig!"

Sie hörten schweigend zu und kauten.

„Ach so", sagte er, „hätte ich fast vergessen, Zitronensaft dazugeben und etwas geriebene Eier aufstreuen!"

„Wie geht Krebssuppe mit Hirnschnitten?"

„Ganz einfach!"

Man müsse eine Henne sieden, den Steinkrebsen die mittlere Flosse und den Schwanz abschneiden, klein stoßen, in zerlassener Butter braten und Petersilie drauf streuen, dann mit der Fleischbrühe durch ein Sieb drücken und mit Muskat und Ingwer würzen.

Der Graf grübelte.

„Moment, das ist noch nicht alles: das Hirn wässern, häuten und mit Semmelbrösel bestreuen, Schnittlauch und Petersilie hacken, Salz, Muskat, Ingwer, Majoran, dann Mehl, Weißwein, Eier, alles in einer Schüssel sieden, zudecken, kalt werden lassen bis alles schön hart ist, am Ende in Scheiben schneiden und mit der Krebsbrühe übergießen, klingt das nicht lecker?"

„Und wie kocht man Krebseuter?"

Der Graf musste nicht lange überlegen.

„Krebseuter gehen so: die Panzertiere waschen und lebendig, das ist wichtig, im Mörser zerstoßen, mit Rahm durch ein Tuch drücken, fertig ist die Krebsmilch. Diese dann an rohe Eier gießen, würzen, tolle Masse! Kochen, in ein Tuch schütten und ebenfalls in Scheiben schneiden, aber, und jetzt kommt das Wichtigste: in Fleischbrühe aufsieden und wenden und dann nochmals in einer Pfanne aufkochen, bis alles rot ist."

Sie hätten Eiersuppe, Butterknöpfe, Bauernknödel aus Grieß, Kalbfleischkopf, Schafswürste, Kuttelflecken und einen halben

Nautilus haben können, aber die Mägen rebellierten.

„Ich kann beim besten Willen nicht mehr!", jammerte Karl.

Doch der Graf gab nicht auf.

„Probleme mit der Verdauung?", fragte er besorgt.

„In gewisser Weise!"

„Ich verrate Euch einen einfachen Trick aus dem Barock", frohlockte der blaublütige Mann.

Er stand auf, trat ein paar Schritte zurück, bückte sich vor und hob eine Hacke hoch, packte seinen Knöchel, zog das Bein so weit er konnte zu seinem Hintern hoch, hüpfte wie ein Artist auf einem Fuß ein paar Sekunden im Kreis und schon löste sich ein markerschütternder lauter Furz.

„So geht das!", sagte er und schmunzelte zufrieden.

„So kriegt man den Darm unter Kontrolle!"

„Kammermusik!", forderte er und klatschte in die Hände.

„Ohne dass Ihr die Rebhühner mit den Artischocken, das Reh mit den Preiselbeeren und das gekochte Schaffleisch mit Kren und Rettich probiert habt, lass ich Euch hier nicht raus!"

Zum Nachtisch wurde eine Butter-Creme-Torte aufgeschnitten und Weintrauben, Himbeeren, Brombeeren, Quittengelee, Birnen, Pflaumen, Kirschen, Johannisbeeren und Dörrobst kredenzt, doch das Cello stimmte den Grafen depressiv.

„Der Teufel soll mich holen, wenn ich den Kerl nicht kriege!"

Er meinte den Schwarzen Veri und warf sich in die Brust.

„Dann will ich auf dem kürzesten Weg in die Hölle fahren!"

Irgendwo in den Katakomben des Schlosses begann eine Dampfmaschine zu furzen, zu poltern und zu rumpeln. Von der Decke krachte, knallte und knisterte ein buntes Zimmerfeuerwerk. Ein Kugelblitz zischte aus dem Schrank, eine totale Sonnenfinsternis verdunkelte die Fenster und ein heißer Luftzug wehte die Servietten von der Mahagoniplatte. Jemand drehte im Untergrund an gusseisernen Rädern und schon wellte sich der teure Teppich in Falten.

Wolken gelben Qualms quollen aus unsichtbaren Düsen und legten ein weißes Leintuch über das Parkett. Kalter Nebel stieg auf und füllte den Raum bis unter die hohe Decke. Im Keller krachten Hammerschläge gegen die Heizungsrohre, der Hausmeister wellte Metallbleche hin und her und erzeugte künstliche Donnerschläge.

Beelzebub erschien mit einem Dreizack in der Hand.

Er trug einen schwarzen Zylinder auf dem Kopf, sein Jackett war mit Drudenfüßen verziert und in seinen Pupillen spiegelten sich Blitze. Seine blutleeren Lippen wurden noch schmaler und das Kinn eine Spur spitzer. Sein Kiefer mahlte den Zahnschmelz von den Backenzähnen, sein Hals schaukelte hin und her und unter dem Tisch scharrte sein Kuhfuß auf dem Parkett.

„Du weißt hoffentlich, wie man mit Raubgesindel umgeht?", knurrte Beelzebub mit heißem Atem dem Grafen zu.

Dann legte er ein Seil, ein Set Daumenschrauben und eine neunschwänzige Katze auf den Tisch.

„Schwöre beim Leib deiner Großmutter, dass du Oberschwaben von allem Gesindel befreien wirst, so wahr ich dir helfe!"

„Ich gelobe!", betete Ernst Wilhelm und sank ehrfürchtig auf die Knie, Schweißperlen sammelten sich auf seiner Stirn und Tränen der Rührung rannen in seine Augenwinkel.

„Dass du keine Gnade mehr gegen Einbrecher walten lässt!"

„Ich schwöre es!"

„Dass du deine Delinquenten nach allen Regeln der Kunst braten, rösten und sieden wirst, wenn sie nicht reden wollen!"

„Herr, ich folge dir!"

„Dass du den Räubern keine ruhige Minute mehr gönnst!"

„So wahr du mir hilfst!"

„Gut, so sei es denn!"

Samiel stand auf, griff in die Tasche und streute Asche auf das Haupt des geläuterten Mannes.

Der Graf wurde von heftigen Weinkrämpfen geschüttelt.

„So erneuere ich dir hiermit feierlich das Patent für die Folter!"

Der Leibhaftige zauberte einen Dreispitz herbei und setzte ihn seinem Schüler auf das ergraute Haupt.

„Mein Gehilfe wird dich nun weihen!"

Die Tür öffnete sich und ein Diener führte einen schwarzen Pudel herein. Das Tier begann vor Freude zu hüpfen und zu springen, winselte und jauchzte, hob ein Hinterbein und pinkelte den Grafen an.

„Erhebe dich nun!", fauchte der Teufel und verschwand von der Bildfläche.

10

Doraus, det naus

Im Epizentrum des dörflichen Lebens stand eine große runde Holzsäule, die eher in eine Kirche als in diesen profanen Schankraum gepasst hätte. An den Wänden standen Schränke mit allerlei Gläsern, Krügen und Tassen und dazwischen, wie üblich, ein halbes Dutzend abgenutzter Tische und Bänke. Von der Decke hing als erster Kontrapunkt ein Vogelbauer aus Draht, in dem ein fiepender Vogel umherhüpfte und als zweiter lag ein herrenloser schwarzer Zylinder unbeachtet auf einer Bank herum. Etwas abseits stand ein eleganter großer Mann mit Hut und neben ihm trank ein anderer vornübergebeugt aus einem Steinkrug. Mitten drin im Geschehen gab ein mutiger Bürger sein Bestes und las den anderen laut aus der Zeitung vor. Ein Mann mit einer Zipfelmütze auf dem Kopf tat so, als könne er ebenfalls lesen und lugte schräg von oben aufs Papier. Wieder ein anderer kümmerte sich um nichts und kaute nur auf seiner Meerschaumpfeife herum.

Der Biberacher Maler Johann Baptist Pflug war auch zu Gast, hockte mit seinem Zeichenblock etwas abseits an einem Tisch und skizzierte die Szene aus sicherer Entfernung. Als Erstes die am Fenster hockenden Weiber mit ihren schwarzen Hauben auf den Köpfen, von denen eine mit dem Rücken zum Geschehen stand und erwartungsvoll nach draußen blickte.

An einem der Tische hockten Männer in Kniebundhosen und vertrieben sich die Zeit mit Würfeln, der Becher klapperte in einem fort. Der Dickste im Raume streichelte mit der Hand zufrieden über seinen runden Bauch, der Dünnste presste den Knauf seines Knotenstocks an den Mund, weil er sich wieder einmal nichts zu essen hatte leisten können, ein Mann mit einer Mähne lachte und ein Kahlköpfiger, der sich für den Schönsten hielt, schielte ebenfalls zu den Weibern am Fenster hinüber. Ein Mädchen, vielleicht die Wirtstochter, neckte einen mageren Hund und warf ihm Brotbrocken zu, das Tier sprang immer wieder hoch und schnappte wie verrückt danach. Einer leerte vollends seinen Bierkrug, ein anderer schlief bereits mit verschränkten Armen auf dem Tisch. Hinten führte ein Treppenaufgang nach oben, an dem ein Leintuch an einer Schnur trocknen sollte. Hüte, Umhänge und Mäntel hingen zwischen flackernden Kerzen an der Wand. Ein leeres Fass wartete neben einem Stapel Holzscheiten sehnlichst darauf, endlich abtransportiert zu werden und die Hauskatze machte auf einem Schemel einen besonders großen Buckel und gähnte. Die Idylle wäre perfekt gewesen, wenn sich nicht im Nebenzimmer eine seltsame geschlossene Gesellschaft versammelt hätte.

Nur der Wirt und ganz besondere Gäste hatten dort Zutritt.

Die Räuber waren dabei, die Schließung der Fronfeste zu feiern.

Und weil der Sonntagsbraten vor Fett nur so getrieft und ihnen der Wirt aus Boshaftigkeit das Kraut halb roh und die Erdäpfel aufgewärmt serviert hatte und weil sie wie immer geglaubt hatten, wenn Nahrung in Reichweite war, besonders große Mengen in sich hineinschaufeln zu müssen, schauten die Männer dort drinnen nach dem opulenten Mahl mit sorgenvoller Miene in die Zukunft. Bis ihr Anführer, gerade noch rechtzeitig, kurz bevor die Hosen zu platzen drohten, seiner Fürsorgepflicht nachkam und jedem einen leckeren hochprozentigen Obstbrand vom Bodensee bestellte, der nach Äpfeln und Birnen schmecken, wie Öl über den Gaumen rinnen und ihren malträtierten Mägen die Verdauung des leidigen Schweinefleischs erleichtern würde.

„Rede wenig, rede wahr", sagte der Wirt und stellte die vollen Gläser auf die Tischplatte, „trinke zügig, zahle bar!"

„Iss, was gar ist", befahl der Schwarze Veri, nickte, verteilte den Schnaps brüderlich unter seinen kurz vor dem Verdursten stehenden Leuten und ergänzte, „und trink, was klar ist!"

Die Damenriege ging leer aus.

Doch das machte nichts, sie hatten ohnehin Wichtigeres zu tun.

Das halbe Dutzend Räuberbräute hockte wie gebannt im Halbkreis um eine quadratische Tischplatte und traute sich kaum zu atmen. Ihnen gegenüber bückte sich nämlich gerade die Kartenschlägerin über ihr Handwerkszeug. Über Halbkreise, Reihen und einzelne Exemplare speckiger Spielarten geneigt, heuchelte sie intensives Nachdenken, Rechnen und Recherchieren. Ihre Kundinnen verdrängten, obwohl sie es besser wussten, in einer Mischung aus Neugier, Aberglaube und schlichter Dummheit, dass das Ergebnis der Untersuchung von vorneherein zweifelhaft war. Denn die selbsternannte Astrologin hatte sich wie jedes Mal mithilfe ihres Gefährten, der das Schauspiel auf einen Stock gelehnt und scheinbar gelangweilt, in Wahrheit jedoch aufmerksam verfolgte, bestens über die Situation im Gäu schon vorab informiert. Der grauhaarige Alte mit der Tasche auf dem Rücken, dem Knotenstock in der Faust und einem Hund an der Leine registrierte außerdem sofort, falls eines der Mädchen erstaunt die Augen aufriss, missbilligend den Kopf schüttelte oder resigniert die Backen aufblies und telegrafierte seiner Gemahlin mit geheimen Morsezeichen jede Einzelheit. Die Expertin schien mal tiefsinnig zu grübeln oder eine scheinbar unerwartete Konstellation zu betrachten, mal richtete sie die Kartenzüge anders aus oder sammelte alles wieder ein, um die Zukunft einer Kundin komplett neu zu mischen, mal brach sie ein paar Brocken Brot von einem Laib, den ihr der Wirt als Nervennahrung und Dank für ihre wertvollen Dienste unentgeltlich auf die Tischplatte gelegt hatte.

„Möchtest du wissen, was dein Liebster von dir denkt?"

„Nur allzu gerne!"

Jetzt hatte Crescentia ein Gläschen nötig.

„Willst du für fünfzig Kreuzer erfahren, wie du deinen Schatz vollends bekommen kannst?"

Crescentia nickte und gab ihr das Geld.

Die Kartenlegerin mischte den Stapel auf und legte die Karten verdeckt auf den Tisch.

„Meine Zigeunerkarten offenbaren dir die Vergangenheit, die Gegenwart und die Zukunft zugleich!", behauptete sie frech.

Crescentia platzte beinahe vor Neugier.

„Deck fünf davon auf!", lautete die Anweisung der Astrologin.

Crescentia zögerte, lächelte verschämt und traute sich nicht.

„Die erste Karte steht für dich selbst, die zweite für deinen Schatz, die dritte zeigt deine Gefühle an, die vierte die deines Liebsten und die fünfte die Zukunft."

Das war zu viel für die Arme, Crescentia wollte Reißaus nehmen, doch die anderen hielten sie zurück.

„Los, trau dich doch!", riefen alle im Chor.

Crescentia erstarrte vor Schreck, denn eine Figur mit weißem Umhang und Sense lag plötzlich vor ihr auf dem Tisch.

„Karte Nummer eins, also - eigentlich ist das der Tod", gab die Wahrsagerin zu und überlegte, wie die Situation zu retten wäre, „nun gut!"

Ganz und gar nicht das, was ihre Kundin hatte hören wollen.

Der Alte mit dem Knotenstock runzelte die Stirn.

Die Wahrsagerin verstand und reagierte prompt.

„Hab keine Angst, Schätzchen, das heißt noch gar nichts, das bedeutet nur: Abschied und Abschluss, Erlösung, Abreise, Freiheit! Dass etwas vorbei ist, oder so - vielleicht auch: auf Wiedersehen, Zeit zum Weitergehen, nichts ist sicher, alles ist möglich!"

Karte Nummer zwei rettete der Astrologin nicht nur den Abend, sondern vermutlich ihr Leben, denn Crescentia hatte für alle Fälle schon mal unter dem Tisch ihr Messer gezückt. Das Blatt zeigte zwei Tauben, die mit den Flügeln schlugen und mit ihren Schnäbeln einen Brief festhielten, was für ein Glück!

„Aha, na also, geht doch!", sagte die Kartenlegerin, „Nummer zwei, das ist der Brief! Jemand wartet auf deine Antwort, auf etwas Wichtiges. Bleib geduldig und du wirst bald die Gewissheit haben, die du dir so sehnlich wünschest!"

Karte Nummer drei bedeutete ebenfalls Entwarnung für die Astrologin. Ein Landauer wurde von zwei wild drauflos galoppierenden Pferden an einem Dorf mit Kirchturm vorbeigezogen. Auf dem Bock schwang ein munterer Kutscher seine Peitsche und hinten, im offenen Wagen, saß ein lächelnder weiblicher Passagier, der Crescentia ähnlich sähe, meinte die Wahrsagerin.

„Nummer drei sind deine Gefühle, meine Holde, die Reisekarte steht für Ungewissheit und Angst, aber auch für Freude, Glück und Mut. Wenn du *jetzt* etwas Neues wagst, wirst du gewinnen. Geh unbeirrt deinen Weg, meine Tochter, auf zu neuen Ufern!"

Dann war Karte Nummer vier an der Reihe.

„Die Gefühle deines Liebsten!", kündigte die Wahrsagerin an.

Crescentia drehte sie mit geschlossenen Augen um.

Als sie die Augen wieder öffnete, sah sie ein rotes Herz mit einer Amor-Statue auf einem Sockel und im Vordergrund lustwandelte ein Mädchen mit verklärtem Blick, mit einem Schleier und mit einem langen weißen Kleid.

Sie hatte das Große Los gezogen, alles war wieder gut.

„Herz kostet 20 Kreuzer extra!", forderte die Kartenlegerin.

Nun wartete nur noch Karte Nummer fünf, die Zukunft.

Die Wahrsagerin hätte sie wohl besser nicht umgedreht.

Als ihr Mann das Motiv erkannte, nahm er seinen Hund an die Leine und machte sich eiligst aus dem Staub.

Auf der Karte hatte nämlich ein Haus Feuer gefangen und ein Feuerwehrmann löschte, was zu löschen war. Eine Frau mit einem Kind auf dem Arm versuchte, sich gegen die Flammen zu wehren, die Wahrsagerin schüttelte den Kopf und wollte sofort klarstellen, dass dies nicht Crescentia, sondern bestimmt jemand ganz anderes wäre.

„Nur eine Warnung!", meinte sie und raffte ihr Kartenspiel zusammen, „das muss keine schlechte Nachricht sein!"

„Gib mir sofort mein Geld zurück, du Hexe!", rief ihre Kundin.

Da sprang die Tür auf und ein ulkiger Gnom in braunen Baumwollhosen, hellroter Weste und einer speckigen blauen Joppe am Leib verneigte sich ehrfürchtig. Seine Knollennase nahm Witterung auf, meldete Alkohol und so scharrten seine abgewetzten Schnabelschuhe nervös über die Dielen.

Der Wirt trennte die beiden Damen und kredenzte dem Zwerg einen Korn, seine Glupschaugen strahlten, er nahm ihn auf ex und ein Raunen ging durch die Reihen.

„Hurra, der Toni!", wurde gerufen, „los, spiel auf für uns!"

Alle lehnten sich zurück und hörten zu.

Karaoke-Abende waren damals beliebt.

Und das Bauzemeck-Lied stand ganz oben auf der Hitliste.

Der Geiger stimmte die Saiten und setzte den Bogen an.

„Wenn kalt der Wind ums Haus rum pfeift", begann er.

Sie dehnten ihre Glieder wie ein Rudel Raubtiere, das gerade seinen Riss verschlungen hatte und lockerten die Gürtelschnallen. Sie hoben im Gleichtakt die randvollen Gläser, sie blickten sich tief in die trüben Augen und sie hielten andächtig einen Moment den Atem an.

Dann stimmten alle ein.

„Wenn's kebalat und schneit, wenn's Sauerkraut und d' Blutwurscht schmeckt, isch d' Fasnet nemme weit!"

Crescentia lupfte den Rock und sprang auf den Tresen.

Der schöne Fritz warf Karl einen missbilligenden Blick zu und zerrte der Dame mit den Augen ein Kleidungsstück nach dem anderen vom Körper. Dann packte er Karls Oberarm mit eisernem Griff, seine Hände fühlten sich an wie zwei Hufeisen, die der Dorfschmied extra lange im Wasser gehärtet hatte.

„Und wenn verwacht der Bauzemeck", sang sie oben, „ins Ort reikommt vom Ried, dann setzad d'Narra d'Maschka auf und sengat s'Bauzelied!"

„Singat, lachat, werfad eire Sorga weg", lautete der Refrain, wer kannte ihn nicht, „danzat, juckat mit em Bauzemeck!"[11]

Das Nebenzimmer stand Kopf und applaudierte unisono.

„Doraus!", rief der Schwarze Veri.

„Det naus!", sang der Wirt vor Vergnügen.

„Bei dr alta Linde naus!", retournierte die Mannschaft.

Weil der für feierliche Ansprachen zuständige Kollege fahnenflüchtig geworden war und niemand einen halbwegs vernünftigen Trinkspruch mehr auf Lager hatte, kippten sie die nächsten Klaren eben ohne Kommentar in die Kehlen.

Ein Glas tranken sie auf die Damenwelt, die Krüge krachten klirrend aneinander. Einmal, zweimal und ein drittes Mal. Aber weil die Herren keinen substantiellen Beitrag mehr leisten wollten und keine rechte Stimmung aufkam, sah sich der Boss genötigt, ein viertes Mal kräftig zuzustoßen. Aber dann kam dem Schwarzen Veri die brillante Idee, mit ein paar Kurzen seine prominenten Kollegen im In- und Ausland zu würdigen. Er öffnete den Geldbeutel und der Wirt sein Arsenal. Sie genehmigten sich einen schönen Williams-Christ zu Ehren des berühmtesten Räuberhauptmanns südlich der Alpen.

„Viva Fra Diavolo!"

Sie tranken einen bitteren Kräuterschnaps auf sein böhmisches Pendant.

„Dobri den, Wenzel Babinski!"

Dann grüßten sie mit einem Kirsch ihr eigentliches Vorbild.

„Schinderhannes, zicke-zacke-zicke-zacke-heu-heu-heu!"

Sie brüllten so laut, dass es bis in den Rheingau hallte.

Sie erwiesen mit einem doppelt gebrannten Zwetschgenwasser dem Falschen Robin Hood in Österreich die Referenz. Sie würdigten mit Holunderlikör den Räuber Hotzenplotz und mit Korn den Konstanzer Hans. Und als die konkreten Anlässe zur Neige gingen, tranken sie Bruderschaft und stießen schließlich mit klirrenden Gläsern ein paarmal auf den nahenden Frühling an. Der Anführer stand plötzlich auf, sprang auf eine Bank und sorgte mit einer pathetischen Geste für Ruhe im Raum.

„Liebe Schwestern und Brüder!", rief er laut, „werte Kameradinnen und Kameraden, liebe Informantinnen und Informanten, sehr geehrte Mittelsmännerinnen und Mittelsmänner, werte Spitzelinnen und...."

Veri legte eine rhetorische Pause ein, weil er merkte, dass er sich irgendwie verheddert hatte und spähte in die Runde.

Er verzichtete aus guten Gründen auf jedes Manuskript.

Wie sollte er es ihnen am besten beibringen?

„Die Lage ist ernst, aber nicht hoffnungslos und ich sage es euch allen deshalb lieber gleich und *im Guten*: so wie bisher kann und darf es nicht mehr weitergehen. Unsere Einnahmen gehen, äh, wie soll ich sagen, nur noch nach unten und unsere Ausgaben, die Ausgaben, also *die* gehen ähm, leider genau in die entgegen-gesetzte Richtung, nämlich nach oben und zwar nur deshalb, weil ihr andauernd zu viel fressen, saufen und huren müsst!"

Ganz hinten wurde leise gelacht und getuschelt.

Veri wurde böse.

„Wenn ihr, dahinten am Fenster, denkt, ich mache hier Witze und jetzt nicht gleich das Maul haltet, dann mache ich euch zu Schnecken!"

Das half ein wenig, das Gemurmel ebbte etwas ab.

„Jetzt habe ich vollkommen den Faden verloren, was wollte ich noch gleich sagen? Ach so: die Einnahmen und die Ausgaben! Also, ich gehe jeden Abend voller Sorge in mein Lotterbett und wache am nächsten Morgen mit Magenschmerzen wieder auf, weil das jämmerliche kleine Häufchen an Münzen, das aus mei-nem Säckchen rinnt, wenn ich es auf den Kopf stelle und kräftig schüttle, kümmerlicher aussieht, als die paar wenigen welken Stiefmütterchen auf dem Grab meiner Großmutter väterlicher-seits, Gott hab sie selig. Mit anderen Worten: wir sind so gut wie pleite und das nur wegen euch!"

Das Auditorium glotzte ungläubig und grummelte.

„Ulrich, gerade du hast es nötig, halt jetzt endlich deine Fresse, oder ich fahre Schlitten mit dir!"

Der Schwarze Veri gönnte sich einen Schluck Branntwein.

„Äh, liebe Mitgliederinnen und Mitglieder!"

Er überlegte kurz, was an diesen Worten nun wieder nicht stimmen könnte und fuhr mit einer Passage fort, die ihm Karl von Drais bis aufs Blut eingebläut hatte.

„Wir müssen unsere Strategie schnellstmöglich den politischen Verwerfungen anpassen, die nun leider auch das abgelegene Oberland erfasst haben. Wir müssen der Katastrophe ins Auge blicken, dass unser schönes Oberschwaben nun mal nicht mehr zum sonnigen Vorder-Österreich, sondern zum kühlen Württemberg gehört. Jetzt haben die protestantischen Mostköpfe aus dem Unterland hier im Oberland das Sagen und somit wird der Pietismus auch bei uns einziehen. Müßiggang, Laissez-faire und Schlendrian waren mal, jetzt ist Schaffe-schaffe-Häusle-baue angesagt, auch in unserer Bande, Ihr Faulenze!"

Der letzte Ausdruck stammte wiederum von ihm.

Das Auditorium blickte bedröppelt drein.

„Wenn das hier für ein gutes Weilchen nicht unser letztes Saufgelage sein soll und wenn ihr nicht wollt, dass ich die Bänke auf dem Cannstatter Wasen wieder storniere, dann muss sich schleunigst etwas ändern!"

Die Räuber applaudierten verhalten.

„Ich habe mich nach reiflicher Überlegung und nach einer langen schlaflosen Nacht mit meiner Assistentin Maria-Josepha, deshalb dazu entschlossen, die Mannschaft zu verstärken."

Bravo-Rufe brandeten auf.

„Und zwar mit einem Fachmann aus dem Ausland."

Der Saal quittierte die Ankündigung mit Standing Ovations.

„Hier neben mir, an meiner Sonnenseite, sitzt Unterstützung aus Bella Italia: Rinaldo Rinaldini aus Trapani - ein bisschen kurz geraten zwar, aber ein anerkannter Ganove, Gauner und Hurensohn und ein ausgemachter Experte, wenn es um Einbruch, Diebstahl, Straßenraub und Erpressung geht."

Der Sizilianer lächelte hinterlistig in die Runde.

„Er war so frei und hat sich für ein paar Lire von der Camorra abwerben lassen. Irgendwann wird ihm sein Padre dafür das ungewaschene Fell über die Ohren ziehen und ihm den Tomatenkopf auf halb neun drehen, aber das ist nicht mein Problem. Passt alle auf: Rinaldo wird mit sofortiger Wirkung zum Beauftragten für Schutzgeld ernannt und direkt an mich berichten!"

Er reichte seinem Nachbarn freundschaftlich die Hand.

„Ich bin sicher, Rinaldo ist genau der Richtige für diese Aufgabe und bitte euch alle, ihn tatkräftig zu unterstützen!"

Es rumorte im Raum und Veri wurde ungehalten.

„Ruhe jetzt, zum letzten Mal, also: *tatkräftig unterstützen,* hab ich gesagt! Er beherrscht nämlich weder die schwäbische noch die bayrische und schon gar nicht die badische Sprache auch nur halbwegs. Ich habe versucht, ihn an der Klosterschule in Salem unterzubringen, aber der Abt ließ sich nicht bestechen!"

Veri hielt sich die Nase.

„Sein Hirn ist so hohl wie eine piemontesische Makkaroni und sein Körper bei Gott ein bisschen kurz geraten. Aber glaubt mir, dafür ist dieser kleine italienische Pisser umso kaltblütiger, gerissener und gemeiner - keiner von euch sollte den Mafioso unterschätzen!"

Er klopfte ihm brüderlich auf die schmalen Schultern.

„Hast du verstanden, Olivenschüttler, capito?"

„Non-si, capitano, ma bravo!"

„Warum bist du so schwer von Begriff, du Sardinen-Gesicht, hat dich Mama zu lange im heißen Spaghetti-Topf gebadet?"

„Sucami la minchia, stronzo!", lautete die Antwort, „sei un pezzo di merda!"

„Was hat der Muli-Treiber eben zu mir gesagt?"

„Er bedankt sich für dein Vertrauen!"

„Sagt ihm, er soll die Finger von unseren Weibern lassen, dafür wird er nicht bezahlt!"

„Vaffanculo, vecchia scema, tu puzzi come un cane morto!"

„Wir sind ja keine Rassisten, aber ein Italiener und eine Deutche, das ginge mir dann doch zu weit!"

„Sei il piu brutto del mondo, dio porco!", gab der Neue mit einem Grinsen im Gesicht dankend zurück, „ci hai rotto i coglioni, puttana vecchia!"

„Er sagt, du wärst der größte Räuber aller Zeiten und er freut sich schon jetzt auf die Zusammenarbeit!"

„Na prima, dann ist ja alles geritzt!"

Der Neue ließ sich nicht lumpen und schmiss eine Lage.

„Avanti culone, Amaretti per tutti i miei amici!", kommandierte er den Mann hinter dem Tresen, „bagnaletto!"

„Doraus, det naus!", skandierte der Wirt vor Glück.

„Sei un stronzo, hai ficcato con il tuo cane?"

„Bei dr alta Linde naus!"

„Subito, rimbambito!"

„Stets zu Diensten! Kommt sofort!"

„Dai salti di ponte!"

Veri schnippte mit den Fingern und der Mann hinter dem Tresen knallte als Nächstes eine dunkelbraune staubige Flasche auf den Tisch, bohrte einen rostigen Korkenzieher in ihren Hals, packte das Gefäß mit seiner kräftigen Faust und zog mit der anderen, so fest er konnte. Nur der Herr im Himmel wisse, meinte er, wie dieser edle Tropfen ins entlegene Roggenbeuren hätte gelangen können.

Doch der Geist des Weins weigerte sich.

„Zum Kuckuck", japste der Wirt mit hochrotem Kopf, „dieser vermaledeite Bordeaux!"

Er klemmte sich die Flasche zwischen die Knie und zog.

„Immer Ärger mit den Franzosen!"

Der Wein vom Atlantik wehrte sich mit aller Macht gegen die brachiale deutsche Faust und generierte lauter Schweißperlen auf der teutonischen Stirn.

Der Korken wollte partout nicht weichen.

Das ersehnte Plop blieb aus und der Wirt hatte mit einem Mal den leeren Korkenzieher in der Hand.

„Verflixt und zugenäht!", keuchte er, „jetzt ist der Korken hin."

Veri wusste Rat, packte die Flasche, zog sein Bajonett, zielte und köpfte den gläsernen Franzosen mit einem kräftigen Hieb.

„Jeder Stoß ein Franzos!", lachte er, „auf zur Weinprobe!"

Er griff sich den nächstbesten Steinkrug.

Dann wankte er ans Fenster, öffnete den Flügel und schüttete den Inhalt ins Freie, ruderte zurück an den Tisch, hob den zersplitterten Rand unter seine rote Nase und prüfte das Bouquet.

„Riecht reintönig, sauber und gar nicht nach Korken", lautete die erste Analyse, „herrliches, nussiges Aroma mit einer Spur Bittermandel und einem Hauch Rosen!"

Er goss etwas Wein in den Humpen, nahm einen kleinen Probe-Schluck und ließ ihn im Mund hin und her zirkulieren. Seine kräftigen Kiefer zermahlten den Bordeaux wie Mühlsteine. Er schürzte seine wulstigen Lippen und saugte die Flüssigkeit mehrmals vor und zurück, dass es nur so schmatzte.

„Samtig und weich im Tannin, bissig, scharf und staubtrocken", lautete das Resümee.

„Davon wird einem nicht gleich schlecht!"

Seine Backenzähne kauten den Bordeaux wie ein Stück Fleisch. Und die Papillen seiner Zunge meldeten Bedarf.

„Eine Flasche für jeden und gegen den Durst je einen Humpen guten schwäbischen Beeren-Most!"

Der Schöne Fritz war beeindruckt und bedankte sich prompt mit einer prima Idee.

„Wie wär's mit einem kleinen Manöver am Schwedenbühl?"

Der Boss zwinkerte ihm liebevoll zu und nickte.

„Dort kann man recht Geld heben[2]!"

Es muss an Karls fortgeschrittenem Zustand gelegen haben, dass er sich als Greenhorn da in die Diskussion zweier erfahrener Fachleute einmischte.

„Moment mal, ihr beiden Hübschen!", stammelte er.

„Unsere Armee verfügt surseit nur über swei einsatzbereite Pistolen und ein jämmerliches Tersererol!", piepste er.

„A-viel-su-wenig Feuerkraft, für einen Überfall!"

„Red gefälligst ins Reine oder lass das Saufen, wenn du keinen Alkohol verträgst!", schimpfte der Boss und schob ihn weg.

„Gut", sagte er: „Terzerol, wir haben nur ein Terzerol!"

Ein Terzerol ist eine niedliche kleine Faustfeuerwaffe, so eine Art Schreckschusspistole und damit eher was für Frauen. Damit konnte man höchstens Krach machen und nachts die Nachbarn ärgern, aber das war es dann auch.

„He Wirt, hast du uns nicht gestern gedroht, du hättest zwei geladene Gewehre in deinem verdammten Küchenschrank versteckt, falls wir nicht zahlen würden?", stammelte Veri, stand auf und packte den Mann am Kragen.

„Rück die Dinger raus!", brüllte er.

„Oder ich breche dir sämtliche Knochen. Wir haben die Schnauze gestrichen voll, von deinem ewigen Schweinefleisch!"

Doch das war nur ein Vorwand.

Der Wirt rannte los und apportierte devot zwei Schießprügel.

„Mehr als genug für einen lausigen Bauern!", dienerte Karl, doch seine Unterwürfigkeit kam zu spät.

„Hattest du überhaupt jemals eine geladene Flinte in der Hand?", fragte ihn der Anführer aufgebracht, packte sein Terzerol und nahm den Tresen ins Visier, „weißt du überhaupt, wie man ins Schwarze trifft?"

„Schau mich doch bitte einmal ganz genau an!", konterte Karl, „sieht so ein Fan von Feuerwaffen aus?"

Besänftigend legte er einen Arm um den Anführer.

„Vor dir steht ein überzeugter Pazifist und ein aufrichtiger Antifaschist, jemand, der den Wehrdienst aus Gewissensgründen verweigert hat", sagte er und fügte hinzu, „aber ein glühender Fan der freien Liebe!"

Er wollte Crescentia umarmen, doch sie wehrte sich.

„Bumm!", machte der Schwarze Veri, zielte geradewegs auf den Wirt und alle gingen in Deckung.

„Los ihr Penner!", rief der Anführer laut, „auf auf, Marschmarsch, mir nach: Polonaise!"

Sein Körper taumelte, aber seine geballte rechte Faust schnellte empor und alle standen stramm.

„Die blauen Dragoner, sie reiten", schmetterte er los.

„Mit klingendem Spiel durch das Tor!", kam als Antwort.

„Fanfaren sie begleiten, hell zu den Hügeln empor!"

Karls Arme überzogen sich mit einer Gänsehaut.

„Die wiehernden Rosse, sie stampfen, die Birken sie wiegen sich lind", sang Veri weiter und die anderen retournierten im Chor, „di-ie Fähnlein auf den Laaaanzen, fla-a-ttern im Wind!"

Taschentücher wurden gezückt.

Alle marschierten im Kreis.

Dann hatte der Dirigent die Nase voll und brachte die Sänger mit einer majestätischen Handbewegung zum Schweigen.

„Schluss jetzt!", befahl er mit ernster Miene.

„Stillgestanden Leute, nehmt Haltung an: wir gehen zur Jagd, ich habe Appetit auf einen großen Teller Hasenklein!"

Er drehte sich um und lachte.

„Sauft weiter, Kumpels, war nur ein Witz!"

Dann wandte er sich an Karl.

„Und du, Freundchen, hör mir zu, wir machen ein Geschäft: ich bringe dir das Schießen bei und du zeigst mir morgen, wie man Laufrad fährt! Ich werde dir jetzt demonstrieren", legte ihm der Anführer dar, „wie man todsicher ins Schwarze trifft!"

„Ich bin Linkshänder", stotterte Karl von Drais, „und ich habe meine Haftpflichtpolice neulich gekündigt!"

„Bist du ein Mann oder eine Memme?"

In diesem Moment, da wurde er zum Mann.

„Kaliber?", fragte er professionell um Zeit zu gewinnen.

Weil der Hauptmann die Gesetze der Schwerkraft nicht mehr

beherrschte, dauerte es eine halbe Ewigkeit, bis er sein rostiges Gewehr gewendet und das Ende des Laufs inspiziert hatte.

„Gut und gerne Caliber 44!", meinte er stolz und frohlockte mit funkelnden Augen, „das haut garantiert jeden Ochsen um!"

Fritz kam ihm zu Hilfe.

„Pass gut auf, ich zeige dir, wie man lädt!"

Der Räuber zündete das Ende einer Lunte an, klemmte es zwischen zwei Finger und ließ den Gewehrkolben auf den Boden knallen. Dann holte er Luft und blies das Rohr und die Pfanne des Vorderladers frei, zog ein spitzes Fläschchen aus der Tasche und schüttete Pulver in den Lauf. Als er eine Kugel im Hosensack gefunden hatte, hielt er sie kurz vor die Mündung und ließ sie los. Er zog den Ladestock heraus, fasste ihn kurz, fummelte ihn in den Lauf und Karl hörte zweimal ein metallisches Klacken, als der Stab auf die Kugel am unteren Ende traf. Der Lauf war nun fachmännisch geladen, das Gewehr wurde waagerecht positioniert und schnell etwas Pulver auf die Pfanne gestreut.

„Ecco", sagte er zu seinem Vorgesetzten, „finito!"

Veri packte das Gewehr und die glimmende Lunte und rollte seine geweiteten Augen.

„Wer kennt die Sage von Wilhelm Tell?", rief er in die Runde.

„Der Typ mit der Armbrust und dem Apfel?", fragte Ulrich.

„Richtig geraten", lobte Veri, „du stellst dich dafür jetzt vor das Fenster dort und alle anderen treten zurück!"

Er schulterte das Gewehr, nahm einen Krug und marschierte mit aufrechtem Rücken zu seinem verdatterten Probanden.

„Mütze ab und Augen zu!", kommandierte er, „wehe, wenn du nur ein einziges Mal blinzelst!"

Ulrich wollte weiter Karriere machen und nahm den Filzhut ab.

Sein Chef wendete zackig, marschierte im Stechschritt an die gegenüberliegende Wand, salutierte kurz und legte an.

Alle hielten den Atem an.

Der Wirt ging hinter dem Tresen in Deckung.

Karl steckte geistesgegenwärtig beide Zeigefinger in seine Gehörgänge. Elendiglich lange Sekunden verstrichen und keiner rührte sich, doch dann folgte der erlösende Knall. Karl spürte ein Stechen in den Ohren, sah den Steinkrug in tausend Teile zerspringen, roch beißenden Pulverdampf und in seinen Ohren dröhnte und vibrierte der Schall.

Alle atmeten auf und Veri lud nach.

„Jetzt du!", befahl er und reichte Karl das Gewehr.

„Crescentia, du stellst dich vors Fenster!"

Er nahm einen Apfel von der Anrichte und legte ihn seiner Freundin auf den Kopf.

„Stillhalten!", befahl er ihr „ja nicht wackeln!"

Karl legte an und zielte mit einem Auge.

Doch Kimme und Korn wollten nicht zusammenfinden.

„Ich kann das nicht!", jammerte er und legte das Gewehr weg.

Da zückte Veri sein Terzerol und spannte den Hahn.

„Feigling!", sagte Crescentia zum zweiten Mal.

„Gut", antwortete Karl, „wie ihr wollt. Tschüss, mein Liebling, auf nimmer Wiedersehen!"

Er hob an, zielte auf den Apfel und drückte den Abzug durch.

Erst machte es klack und es folgte ein ohrenbetäubender Knall.

Karl sah auf, der Apfel war ganz und seine Freundin heil.

Crescentia lachte ihn an.

Gott sei Dank, sie war am Leben.

„Habe ich doch glatt das Ding da vergessen", rief Ulrich und präsentierte die Kugel zwischen Daumen und Zeigefinger.

„Fan culo", sagte er, „ich lasse doch keinen Idioten wie dich auf die schönste Braut in ganz Oberschwaben schießen!"

„Wilhelm Tell, Wilhelm Tell, Wilhelm Tell!", grölte der Saal.

„Spiel auf Toni, noch ein Lied!", befahl der Anführer, „die Krüge: hoooooch!"

„Einst ging ich am Strande der Donau entlang", sang der Geiger vor und boxte Karl in die Rippen.

„Oh-o-o-oh-la-la-la!", retournierte der Saal.

„Ein schlafendes Mädchen am Ufer ich fand."

„O-o-o-oooo-la-la-la!"

Der Rest war nicht jugendfrei.

„Auf ex!", befahl der Chef noch einmal zum Abschluss.

Er wechselte sein randvolles Gefäß, ohne einen einzigen Tropfen zu verschütten professionell von einer Hand in die andere und kippte den Steinkrug gefährlich, bis der Inhalt fast überschwappte. Dann formte er beide Lippen zu einer schmalen Öffnung und schon strömte ein breiter Bach durch seine Schneidezähne. Mit einem Trick schaltete er das Ventil in seinem Kehlkopf auf Durchfluss, ließ das Getränk ohne zu schlucken in den Magen gurgeln, knallte den Krug nach nur drei Sekunden auf den Tresen, wischte sich den Mund ab und rülpste.

„Auf zum Schwedenbühl!"

11

Katzenauge, Eulenschrei, Hasenfuß
und Hühnerei

Eine *Kitt*[5], ein damals so bezeichnetes typisches oberschwäbisches Bauernhaus, stand mutterseelenallein und verlockend in der Landschaft. Es sah von weitem wie ein harmloses Bauklötzchen aus, doch das simpel anmutende Gebäude hatte es in sich und wäre schon per se eine harte Nuss selbst für stocknüchterne Einbrecher gewesen. Klopfen, Hämmern, Schläge und Lärm aller Art und an welcher Stelle auch immer wären problematisch, das begriffen sie selbst in ihrem Zustand noch, weil sich Scheune, Schweinestall, Heuschober und Wohnung unter ein und demselben Dach befanden. Das war leider nicht mit Stroh, sondern mit soliden schwäbischen Ziegeln gedeckt und stieg unendlich steil und schier endlos vor ihnen in den Himmel. Der First verlief eben und ohne Absatz wie ein Berggrat über die gesamte Länge. Außerdem fehlte der übliche Vorsprung am Giebel, an dem die Räuber irgendwelchen Schaden hätten anrichten können.

Jeder Versuch, an eine der Dachgauben heranzukommen, hätte eher an Selbstmord denn an Einbruch gegrenzt.

Zu allem Übel befanden sich in den Hauswänden kaum Holzteile, die sie hätten herausbrechen können, sondern nur harter Mörtel und widerspenstiger Putz. Der einzige Trost wären die vielen wohlproportionierten Fenster gewesen, wenn diese nicht mit dicken robusten Läden verbarrikadiert gewesen wären.

Ihre erste Option war also List.

Der Franz trat vor und klopfte an.

„Wer da?", lautete nach einer halben Ewigkeit die Frage.

„Die Landstreife, nur schnell aufgemacht[2]!"

Obwohl der Trick mit der Polizei einen langen Bart hatte, glaubte ihm der Bauer und entriegelte schlaftrunken die Tür. Was er aber im Mondlicht sah, waren keine Uniformen und keine Abzeichen, sondern Crescentias blanker Busen.

Durchaus eine Herausforderung für den alten Mann.

„Mir ist bitterkalt", hauchte sie, „lass mich doch ein!"

Im Gehirn des Hausherrn begann das Getriebe zu rattern.

„Nimm mich mit in deine Kammer!"

Er zögerte und zauderte.

„Es soll nicht zu deinem Schaden sein!"

Als im Hintergrund die Stimme der Gemahlin zu kreischen begann, war es allerhöchste Eisenbahn. Der Franz sprang herbei und rammte seinen Gewehrkolben in den Türspalt. Von innen wurde mit aller Macht gedrückt und von außen mit aller Gewalt geschoben, es stand für Sekundenbruchteile Spitz auf Knopf.

Dann knallte die Tür für immer zu.

Der kahle Kopf des Bauern erschien an einem der oberen Fenster, sein Kehlkopf schrie Mordio und die Räuber antworteten verzweifelt mit einem Hagel aus Holzscheiten.

Zeit für die zweite Option.

„Gebt mir einen festen Punkt", sagte Veri, „und ich hebe die Tür aus ihren Angeln!"

Doch das Blatt seiner rostigen Pflugschar passte nicht recht in den Spalt unter der Tür und sie konnten die Angel nicht aus den Zapfen hebeln. Das Kellerfensterkreuz war wie einbetoniert und ließ sich nicht aus der Mauer reißen, der Mörtel zwischen den Backsteinen nicht aus den Fugen kratzen und die Idee mit der wackeligen Leiter hätte den Schwarzen Veri im Morgengrauen beinahe den besten Mann gekostet.

„Nehmt den Findling da!", lautete sein letzter Befehl.

Verkatert und knurrend hoben vier Mann den Stein.

Dann nahmen sie Anlauf und schleuderten den Koloss gegen das Scheunentor.

Doch die Bretter hielten stand.

„Flaschen", fauchte der Anführer, „wenn ihr nicht augenblicklich weiterkommt, seid ihr entlassen!"

Die Drohung lief ins Leere.

Das ausgemergelte, müde und übernächtigte Team wollte oder konnte nicht mehr, Kräfte und Konzentration ließen nach, der Chef mochte brüllen, schreien, gestikulieren und fluchen wie er nur wollte.

Zeit für Option Nummer vier.

Den geordneten Rückzug.

Auf den matschigen Wegen spiegelte sich die Morgensonne in den Wasserpfützen und die ganze Vogelwelt des Waldes, die genau in diesem Moment zu erwachen schien, lachte die malträtierten Räuber mit einem besonders frechen Gezwitscher aus. Ein ungewohnt mildes Lüftchen wehte durch das lichte Unterholz und stimmte den beinharten Räuberhauptmann melancholisch. Der Anblick unzähliger junger Buschwindröschen, die ihre weißen Kelche geöffnet und einen üppigen Blütenteppich über das welke Laub gezaubert hatten, genügte wohl für den Moment.

Auch Räuberhauptmänner haben eben eine Psyche.

Kindheitserinnerungen kochten hoch und die Angst vor dem Gesichtsverlust, der nun nicht mehr lange auf sich warten lassen würde, zerrte an seinen Nerven.

Eine Depression bahnte sich an.

Veri lehnte schwermütig an eine Buche und grübelte.

Dann platzte die Bombe.

„Ich gehe in Rente", raunte er barsch und warf seinen Knotenstock missmutig ins nächstbeste Gebüsch, „sucht euch doch einen anderen Anführer!"

Die Räuber ließen sich nicht lange bitten.

Argwöhnisch beäugt von den Zaghafteren, bildeten sich Fraktionen, Gruppen, Grüppchen, Paare und Pärchen. Die Bande zerbröselte wie ein morscher Baumstamm, zerstreute sich in alle Himmelsrichtungen und Karl von Drais hängte sich an Crescentias Rockzipfel, woran auch sonst.

Sie sagte, sie wolle nach Hasenweiler.

Sie machten sich unverzüglich auf den Weg, doch es dauerte nicht lange, bis die nächste Überraschung auf sie wartete.

Sonderbare Geräusche waren zu hören, zuerst nur ein schwaches Brummeln, dann ein deutliches Vibrieren in der Luft, das zwischen den Bäumen immer näher rückte und schließlich ein lautes Gemurmel und Geplapper, das von dumpfen Schlägen und schrillen hohen Tönen unterbrochen wurde.

Die beiden verkrochen sich für alle Fälle im Gebüsch.

Menschen und Musik!

Hochzeiter zogen durch den Wald!

Auch in diesen schweren Zeiten durfte, musste oder sollte also noch geheiratet werden.

Vorneweg marschierten die Nebendarsteller, der sturzbetrunkene Hochzeitslader in seiner pittoresken Fantasieuniform und hinterdrein dickbäuchige, rotwangige Musikanten mit gigantischen Blechblasinstrumenten in Händen. Es folgte ein großer und gefährlich schwankender, weil mit massiven Bauernmöbeln, allerlei Gerätschaft und der kompletten materiellen Aussteuer der Brautleute überladener Brautwagen, der von vier herausgeputzten Ackergäulen gezogen und von Bauernburschen mit Otterfell-Kappen auf den Köpfen und langen Messern in den Gürteln eskortiert wurde. Auf der Ladefläche thronte ein mit Maschen geschmückter Baldachin, neben dem man die Heiratsstandarte und ein Tannenbäumchen als Glücks- und Fruchtbarkeitssymbol befestigt hatte.

Und unter dem Dach, in einem Meer aus lustig im Wind flatternden Bändern, Flittern und Fähnchen, da saß die Hauptperson: die mit einem Taschentuch bewaffnete, schluchzende Braut. Kamen ihr die Tränen vor Rührung, musste sie weinen, weil sie Angst hatte vor dem, was in der nächsten Nacht so alles auf sie zukommen würde, oder heulte sie nur, weil sie von zu Hause weg und in ein fremdes Bauernhaus ziehen sollte?

Und wo steckte der Bräutigam?

Im folgenden Leiterwagen hockte nur der Brautvater neben seiner ebenfalls heftig weinenden Frau und hielt einen prall gefüllten Geldstrumpf in der Hand.

In einem dritten Gefährt saßen Handwerkergesellen und noch mehr Musiker mit Violinen, Klarinetten und Posaunen, die Näherinnen und die Dorfschönheiten. Die jungen Mädchen waren für alle Fälle schon mal mit Kinderhauben- und Strampelhöschen ausgerüstet worden und hatten die Aufgabe, mit ihren in der Sonne spiegelnden Amuletten sämtliche Geister und Dämonen zu verjagen, die hier zur Unzeit auftauchen und ihr Unwesen treiben könnten. Im vierten und letzten Wagen schließlich folgte das allerwichtigste Utensil: das in Einzelteile zerlegte Brautbett.

Die beiden mogelten sich im rechten Moment dazu.

Empfangen von Böller- und Pistolenschüssen erreichte der Zug nach einer halben Stunde den Tanzplatz, die Tenne im geräumigen Stadel eines schwäbischen Bauernhofs.

Aus Übermut hätte Karl von Drais am liebsten sein Terzerol gezückt, doch Crescentia hielt ihn rechtzeitig zurück.

Die Musiker bezogen Position auf einer Bühne, die Gäste formten einen Kreis und die Feier begann mit drei Tänzen, die den Näherinnen und diesem Glückspilz von Fuhrknecht vorbehalten waren, er hatte noch die Qual der Wahl. Dann folgten drei Runden für die Brautleute, was für ein Glück, der Bräutigam war plötzlich wie aus dem nichts aufgetaucht. Die Braut hatte alle Scheu verloren und verstand es prächtig, sich im Rhythmus der Musik mal hin zu ihrem Holden und dann wieder von ihm wegzudrehen. Als sich der Auserwählte ein Herz fasste und seine Braut endlich in den Armen hielt, stand der Saal Kopf und quittierte die Aktion mit lautem Gejohle. Als Nächstes waren die verheirateten Frauen mit ihren Radhauben und Imitaten von Gold- und Silber-Törtchen auf den Köpfen dran. Dann diejenigen, die noch zu haben waren, eingezwängt in enge Mieder und mit noch bunteren Röcken und Schürzen, mit silbernen Ketten, schwarzen Bändern und Goldplättchen vor der Brust.

Als das Hochzeitsmahl beginnen sollte, polterte es am Tor.

„Tür auf, die Landstreife!"

Die Kiefer hörten auf zu kauen, die Gäste legten Messer und Gabel beiseite und stellten ihre Krüge und Gläser auf den Tisch. Die Gespräche verstummten und das Gemurmel ebbte ab, man presste die Lippen zusammen und alle Nasen wiesen wie Magnetnadeln in ein und dieselbe Richtung.

Die Hochzeitsgäste erstarrten zu Eis, die Damen zückten Taschentücher und die Männer in Gedanken ihre Messer.

Doch statt einer Escadron betrat nur ein einziger Uniformierter mit einer riesigen Schildmütze auf dem Kopf den Saal.

Er fackelte nicht lange, der Mann wusste, was er wollte.

„Zeig mir dein Wanderbuch!", forderte er Crescentia auf.

„Hab ich zu Hause vergessen!"

„Dann her mit deinem Pass!"

„Der liegt oben, in meiner Kammer!"

Die Musikanten und Mägde pausierten, alle hörten mit.

„Komm mit, wir sehen zusammen nach!", sagte Crescentia.

Die Gäste kicherten.

„Im Namen des Königs, du bist verhaftet, ich kenne dich, ich weiß, wer du bist!", rief der Polizist „du kommst auf der Stelle mit, nach Pfullendorf!"

Er packte sie am Arm und zerrte sie weg.

„Und Ihr, Bruder, solltet nicht in solcher Gesellschaft sein, das ist kein Umgang für einen Geistlichen!"

„Nehmt mich mit, ich bin Euer Zeuge!", bot Karl an.

„Könnt Ihr mir Einzelheiten nennen?"

„Gewiss doch", antwortete er, „recht präzise sogar!"

Sie wurden abgeführt und der Polizist wählte eine Route durch den Wald, was für ein Leichtsinn!

Im Gehen murmelte Crescentia erste Zauberformeln.

Sie rief alle Verwandten im Himmel und im Fegefeuer an.

Doch das war nur der Auftakt.

Crescentia war ein Kind des achtzehnten Jahrhunderts, sie brachte es von alleine fertig, ihre verfilzten Haare elektrostatisch aufzuladen, sodass sie wirr zu Berge standen. Ihre Fingernägel verwandelten sich in Krallen, ihre Hände in Tatzen und ihre Haut wurde zu einem Fell.

„Grrrrrrr", machte sie in einem fort und „krrrrrrrr!"

Sie ruderte mit den Armen, umkreiste mit obszönen Gesten ihren Bewacher und streckte ihm die Zunge raus.

„Beamtenbeleidigung!", rief der Büttel und rückte seine Mütze zurecht, „mäßige dich, oder du kommst an den Pranger!"

Crescentias Augen verwandelten sich in glühende Kohlen, auf ihrer Nase bildete sich ein Höcker und auf ihren Wangen erschienen eklige Warzen.

„Simsalabim: stirb einen grausamen Tod!", raunte sie den Polizisten an und deutete auf seine Brust, „dein Herz soll verbrennen und deine Lungen verglühen!"

Sie fuchtelte mit einem langen dünnen Stöckchen herum und warf Prisen ihrer getrockneten Pilze in die Luft.

„Katzenauge, Eulenschrei, Hasenfuß und Hühnerei!", rief sie.

Dann holte sie ihren Donnerstein aus der Tasche, streichelte über seine Oberfläche und warf das Ding wie eine heiße Kartoffel von einer Hand in die andere. Es folgte ein markerschütterndes hysterisches Kreischen, das die Bäume entwurzelte und die Tannennadeln von den Zweigen rieseln ließ. Sie stellte sich vor den Polizisten, drehte wie ein Chamäleon ihren linken Augapfel im Uhrzeigersinn und den rechten in die andere Richtung, bis nur noch ein blutunterlaufenes Weiß zu sehen war.

„Hokuspokus Fidibus!", zischte sie und lief zur Höchstform auf.

Sie hüpfte vor dem verdatterten Dorfpolizisten auf und ab wie eine in die Enge getriebene Katze. Und zum Beweis, dass es sich hier nicht um einen harmlosen Zirkus handelte, kratzte sie ihm blutige Striemen in den Hals.

„Schlangenei und Krötendreck!", geiferte die Magierin.

Ihr Toben und Tanzen setzte dem biederen Beamten sichtlich zu, er nahm abwehrbereit sein Gewehr in die Hände.

„Dreimal schwarzer Kater!", lautete die nächste Formel.

Er traute sich nicht, dem Treiben ein Ende zu setzen.

„Hokuspokus Haselnuss, Vogelbein und Fliegenfuß, Mäusespeck und Katzenbuckel, Tricks und Tracks und Zauberkugel!"

Aus Crescentias Mundwinkeln tropfte blutiger Geifer und ihre verkrampften Hände malten kryptische Zeichen in die Luft.

„Stinkender Harnkrug!", rief sie ihm entgegen, „so was wie du will eine Uniform tragen?"

Sie kreischte wie eine Elster, spuckte Gift und grüne Galle.

„Du fauler Krebsschwanz, du dummer Rassler, du gemeiner Teufelsknecht, du bist ein ehrloser Afterkose, ein tumber Federklauber und ein hinterhältiger Ohrenkrauer, wenn du es auf eine ehrbare Bürgerin abgesehen hast!"

Die Baumstämme und Äste bogen sich unter ihren Flüchen, dass die grünen Tannennadeln auf die Erde rieselten.

„Krijg de tering, krijg de tyfus, krijg de pokken, krijg de pest!"

Der Mann wurde bleich und murmelte ein Vater unser.

„Schwefel, Pech und Rattentier, alles dies, das wünsch ich dir, dass du seist auf nimmer froh, Hexenspuk, nun sei es so!"

Doch der Büttel blieb standhaft.

„Ich sperre dich in die Schandgeige!", drohte er am Ende.

„Vorsicht!", sagte Karl und legte nach: „Jeder im Oberland weiß, dass Babayaga keine Drohungen verträgt!"

Der Polizist rückte seine überdimensionale blau-rote Uniformjacke zurecht und richtete die Bajonettspitze abwechselnd auf Karl und auf Crescentia.

„A-huiiiiii", machte die und deutete nach hinten, „Luzifer herbei, alle Teufel: her zu mir!"

Der Beamte schulterte das Gewehr und zog seinen Dolch.

„Zauberstab, Geister und Zylinderhut: helft jetzt gut!"

„Messer mag sie übrigens ganz und gar nicht", sagte Karl.

Der Polizist schüttelte ungläubig den Kopf.

„Sieh bloß zu, dass du jetzt Land gewinnst!"

Er nahm den Mann kameradschaftlich in den Arm.

„Sonst zaubert sie dir gleich die Eier weg und du bist für immer ein Eunuch!"

Diese Drohung wirkte.

Der Büttel bekam Schweißausbrüche, warf das Gewehr in den Graben, schleuderte die Uniformmütze ins Gebüsch und gab kräftig Fersengeld.

Crescentia feixte vor Vergnügen, räusperte sich und schüttelte sich, sie spuckte die restliche Galle aus, sie kreischte vor Freude ein letztes Mal und sie zurrte ihren Umhang fest.

„Bravo!", sagte sie, „hast du wirklich gut gemacht!"

Karl bekam ein Bussi auf die Backe.

„Eins mit Stern, würde ich sagen!"

Sie gratulierte ihm mit einem Klaps auf den Po.

„Komm jetzt!", befahl sie vergnügt, „lass uns umkehren, ich will tanzen gehen!"

Sie hakte sich unter und beide marschierten los.

„Deine Belohnung bekommst du heute Nacht!"

12

Gut Freund!

Vier Wochen später, es muss so gegen zehn Uhr abends gewesen sein, pirschten sich die Räuber wie die Luchse auf leisen Sohlen an einen einsamen Fachwerkbau am Rand von Betzenweiler im Oberamt Riedlingen heran. Karls schwarze Kutte war von oben bis unten wieder mit Lehm, Dreck und Kotter verziert. Sein Körper fühlte sich an wie kurz vor dem neunzigsten Geburtstag, die Akkus in seinem Kopf waren leer, seine Beine schwer wie Blei, die Fußsohlen wund gelatscht und ihm zitterten die Knie.

Er hatte Mundgeruch und vergessen, wie man sich rasiert, er wusste nicht mehr, wie Messer und Gabel aussehen oder wie sich weißes Bettzeug anfühlt. Sein Hals war entzündet, in seinem Magen rumorte ein Nerv-tötendes Sodbrennen und seine langen Fingernägel trugen Trauer.

Die Stimmung war gereizt, die Nerven lagen blank.

Alle hatten Hunger!

Und am Vortag war Streit ausgebrochen. Stellen Sie sich vor: der berüchtigte Schwarze Veri prügelt sich, nein, nicht wegen einer Frau mit dem eigenen Bruder, der Grund der Keilerei ist ein armseliger Kanten hartes Brot. Adrenalin pur in den Arterien des Alphatiers. Der Schöne Fritz springt seinem Chef zur Seite und die Kollegen Fidelis, Sebastian und Joseph zeigen sich dem Boss gegenüber illoyal.

Die Belegschaft probt den Aufstand.

Es wird laut debattiert und hitzig diskutiert und die Angestellten erklären kurzerhand, einen Betriebsrat gründen zu wollen. Der

Lohn für den harten Job wäre viel zu karg, die Arbeitszeiten zu lang und die Freizeit recht bescheiden. Man fordert Schichtzulagen, besseren Arbeitsschutz und Extraurlaub für besonders gefährliche Aktionen. Man will keine Zeitverträge mehr akzeptieren und in den Genuss mindestens derselben Errungenschaften kommen wie die Kollegen der berühmten rumänischen Einbrecher-Mafia.

Der Geschäftsführer ist entsetzt, schockiert und aufgebracht ob dieser Unverschämtheit, verweigert stur das Mitbestimmungsrecht. Er beschwört die harte Konkurrenz und die schlechte Wirtschaftslage und erklärt mit Nachdruck, die Finanzdecke wäre zu dünn und das Unternehmen zu klein für so einen Mist. Obwohl es fünf gegen einen steht, beschließt er spontan, das Verteilungsproblem mit Muskelkraft zu lösen und schon fliegen die Fäuste durch die Luft.

Die beiden Brüder wälzen sich im Dreck, die Kollegen schauen zu und der Chef obsiegt. Am Ende will es keiner gewesen sein, man schüttelt den Kopf und klopft dem Leiter der Gang devot den Staub aus den Klamotten.

Dann war die Sache erledigt, fürs Erste jedenfalls.

Das Wasserrad am Sockel des Fachwerkbaus hatte Feierabend, die Schaufeln standen still und es herrschte Nachtruhe. Nur durch die Ritzen zwischen den Brettern des Wehrs zischten ein paar renitente weiße Strahlen, sonst rührte sich nichts.

Der Schöne Fritz suchte sich einen runden Kiesel, kniff ein Auge zu, zielte und traf intuitiv eine Fensterscheibe genau in der Mitte.

Die Mühle gehörte angeblich dem Schultheiß.

Es schepperte und die Scherben klirrten, sie warten gespannt, aber es rührt sich nichts.

Da zückt der Chef sein rostiges Messer und stochert mit Nachdruck an einem Fensterladen herum. Er sucht und findet die passende Stelle am Stoß der beiden Hälften, breit genug für die Klinge seines Mordinstruments. Veri drückt die Spitze in den Spalt, fasst den Griff mit beiden Händen und zieht das Messer mit einem Ruck durch die Ritze, ganz nach oben. Der Riegel auf der anderen Seite hopst mit einem leisen klack aus dem Lager, dreht sich quietschend im Kreis, der Fensterladen kapituliert und schon öffnen sich die Flügel bereitwillig wie bei einem barocken Kirchenaltar.

Das Innere gähnte ihnen wie eine Gruft entgegen.

Das war einkalkuliert, der Schöne Fritz musste nur sein Sturmfeuerzeug zünden und den Docht an seine Pechfackel halten.

Karl sollte als Erster einsteigen.

Es stank nach frischem Essig.

Und es roch nach altem Öl.

Der Stratege folgte ihm nur zögerlich und beleuchtete vorsichtig das waagrecht gelagerte hölzerne Stirnrad eines riesigen Getriebes. Es schälte sich ein Paar vertikal stehender gigantischer Sandsteine aus der Dunkelheit, das in einem runden Holzbottich auf gebrochenen Raps oder Flachs oder auf irgendeine andere Naturalien wartete, nur nicht auf die Räuberbande.

„Beweg dich", rief er Karl an, „du bist nicht zum Vergnügen hier und pass gut auf, damit du etwas lernst, für später!"

Er drückte ihm ein Ungetüm von Schaufel in die Hand.

„Du kratzt den ganzen Trester aus dem Koller, streust das Mahlgut auf die Balken und verteilst den Inhalt der Leinensäcke, dort neben der Presse, über den Boden - hast du mich verstanden?"

Er hielt seinen Knüppel unter Karls Nase und dieser stimmte zu.

„Anschließend trägst du die beiden Ölfässer da ganz nach oben, kapiert? Wir müssen etwas nachhelfen, das Dach ist mit Ziegeln gedeckt - mach hin Stift, hau rein!"

Sprach's und verschwand nach draußen.

Karl schuftete wie ein Berserker und schwitzte vor Angst.

Und um Mitternacht läuteten dann die Wetterglocken Sturm.

Da hockten sie bereits gemütlich auf den Leinensäcken für die Beute und beobachteten gespannt das schaurige Spektakel.

Die Flammen hatten sich in Windeseile vom Keller über das Erdgeschoss bis zur Bühne gefressen und leckten nun gierig aus sämtlichen Fenstern, Türen und Luken. Die Luft knisterte wie bei einem Funkenfeuer, die Bretter knackten und dann kollabierten die Dachbalken in der Glut. Das bedeutete Sauerstoff im Überfluss und freie Bahn für das Feuer und das Rapsöl, das Karl mühsam nach oben gehievt hatte.

Würde das nun als Brandstiftung gewertet?

Oder nur als Beihilfe zur Brandstiftung?

Könnte Karl von Drais wegen des Knotenstocks mit mildernden Umständen rechnen?

Wäre eine Bewährungsstrafe für ihn drin?

All das ging ihm durch den Kopf, als die Fässer wie selbstgebastelte Bomben in herzhaften Detonationen zerbarsten und das Inferno anheizten.

Technisch gesehen war die Aktion ein voller Erfolg!

Hundertprozentige Planerfüllung!

Mehr war nicht möglich.

Die Kollegen gratulierten Karl, er hätte Courage, meinten sie.

Sollte er stolz sein auf seinen ersten Einsatz oder nicht?

Nun ja, im Dorf herrschten Chaos, Angst und Aufruhr.

Und blankes Entsetzen.

Bauern und Bäuerinnen, Knechte und Mägde, Großväter und Großmütter, Mädchen, Knaben und Kinder, alles was halbwegs mobil war, rannte in langen Unterhosen oder Nachthemden, mit Wassereimern bewaffnet und mit weit aufgerissenen Augen die Dorfstraße entlang, einem orangerot beleuchteten Horizont entgegen.

Dunkler Qualm wucherte in den Himmel.

Eine kleine Schwadron Feuerwehrmänner bugsierte ihre altersschwache Spritze in Richtung Brandherd und als am Ende die Bürgerwehr mit Sensen, Mistgabeln und Dreschflegeln bewaffnet schreiend und wild gestikulierend ihrem Schultheiß auf dem Fuße folgte, da war der rechte Moment gekommen.

Veri mimte den Feldherren.

Sein Hintern erhob sich mit Pathos vom Boden.

Und er deutete mit ausgestrecktem Arm, verwegenem Blick und mit zusammengebissenen Schneidezähnen auf das Haus seiner Wahl.

Es war nicht schwer zu finden, es war das einzig halbwegs vernünftige Gebäude im ganzen traurigen Nest. Spontane Bravo-Rufe hallten durch die Luft. Als sie ankamen, erkannte Karl den unscheinbaren Kreidekreis mit dem Querstrich und einem stilisierten Hahn daneben. Hier wäre der Diebstahl lohnend, aber Achtung, es gäbe Alarmglocken im Haus!

Doch die Diebstahlwarnanlage war zum Glück defekt und der Besitzer hatte vor Aufregung vergessen, die Tür abzusperren.

Karls Lehrmeister lächelte und verzichtete auf weitere Tricks.

Sie hatten freie Bahn.

Fünf Laibe richtiges Bauernbrot - ohne Wurzeln, Rinde oder

Moos, dreißig Pfund Rauchfleisch direkt vom Kamin, eine gut abgehangene Schweinehälfte, ein Dutzend bestickte Nastücher, ein Paar frisch gewienerte Bundstiefel und dazu noch schöne neue Schnallenschuhe und einen herrlichen hellblauen Rock im Wert von alles in allem gut und gerne 50 fl.!

Das wäre doch in Ordnung, oder nicht, dachte Karl.

Gut, die Ölmühle des Bürgermeisters!

Abgefunkt[5] - na, wenn schon!

50 fl. waren 50 Florin oder 50 Gulden, tolle Goldmünzen mit dem Abbild Johannes des Täufers! Für jeden einzelnen Gulden hätte ein Meister damals zwei Tage schuften müssen wie ein Ackergaul und sein Azubi gleich doppelt so lang. Gut, dachte Karl, Crescentia mit ihrem göttlichen Körper hätte es vielleicht in der halben Zeit geschafft.

Die Räuberhirne wurden von Gewissensbissen geplagt.

„Hat sich doch gelohnt, das Feuerchen, oder nicht?"

„Soviel Futter und wertvolles Zeug im ganzen Haus!"

„Muss ein Wucherer gewesen sein, der Mann!"

„Geschieht ihm recht, dem Kornjuden!"

Sie durchwühlten das menschenleere Haus und durchkämmten wie ein Rollkommando ein Zimmer nach dem anderen. Als sie die Speisekammer erreichten, gab es kein Halten mehr. Ein Fass wurde auf den Boden geworfen und zerhackt und dann wanderte fettes Schmalz auf dicken Brotbrocken in ihre Rachen. Sie räumten die Regale leer und luden auf, was sie tragen konnten.

Tische, Stühle, Schränke und Betten blieben heil, sie waren ja schließlich keine Unmenschen. Veri zog sich den hellblauen Rock des Bürgermeisters über, ließ den höchsten Tannenbaum im Umkreis ausfindig machen und Holz auf einen Haufen werfen, er wolle mit seinen Kumpanen Erntedank feiern, um Gott für seine Gnade zu danken. Der Hauptmann persönlich zündete diesmal das Feuerchen an und alle warteten geduldig, bis die Holzstücke dunkelrot glühten, dann bohrten zwei Mann einen Spieß durch die halbe Sau und drehten sie schön langsam über der Glut im Kreis, bis die Schwarte knusprig war.

Die Mahlzeit war kalorienreich.

Die Speisenfolge den Umständen entsprechend.

Es gab Schwein als Vorspeise, Schwein zum Hauptgang und Schwein zum Nachtisch. Sie säbelten dicke Scheiben ab, sie fraßen wie die Wölfe und als sie noch immer nicht genug hatten, da schlürften sie das Mark aus den Knochen, ihre Finger trieften nur so vor Fett.

Karl von Drais hatte Rang neun von neun im Rudel.

Was für eine apokalyptische Nacht!

Die Gier gewann die Oberhand.

Erwachsene Männer mutierten zu übermütigen Halbstarken und die Räuber wurden leichtsinnig.

Als ihr Kommando in der Abenddämmerung schwerbeladen mit ihrer Beute an der Straße von Kanzach nach Dürnau rastete, hörten sie plötzlich Schritte.

Zu spät: kein Wachposten, keine Vor- und keine Nachhut.

Sie waren mit Quatschen, Rauchen und Fluchen beschäftigt gewesen, hatten ihre Frauen geneckt und sie gerade für die kommende Nacht brüderlich unter sich aufgeteilt.

„Wer da?", hallte es durch den Wald.

„Gut Freund!", antwortete Veri spontan.

„Hui Schütz?", fragte eine Stimme.

Erleichterung machte sich breit und sie mussten lachen: nur Bäckergesellen auf der Walz!

„Ofenschütz!", rief Ulrich vorlaut, „kommt her, wir laden euch ein, zum Abendessen!"

Es raschelte im Unterholz, rumorte in ihrem Rücken und dann herrschte Totenstille wie auf dem Friedhof. Vor ihnen schälte sich eine Gestalt aus dem Gegenlicht, sie blickten gespannt in eine Richtung und als es hinter ihnen losging, drehten sich alle Köpfe gleichzeitig um.

„Bleibt sitzen, keine falsche Bewegung, Hände in den Nacken!"
Eine Streife.

Es hatte ja so kommen müssen!

Ungläubiges Gemurmel und aufgeregtes Geraschel brach sich Bahn, aber die Räuber reagierten routiniert. Sie warfen wie auf ein Kommando gleichzeitig alle möglichen Gegenstände in den Wald. Veri schlüpfte geschwind aus seiner hellblauen Jacke und schmiss sie in den Straßengraben. Und weil die Landjäger nur zu zweit waren, sie aber zu zehnt, verwandelte sich das Getuschel in Gelächter und es wurden erste Witze gerissen.

„Guten Abend die Herren Wachtmeister!", sagte Veri, „so spät noch unterwegs, habt ihr euch verlaufen?"

Eine mulmige Angelegenheit.

Und wie reagiert man da am besten?

Richtig und sonnenklar: überrascht und unschuldig. Sofort den Vertreterblick aufsetzen, Ruhe bewahren und vor allem gelassen bleiben.

„Was glaubt ihr, warum wir euch hochnehmen?", fragte einer der Männer damals in die Runde.

„Doch nicht wegen der Mühle!", antwortete der Einäugige.

Fidelis war nicht nur einäugig sondern auch riegeldoof.

„Rückt eure Wanderbücher raus!"

„Wir kennen unsere Rechte genau!", rief Veri.

Er stellte sich vor den Polizisten, „bettel Dulldapp!"

„Arme auf den Rücken, zum Henker!", sagte der Polizist zu Veri, „du wirst als Erster durchsucht!"

„Vorsicht, ich bin kitzelig!", antwortete der Chef frech, „zeig mir erst den richterlichen Durchsuchungsbeschluss!"

Das warf die beiden Gendarmen aus der Bahn, mit soviel Unverfrorenheit hatten sie nicht gerechnet, sie zögerten.

„Die dümmsten Polizisten haben die dicksten Pistolen!"

Genau in diesem Augenblick hatten die beiden verloren.

Alle waren zur gleichen Zeit auf den Beinen, die Gendarmen wussten nicht, wie sie hießen und fuchtelten hilflos mit ihren rostigen Gewehren in der Luft herum.

„Halt, wollt Ihr morden[2]?", rief einer der Polizisten und schoss aus allernächster Nähe.

Ein klarer Fall von Notwehr für die Räuber.

„Brüder, jetzt müssen wir uns wehren[2]", rief Veri.

Er zog sein Messer aus der Tasche, klemmte sich das Ding wie ein Pirat zwischen die Zähne und packte seinen Knotenstock. Einer der Jäger feuerte aus zehn Schritten Entfernung, doch der erste Schuss aus seiner Doppelflinte ging fehl. Ulrich wollte ihm das Gewehr entreißen, aber der zweite Polizist sprang heran und spannte ebenfalls den Hahn seiner Flinte. Sie droschen in Überzahl wie die Wilden auf die armen Gendarmen ein, bis beide zu Boden gingen, dann rückten sie ab.

Das siegreiche Gefecht war die Initialzündung des Untergangs.

Überheblichkeit paarte sich mit Frechheit und Übermut.

Nun zog die Bande marodierend durch das Oberland.

Niemand stellte sich in ihren Weg, keiner wagte den Widerstand, weit und breit legte sich keine Streife mehr mit ihnen an und die Bürgerwehren hatten die Hosen voll, wenn sie ihre Messer, Flinten und Knotenstöcke nur sahen.

Es war die Nacht vom 20. auf den 21. März 1819, als sie nach Hüttenreute im Oberamt Saulgau zogen. In einer konzertierten Aktion brachen Veri und Fritz ein zwei Fuß über der Erde liegendes Küchenfenster samt Kreuzstock aus dem Mauerwerk. Der Schöne Fritz schlüpfte hinein, öffnete die Küchentür, zückte ein geladenes Terzerol und hielt Wache.

Im Kamin hingen vier Zentner Fleisch.

Nach zwei Wochen war es weg.

Aufgefressen oder verkauft.

Weil die Räuber aber den prognostizierten Weltuntergang am Palmsonntag gebührend feiern wollten, zogen sie erneut aus.

Es war Mittwoch, der 31. März 1819.

In einem einsamen Bauernhaus bei Winterreute im Oberamt Biberach brachte Veri dem Neuen bei, wie man eine Pflugschar als Schlüssel benützt. Beladen mit reichlich Rauchfleisch, Mehl, Schmalz und einem Set Zinntellern kehrten sie unbehelligt zu ihrem Lager am Blinden See zurück und teilten die Beute brüderlich auf.

Geschätzter Wert: 144 Florin und 33 Kreuzer!

Aber was fängt man mit hässlichen Zinntellern an?

Der Schwiegermutter zu Weihnachten schenken?

Weil Karl von Drais ja Erfinder war, kam ihm eine bessere Idee.

Lachend schleppte er eine Tüte Holzkohlen an, schüttete sie auf den Boden, türmte die schwarzen Brocken auf einen Haufen und zündete ein Feuerchen an. Dann setzte er einen alten Kochtopf oben drauf und die Kollegen mussten abwechselnd in die Glut blasen, bis ihnen schwindelig wurde.

Zinnteller zu Pflugscharen?

Nein, natürlich zu Waffen!

Karl von Drais war waschechter Biedermeier und hatte bestimmt noch nie jemanden erschossen, doch Pazifist war er deshalb noch lange nicht. Er schnitzte eine schnurgerade Rille in ein Stück Hartholz, goss in einer langen Nachtschicht den ganzen Eimer flüssiges Zinn nach und nach in die Form und verwandelte die hässlichen alten Zinnteller in hübsche neue Ladestöcke für Armee-Gewehre, die sie prima verkaufen konnten.

Karl war nun der neue Star.

Prompt forderte er ein höheres Gehalt.

Und das missfiel dem Chef.

„Der ewige Einbruch ist mir zu langweilig!", meinte Veri, „und unsere Rendite ist viel zu gering!"

„Freiwillige vor!", befahl er „wir stellen um, auf Straßenraub!"

Vollkommen verblendet meldete sich Karl zum Dienst.

Doch der Räuberhauptmann lachte ihn aus.

„Du bleibst bei den Weibern", sagte er und grinste, „und hilfst ihnen beim Abwasch!"

Weil der Chef dem Schönen Fritz wohl einen Denkzettel verpassen wollte, beauftragte er ihn mit der Leitung der ersten Kamikaze-Aktion. Und um sich zu beweisen, fiel dieser Trottel den Gäulen einer Chaise bei Stockach allein in die Zügel und brachte das Gefährt auf Anhieb zum Stehen. Aber die Reisenden hatten keine rechte Lust auf einen Waldspaziergang und zogen blank. Die Gäule gingen durch und der perfide Plan des Chefs ging auf, der Schöne Fritz ging baden und geriet unter die Räder. Für den zweiten Hinterhalt postierte der Boss seine Räuber persönlich im Wald. Das Schicksal schien ihm gnädig und schickte nach stundenlangem Warten gleich zwei Fuhrwerke auf einmal, allerdings besetzt mit zwielichtigen Gestalten, die komische Schlapphüte auf den Köpfen hatten.

Jedes Kind hätte sofort erkannt: Vorsicht, Viehhändler!

Doch der Anführer war blind vor Ehrgeiz und wollte sich keine Blöße geben. Er stellte sich dem Tross als Wanderbursche getarnt mit seinem Knotenstock in der Hand und dem Verkäuferblick im Gesicht entgegen. Und, weil er das bei der Wette mit der Kuh gelernt hatte, wollte er das zweite Gefährt mit Fragen aufhalten, um es vom ersten zu trennen.

Wie spät ist es und wie weit noch bis Stockach?

Wie wird das Wetter, wo wart ihr und wo wollt ihr hin?

Theorie und Praxis!

Die Schweinehändler kannten den Trick und lachten ihn aus.

Die Hunde witterten den Braten und die Räuber im Gebüsch.

Der Hinterhalt wurde ein Schuss in den Ofen.

Der Ruf des Räuberhauptmanns war ramponiert.

Der Boss war stinkesauer.

Deshalb mussten sich alle auf den Weg machen.

Nach Hahnennest.

Dort zündete Veri zum Schrecken der Einwohner Bettwäsche auf offener Straße an, knackte im Alleingang einen einsamen Hof und verlegte aus purer Böswilligkeit das Räuberlager an einen besonders entlegenen Ort in einen besonders tiefen Wald. In den finstersten Forst, den Oberschwaben zu bieten hat, in den Wagenhart! Aber nach Ende der melancholischen Phase wachte der Träumer zum Glück wieder auf und kroch wie ein hungriger Bär

172

nach einem langen Winterschlaf aus seiner Höhe. Er gebärdete sich mutiger denn je, spielte Katz und Maus mit den Behörden, schlug einen Haken nach dem anderen und die Räuber verhökerten in den Kneipen, was zu verhökern war.

Und weil auf Vaganten Verlass sein müsse, wie Veri meinte, löste er Crescentias Versprechen ein und kümmerte sich hingebungsvoll um das einsame starke Schwein in Dichtenhausen.

Bisher ging es nur um verschiedene Formen von Gewalt, jetzt nähern wir uns mit Siebenmeilenstiefeln der Brutalität. Nun ist der Zeitpunkt gekommen, um mit dem Witze machen aufzuhören. Allen Anhängern der Legende vom edlen Räuber in Oberschwaben werden gleich die Zähne gezogen. Die Beweislage ist erdrückend, die Quellen sprechen eine deutliche Sprache.

Der Anführer trat die Stalltür ein und die beiden Schwersten warfen sich auf den Körper der Sau. Mann Nummer drei drückte dem Schwein das Maul zusammen, damit der Bauer nicht aufwachte und der Anführer band ihm die Schnauze zu. Ein Vierter wickelte das andere Seil um die Gurgel der Sau und dann zog ein Räuber an je einem Ende. Als sich nichts mehr rührte, war es genug. Man band die Vorderläufe zusammen und steckte einen Knotenstock in die Schlaufe, zog das Schwein aus dem Stall und fertig war die Laube!

Für die Räuber das kleinste Problem.

Und nach der Sache mit der Sau kamen sie erst richtig in Fahrt.

„Das Oberland ist leergefegt!", sagte Veri.

Er blickte grimmig in die Runde und zerkaute einen Halm.

„Wir werden die Höfe an den Hauptrouten schonen, aber ab jetzt nicht mehr zimperlich sein, alles ist erlaubt!"

Er spuckte sein Spielzeug auf den Boden

„Wollt Ihr den totalen Raub?", fragte er in die Runde.

Er stand auf und zückte sein Messer.

„Wollt Ihr ihn totaler und radikaler, als ihr ihn euch überhaupt vorstellen könnt?"

„Jetzt bist du vollkommen verrückt geworden!"

Der Schöne Fritz stand auf und stellte sich breitbeinig hin.

„Ich quittiere den Dienst, diesen Blödsinn mach ich nicht mit!"

„Wer nicht für mich ist, ist gegen mich!"

„Fahr zur Hölle!"

„Troll dich!"

„Crescentia gehört mir, sie kommt mit!"

Karls Herz rutschte ihm in die Hose.

Gewalt war die neue Devise.

Weicheier mit Skrupeln und dem Hang zu einem schlechten Gewissen hätten endgültig ausgedient. Der Chef verschlankte das Organigramm, hob die Planzahlen an und kürzte die Rationen rigoros. Damit sich keiner mehr drücken konnte, führte er ein lückenloses Reporting ein und schickte einige zur Weiterbildung nach Neapel.

Jetzt reagierten die schwerfälligen Behörden.

Das aufstrebende Unternehmen landete auf einer schwarzen Liste, die Steckbriefe der Banditen prangten an jeder Ecke und es wurde kolportiert, der klügste Commissär des Oberamtes Biberach wolle sich an ihre Fersen heften!

Die Zeiten wurden noch einmal härter.

„Ich weiß eine Witwe in einem einsamen Haus in Argenhardt bei Tannau", prahlte der Einäugige am Lagerfeuer, „die wohnt allein und bunkert ihr Geld im Küchenschrank."

Die Stunde der willigen Helfer brach an.

„Wir ziehen das Ding durch, wenn sie den Früh-Gottesdienst besucht!", befahl der Anführer, „nur die Männer, die Weiber warten im Wald!"

Wieder musste Karl von Drais mitmachen.

Nach sieben Stunden Nachtmarsch trafen sie am Palmsonntag, den 4. April 1819, frümorgens, pünktlich um neun, bewaffnet mit allerlei Stöcken und geladenen Pistolen am Ort des Geschehens ein.

In der Kirche wurde gerade eifrig gesungen und gebetet.

Allerhöchste Zeit zum Handeln.

Ulrich schnitt eine Rute Birkenreis ab, zückte seine Pistole und fand die Haustür offen. Aber, Herrgott, die blöde Witwe stand mit einer Schüssel Apfelschnitzen an der Stiege. Die Räuber sagten mit ihren Pistolen guten Tag, packen die Alte und bugsierten sie in die Küche.

„Alte, wir wollen dich morixeln, diesmal musst du hin sein[2]!"
Die Frau begriff, legte aber nur drei lausige Taler aufs Tableau.

„Das Geld muss heraus, oder Du musst sterben[2]!"
Ulrich riss sie an den Haaren.

„Hast du nicht eine zinnerne Schüssel voll Geld gehabt, als ich da war? Gib das Geld her oder ich erschieß Dich[2]!"
Die Frau sagte, sie habe bei Gott nicht mehr.

„Alte, das lügst Du[2]!"
Als Urle die Birkenrute benutzte, wurde Karl übel und als er sie am Ohr durch die Küche zerrte, drehte sich sein Magen um.

„Ich will dich jetzt spazieren führen[2]", feixte Ulrich und wanderte mit der Alten von Zimmer zu Zimmer.

„Hier!", sagte er, als er ein Kästchen fand, in dessen Schloss ein Schlüssel steckte, *„wirst du es wohl verborgen haben[2]!"*

Doch in der Schatulle herrschte Ebbe.

Sie habe kein weiteres Geld, als sie angegeben, beteuerte die Witwe, und wenn er sie erschieße, so lade sie ihn über drei Tage vor Gottes Gericht. Sie erhielt Maulschellen und dann zückte Ulrich sein großes Stilett, ging auf das Weib zu, fasste sie mit der linken Hand am Arm und setze ihr das Messer an der rechten Schulter an, gab ihm ein wenig Nachdruck und schlitzte ihr so, während sie flehend die Hände in die Höhe hob und betete, das Leibchen über die Brust herunter auf.

„Geld her, oder ich steche[2]!"

13

Dem Himmel näher

Nach den permanenten physischen und psychischen Strapazen, die für einen verweichlichten und dünnhäutigen Biedermeier schlicht und ergreifend unfassbar gewesen wären, wenn er sie denn nicht am eigenen Leib hätte erfahren dürfen, nach den nervtötenden Entbehrungen, die das Leben als mittelloser Vagant auf offener Straße zu Beginn des 19. Jahrhunderts mit sich brachte, nach dem ständigen Auf-der-Hut-sein-müssen vor dem hartherzigen und gnadenlosen verlängerten Arm des Gesetzes, nach dem planlosen Herumvagabundieren mit chronisch leerem Verdauungstrakt auf rutschigen und matschigen Wegen, die Straßen zu nennen an Hochstapelei grenzen würde, nach den langen und klammen Nächten unter freiem Himmel in einem Graben, in einem Gebüsch oder unter einem Baum und nach den zwischendrin in regelmäßigen Abständen von den Kumpanen eingeschobenen strapaziösen Gelagen in stickigen, nach Schweiß, Urin oder sonst etwas riechenden Spelunken, bei denen das eben mühsam Ergaunerte von den mit der Hehlerei beauftragten Wirten in klingende Münze und gleich darauf in Hochprozentiges verwandelt wurde, nach einem Leben, das man, summa summarum und guten Gewissens, als Existenz am unteren Ende der Fahnenstange bezeichnen darf, da kam Karl von Drais der düstere, aber dafür wenigstens wohltemperierte und trockene Heuschober, in dem er vom grellen Blitz der Ernüchterung getroffen aufwachte, wie eine nach Moschus und Vanille duftende Luxussuite vor.

Ganz zuoberst hockend, direkt unter den krummen Dachlatten und rauen Holzschindeln, zwischen den rissigen Balken einer unübersichtlichen Dachkonstruktion und dem Himmel ein Stück näher, wie Crescentia bei ihrem waghalsigen Aufstieg über die vertikal montierte Heubodenleiter schmunzelnd festgestellt hatte, auf einem meterdicken Heustapel wie auf einem überdimensionierten Federkissen thronend, klopfte er sich die trockenen Grashalme und Fusseln aus den Klamotten, nieste den Staub aus seiner Nase und spuckte über die Balustrade.

Dann öffnete er die Dachluke und reckte den Kopf ins Freie.

Er steckte sich einen trockenen Grashalm in den Mund.

Wie war das alles nur möglich?

Er beobachtete das gleichmäßig aus- und einatmende Kleiderbündel, das neben ihm ausgebreitet lag.

Crescentia war dabei, alle Viere von sich gestreckt, selig und süß und mit geöffnetem Schmollmund, ihren kostenlosen, aber umso phänomenaleren Rausch der vergangenen Nacht aus ihrem schachmatt gesetzten Körper zu schlafen.

Sie umklammerte schnarchend ihren Knotenstock.

Selbst im Tiefschlaf ließ sie das dusslige Ding nicht los.

Dieser vermaledeite Knotenstock!

Badener spurlos in Oberschwaben verschwunden.

Eine tolle Schlagzeile für die Mannheimer Morgenpost!

Sein Herz stolperte und begann zu pochen.

In Panik rüttelte er Crescentia wach.

„Was meinst du", fragte er sie aufgelöst, „rückt der Schwarze Veri mein Velociped wieder raus oder nicht?"

Er setzte sich entgeistert neben sie.

„Bitte unternimm etwas!", forderte er sie auf, „ein paar Zauberformeln, Sprüche oder Gebete!"

Er zerrte sie hoch und drückte sie an sich.

„Nicht so stürmisch am frühen Morgen", stöhnte sie und sträubte sich, „immer langsam mit den jungen Pferdchen, ich kümmere mich am Wochenende drum!"

Dann drehte sie sich um und döste wieder weg, sie war heute schwerer zu knacken als der Panzer einer Sumpfschildkröte.

„Wie eigentlich entwickelt sich der Lauf der Dinge?", fragte sich Karl von Drais.

„Chaos-Theorie oder Schmetterlings-Effekt?", dachte Karl.

Schon der Flügelschlag eines filigranen Falters hätte unter Umständen extreme Auswirkungen. Die kürzlich entdeckte Molekularbewegung geriete aus dem Takt: ein Luftmolekül träfe im falschen Winkel auf das nächste und dieses Teilchen boxte aus Versehen den Nachbarn weg. Es flöge aus der Kurve und kollidierte mit dem Gegenverkehr, ein Frontalzusammenstoß auf der Straße der Teilchen. Wenn nur dieser blöde Kiesel nicht an der falschen Stelle gelegen hätte, das Ping-Pong-Spiel des Schicksals hätte einen anderen Lauf genommen.

Er weckte Crescentia zum zweiten Mal.

„Du verstehst doch eine ganze Menge von Magie und Metaphysik?", fragte er sie, „wäre es möglich, dass mein nächster Hustenanfall eine Kettenreaktion in Gang setzt und dass der Rotz, der aus meiner Nase geflogen kommt, fatale Schwingungen vor meinem Riechkolben auslöst, die erst zu einem harmlosen Wind werden und dann zu einer steifen Brise, sich dann in einen Orkan verwandeln, der über Süd-Deutschland zieht?"

Er schluckte trockenen Speichel herunter.

„Dann stürbe Veri und ich bekäme endlich mein Rad zurück?"

In seinem Kehlkopf würgte es.

„Kann ein Furz den Lauf der Welt verändern?"

„Du bekommst ab jetzt keine Pilze mehr!"

„Fällt die Revolution in Deutschland dann flach?"

„Hast du keine anderen Probleme?"

„Dankt der König wegen mir womöglich ab?"

Er spuckte den Heustängel aus.

„Und wird Württemberg französisch?"

Sein Gehirn war außer Rand und Band.

„Ich glaube", sagte Crescentia, „du hast mal eine Pause nötig!"

Ein verlängertes Wochenende würde ihnen beiden guttun.

Das ständige Betteln und Klauen hätte sie ausgelaugt.

Einmal ausgiebig ausruhen!

„Wie wär's mit einer Reise zum Bodensee?", fragte sie.

Das Wort schlug ein bei Karl wie eine Bombe.

Madame fackelte nicht lange, richtete ihr zerzaustes Haar, ordnete ihre Kleidung, setzte sich unter dem schmalen Dachfenster in die Hocke, zupfte an ihrem Rock herum und fummelte ein paar Kreuzer aus dem Saum.

„Nicht besonders viel", sagte sie, „aber es sollte reichen, für ein paar unbeschwerte Tage!"

Keine Minute später waren die Bündel geschnürt.

Sie brachen zu einem Kurzurlaub in den Süden auf.

Sie sagten Hasenweiler ade, liefen querfeldein nach Haslachmühle, holten sich nasse Füße in der Rotach und wanderten stundenlang durch den Hart-Tobel und dann den ganzen nächsten Tag über Kloster Salem bis zum Bodensee. Dort pirschten sie sich vorsichtig durch die Rebstöcke von hinten an die Wallfahrtskirche von Kloster Birnau heran und genossen auf der Terrasse über dem Weinberg den herrlichen Blick auf das Schwäbische Meer. Im Osten grüßte der schneebedeckte Pfänder, im Süden schälte sich der Säntis aus dem blauen Himmel und wegen des Föhns waren sogar die schneeweißen Bergrücken und Grate des Berner Oberlands, ganz weit im Westen, zu erkennen.

Nach Überlingen war es ein Katzensprung.

Sie stöberten in der Altstadt herum, zündeten im Münster ohne zu bezahlen eine Kerze an, sie stahlen sich heimlich auf den Turm und beobachteten oben die Raben und Falken in der Luft. Die Marktstände rund um die Greth waren wegen der Kassenlage tabu, also schlenderten sie durch das Franziskanertor weiter in den Stadtgarten.

Dort stand ein hübsches Hexenhäuschen, aber Crescentia hatte keine Lust, ihre Tante zu besuchen. Sie kreuzte für alle Fälle ihren Mittel- und Zeigefinger, murmelte ein paar Sprüche, spuckte dreimal in den Wind, rannte in Panik über die Teufelstreppe ins Tal und kam nur vom Regen in die Traufe.

„Das Tor zur Hölle!", jammerte sie dort mit Schweißperlen auf der Stirn, „nur schnell weg von hier!"

Paralysiert vor Schreck starrte sie mit offenem Mund in die modrig riechende Schlucht neben der Stadtmauer hinter dem großen runden Turm.

Sie war der Meinung, die senkrecht ansteigenden glatten Wände wären vom Leibhaftigen höchstpersönlich, gerade eben erst, mit einem riesigen Spaten in den Sandstein gebuddelt worden.

„Sieh nur, ein Drudenfuß!"

Sie schluckte trocken und zeigte auf die Steilwand.

„Luzifers Zeichen!"

„Nun aber mal halblang!", sagte Karl und nahm sie in den Arm, „das ist nur ein harmloses Wurzelgeflecht!"

Sie entdeckte die Abdrücke der Klauen des Leibhaftigen.

Sie identifizierte die Brandspuren seines Atems da, sie sah im wirren Wuchs einer harmlosen Astgabel eine Teufelskralle dort. Sie glaubte, den Satan in Gestalt einer verirrten Ziege durch die Büsche rennen zu sehen, und, als ihr ein Lausbub aus Jux eine Mano Cornuta zeigte, da rastete sie vollkommen aus.

Das hier war eindeutig nicht ihr Ding.

Dreimal durchgeatmet, fünfmal in den Wind gespuckt, sich siebenmal bekreuzigt und hinein in die nächste Katastrophe.

Mangels Empathie für ihre Not führte sie der Erfinder aus reiner Dusseligkeit in den runden Kessel der Gletschermühle über dem Steilufer des Bodensees.

Dort wurde ihr übel und sie marschierten weiter, zu den Felsnadeln der Churfirsten. Die sähen aus wie die Salzsäulen von Sodom, meinte sie und floh. Und als sie in der Dämmerung in den Hödinger Tobel gelangten, war der Spaß erst recht vorbei.

Crescentia verfiel unwiederbringlich der Melancholie.

Sie wurde depressiv und bekam Flatulenz.

Sie deutete die malerischen Fön-Linsen, die vom Vollmond beleuchtet, wie Segelboote über den klaren Nachthimmel trieben, als unheilschwangere Zeichen ihres Schicksals. Sie klagte über Bauchgrimmen, sie hatte Koliken und sie bekam Kopfweh.

„Ich sterbe!", jammerte sie schließlich.

Nun war der Urlaub endgültig im Eimer.

Dann sagte sie, sie müsse beten.

„Na gut", antwortete Karl, „dann mach halt!"

„Doch nicht hier", schimpfte sie, „bist du total verrückt?"

„Maria im Stein ist der richtige Ort für eine Einkehr", behauptete sie und rannte los, querfeldein und ohne Plan.

„Beten würde dir übrigens auch nicht schaden!"

Im Morgengrauen wateten beide durch einen Bach ans gegenüberliegende Ufer, nahmen im Laufschritt eine Böschung und fanden, wie durch ein Wunder, ihren magischen Platz: Maria im Stein, die Felsen-Kapelle unter freiem Himmel am Abhang über der Aach. Sie warf ihr Bündel ins Gras, band sich ein Kopftuch um, zündete eine Kerze an, bekreuzigte sich und kniete sich vor eine Madonna aus blauem Porzellan.

Sie war nicht mehr wiederzuerkennen.

„Ich will *brummeln*[5]", hauchte sie, „meine Sünden beichten."

„Was ist los mit dir?", fragte Karl von Drais, „Crescentia?"

„Nichts!", sagte sie und bekreuzigte sich erneut.

Sie stand auf, machte ihren Kniefall und tunkte im Vorbeigehen den Zeigefinger ins Weihwasserbecken. Dann rannte sie davon, immer an der Aach entlang, zum einsamsten Ort auf der ganzen Welt. Schon damals war der Ramsberg ein phänomenaler Flecken Erde mitten im Wald.

Nicht weit von *Heiligenberg-Katzensteig*.

Der Weg stieg stark an, wand sich in einer engen Rechtskurve unter tief herabhängenden Ästen zum Gipfel und Karl wusste bis zum Schluss nicht so recht, was als Nächstes käme. Als eine endlos hohe Mauer auftauchte, war der Aufstieg geschafft und sie hatten das von Bäumen und Büschen umrahmte Plateau erreicht. Sie standen vor einem Ziegeldach und sahen über dem Giebel ein Türmchen mit einer Glocke, an der verführerisch ein Seil nach unten hing.

Wehe, er wäre auf den dummen Gedanken gekommen.

Der Eremit stammte aus Brescello und hatte ein Gewehr.

Bei der Ankunft der beiden auf dem Ramsberg, am 31. März 1819 um Mitternacht, war Neumond und es herrschte vollkommene Dunkelheit im Wald.

Die Kirchentür stand wagenweit offen.

Crescentias Silhouette zeichnete sich dunkel vor dem Licht flackernder Kerzen ab, sie kniete in einer Holzbank. Oben, in der Mitte des Rundbogens, der den Altarraum vom Rest der Kirche trennte, hing ein Kreuz. Am Westgiebel erinnerte eine schmale Schießscharte, die in ein Kirchenfenster umfunktioniert worden war, an unruhige Zeiten. Passend zum Standort der Kirche, mitten im Wald, herrschten Brauntöne im Innenraum vor und eine seltsame Verzierung aus roten Rechtecken lief auf Hüfthöhe einmal um das ganze Kirchenschiff herum. Im Altarraum schwebten ein paar entrückte Heilige in einem verblichenen Fresko vor einem zarten hellblauen Sternenhimmel über die Wand. Am Eingang war ein ausgehöhlter und mit Eisenbändern armierter Baumstamm festgekettet, dessen schmaler Schlitz auf der Oberseite auf milde Gaben wartete. Als sich Karl bückte und sein Messer zücken wollte, um das Vorhängeschloss etwas genauer in Augenschein zu nehmen, da verlor Crescentia die Fassung.

„Untersteh dich!", zischte sie und schüttelte den Kopf.

„Weshalb?", fragte er, „wir sind doch sonst nicht zimperlich!"

Sie deutete auf den Kerzenständer.

„Siehst du denn nicht, dort: das Ewige Licht!"

Der Hauch ihres Atems wirbelte durch die kalte Luft.

Der Sockel unter dem Altar bestand aus gelbem Stein und schien felsenfest mit dem Erdboden verbunden. Links blickten Gott Vater und Gott Sohn in einem schwarz gerahmten Bild gutmütig auf einen Hirten herab, der mit seiner Herde beschäftigt war und rechter Hand, klärte ihn Crescentia auf, das wäre nun der Heilige St. Wendelin. Ein Blick auf das Allerheiligste mit dem Kruzifix brachte ihn schließlich zur Räson.

„Da!", sagte Crescentia und zeigte auf das goldene Tabernakel.

„Dort wird die gewandelte Hostie aufbewahrt."

Im Religionsunterricht hatte Karl von Drais nicht aufgepasst.

„Was heißt gewandelt?", fragte er.

Schuhsohlen liefen über den abgewetzten Boden.

Schritte hallten durch den Raum.

Crescentia schloss ihre Augen und wartete.

„Der Leib und das Blut Jesu werden zu Brot und Wein!"

Karl drehte sich um, hinter ihm war niemand zu sehen, die Sedilen im Altarraum waren verwaist.

Auf dem Lesepult lag ein Messbuch.

Niemand blätterte es um.

Crescentia stand auf und tauchte ihren Finger in das reinmachende Wasser des Taufsteins an der Wand und netzte Stirn, Brust und Schulter. Das Gebälk des Beichtstuhls in der Ecke knarzte laut, als die Pönitentin die hölzerne Kammer öffnete, sich hineinsetzte und die Tür hinter sich zuzog. Kurz darauf hörte Karl, wie sie durch das Gitter zu einem unsichtbaren Beichtvater auf der anderen Seite sprach. Nach einer halben Ewigkeit kam sie zurück, trat schweigend in die letzte Bank, kniete sich zum Zeichen der Demut hin und war bereit für das Abendmahl.

Erneut waren Schritte zu hören.

Aber das Glockengeläut blieb aus, kein Hochwürden oder Vikar führte seine Ministranten zum Altar. Stattdessen wagte sich eine Maus aus ihrem Versteck hinter dem Beichtstuhl, schnupperte nach Nahrung und verschwand wie der Blitz, als sich Crescentia erhob. Karls Begleiterin hatte es plötzlich eilig.

Eine einsame schwarze Spinne krabbelte über die weiße Wand und dann verirrte sich eine Fledermaus in die Kirche, drehte eine Runde über den Bankreihen und flatterte wieder hinaus.

„Im Namen des Vaters, des Sohnes und des Heiligen Geistes!", sagte eine unsichtbare Person.

„Der Herr sei mit euch!", antwortete Crescentia, stand auf, zurrte ihr Kopftuch fest und verschwand.

14

Vogelgezwitscher

Der Goldene Ochsen wäre eigentlich die perfekte Räuberhöhle gewesen: eine echt *dofe T'schorr-Kitt.*[5] Der *Baiser* hatte selbst ohne Internet und Smartphone exzellente Kontakte in alle einschlägigen Netzwerke und war wegen seines Gasthofs landauf und landab bekannt wie ein bunter Hund. Sein Haus bot ein Dutzend Quartiere, Kost und Logis, ein geräumiges Kellergewölbe, eine riesige Scheune als Stundenhotel, einen separaten Kuhstall als kostengünstiges Notquartier und mehrere Hinterausgänge mit Fluchtkorridoren in Richtung Wald oder Ried und verfügte damit über so ziemlich alles, was man sich an Stelle der Räuber nur hätte erträumen können.

Das Gebäude hockte wie eine Festung in einer scharfen Kurve, unmittelbar neben der abschüssigen Landstraße im Dreiländereck in Spöck und man konnte auf einen Blick das Kommen und Gehen sowohl in östliche als auch in westliche Richtung beobachten. Außerdem bullerte ein riesiger Kanonenofen in einem fort und heizte den Saal auf tropische Temperaturen hoch. Der Stutzen des rostigen Ofenrohrs, das durch ein Mauerloch direkt nach draußen verschwand, glühte immer hellrot-weiß.

Die Sache hatte nur leider einen Haken, im Saal roch es seit kurzem seltsam bitter und die Luft schmeckte nach Verrat.

Die Sauschwänze mundeten nicht mehr.

Wer im Plumpsklo oder an der Pissrinne fertig war, in die Stube zurückkehrte und den Mund aufmachte, um atmen zu können, der realisierte sofort, dass etwas nicht stimmte.

Der Wirt war ein echter Künstler in seinem Fach und hatte ein halbes Dutzend Hände, mindestens.

Mit einer drehte er den Hahn des Mostfasses auf und zu, mit der zweiten nahm er Münzen entgegen und gab den Zechern das Wechselgeld zurück, mit der dritten Hand tauchte er Krüge und Gläser ins Spülbecken und mit der vierten trocknete er sie notdürftig ab. Mit dem Zeigefinger seiner fünften Hand bohrte er genüsslich in der Nase und mit den wulstigen Fingern seiner sechsten Pranke langte er großzügig in eine Kiste neben dem Tresen und zog ein krümeliges braunes Stück getrockneten Torf nach dem anderen hervor.

Damit schlurfte er zum Ofen und hielt die Luft an, verzog sein Gesicht wegen der enormen Hitze zu einer hässlichen Visage, hob virtuos mit der Schuhspitze den Riegel aus dem Schloss, drückte das heiße Ofentürchen mit dem Absatz scheppernd zur Seite, zielte und warf das Brikett wie ein Artist aus halbwegs sicherer Distanz in die lodernden Flammen.

Dann atmete er aus, kickte die Klappe des Brennraums mit der Hacke zu, sodass Eisen laut auf Eisen knallte.

Die schläfrigen Gäste wachten auf und bedankten sich, statt mit schallendem Applaus, mit einer neuen Bestellung für diesen exzellenten Service.

Zwischen den Tischen und Bänken stapelte sich so ziemlich alles, was nicht niet- und nagelfest war. Zum Beispiel war eine Messing-Kuhglocke samt hübsch verziertem Lederband wohlfeil und baumelte verlockend an einem krummen Nagel an der Wand. Die vom selben Hof stammende Rossbürste und der dazu passende Striegel lagen neben ein paar Kuh- und Pferdeeisen und dem notwendigen Beschlagwerkzeug gleich darunter auf dem Dielenboden. Die zugehörige Kuh oder das passende Pferd hätte man auf Bestellung sofort nachgeliefert bekommen. In einer kleinen Stube nebenan war alles ausgebreitet, was der Landbewohner für die Holzbearbeitung so benötigte.

Beispielsweise eine frisch geschärfte Baumsäge, ein schickes Ast-Beil, ein neuer Nagelbohrer oder ein kaum gebrauchter Rindenreißer, ein Schneidmesser sowie eine Auswahl an Holz-Keilen und Hämmern. Hätte jemand unter einer Mäuseplage zu leiden gehabt, bitte sehr, hier hätte er für wenig Geld ein ganzes Arsenal an ausgeklügelten Fallen gefunden, um sie für wenig Geld mit nach Hause zu nehmen.

Ein modisches Kohlebügeleisen für die Gemahlin?

Oder eine kupferne Bettflasche für den kranken Großvater?

Vielleicht eine Fleischhackmaschine fürs nächste Schlachtfest?

Gugelhupf-Formen, Wellhölzer und Waffeleisen für die Tochter des Hauses lagen bereit, ein Schmalzhafen für die Speisekammer, Spätzle-Hobel, Mehlsiebe oder ein Krautfass aus Steingut. Für den nächtlichen Nachhauseweg gab es eine Sturmlaterne, für lange düstere Abende einen gusseisernen Halter samt Kerzenstumpf aus gelbem Bienenwachs und für die Abbitte einen freudenreichen, einen glorreichen und einen schmerzhaften Rosenkranz. Tassen, Teller, Töpfe und Besteck wurden gegen Kartoffeln, Schinken, Brot und Rauchfleisch getauscht und es ging ein Raunen durch die Reihen, als ein Fremder mit einem Bündel Textilien im Türrahmen auftauchte. Kleider, Röcke, Bettwäsche, Hosen oder Hemden.

„Scheft 'r Sohre verkönigt?[5]"

Es wurde geboten, gefeilscht und geschachert.

„Verschabert im Jahre!"

Nur einer war unzufrieden.

„Der größte Lump im ganzen Land", reimte der Schwarze Veri mit düsterer Miene, „das ist und bleibt der Denunziant!"

Seine Stimmung war in den Keller gerauscht.

Er trank und ließ seiner poetischen Ader freien Lauf.

„Dornen und Disteln stechen sehr, falsche Zungen noch viel mehr!"

Er schob seinen halbvollen Teller achtlos zur Seite.

„Die Tafelrunde ist entehrt, wenn ihr ein Falscher angehört!"

Die Lage hatte sich für den Räuberhauptmann a.D. dramatisch verschlechtert, seit mehr und mehr Landstreifen, Kommissare, Bürgerwehren und selbsternannte Hilfs-Sheriffs das Dreiländereck nach Raubgesindel durchkämmten.

„Manch einer ist ein Sympathisant", pflichtete ihm der Wirt bei, „der mit den falschen Leuten singt, doch schlimmer ist der Denunziant, der jenen an den Galgen bringt!"

Veri überlegte, wer hier wohl die Silberlinge bei sich hätte.

Und er zückte wütend seinen Schlagring.

„Mach mal Pause!", rief ihm Karl von Drais zu, „wer wird denn gleich in die Luft gehen - oder lieber einen Dujardin?"

Er wankte hinüber zum Kleiderbasar.

„Achtet auf die Goldkante, Jungs, wenn ihr neue Vorhänge kauft!"

Raufhändel lagen in der Luft.

Verräter schlafen bekanntlich nie und es hatte sich herumgesprochen, dass vor kurzem ein Österreicher den Aufenthaltsort Andreas Hofers an die Franzosen verraten hatte. Der Kleiderhändler schien das zu wissen, packte Hals über Kopf zusammen und nahm Reißaus.

Veri steckte den Schlagring wieder in die Tasche, zückte sein Messer und kratzte sich den Dreck aus den Fingernägeln.

Akribisch musterte er einen nach dem anderen.

Wer war hier der Brutus?

Der mit dem grauen Hut und der auffallend langen Nase?

„Kekel, e' melterle G'finkelterjole!", sagte er zum Wirt, „eine Maß Branntwein, aber zack-zack!"

Waren rote Locken, grelle Westen und silberne Ohrringe nicht die besten Indizien für schräge Charaktere?

Gab sich der Schöne Fritz, früher stets bereit für einen deftigen Streit, in letzter Zeit nicht fromm wie ein Lamm und sah er nicht auf den zweiten Blick wie ein echter Judas aus? Hatte er nicht eine auffallend unauffällige Karriere hinter sich? Als Sohn eines Tagelöhners angeblich vom Teufel zum Stehlen verführt und später wie durch ein Wunder zum Proviantbäcker der französischen Rheinarmee aufgestiegen?

Wieso in aller Welt konnte der Mann lesen und schreiben?

Und was war mit der Blattern-narbigen Tante neben ihm, seiner neunmalklugen Freundin Theres? Angeblich ein heimatloses Soldatenkind aus Triest, das sich als Strickerin und Bettlerin ausgerechnet im kühlen Oberland durchschlagen musste, wo es doch an der blauen Adria so viel sonniger und trockener war?

Und ihre beste Freundin, die Maria-Josepha?

Dieses unverfrorene Weibsstück mit den blendend weißen, aber leider unvollständigen Schneidezähnen und dem hinterhältigen Zigeunerblick trug in letzter Zeit auffallend teure Röcke und besonders hübsche Kleider am Leib und außerdem eine neue schwarze Haube auf dem Kopf, die ihr als Unverheirateter sowieso nicht zukam.

Woher kamen die Moneten für solchen Luxus?

Und wo steckte sein frecher kleiner Bruder, der Ulrich?

Klopfte dieser Gauner vielleicht gerade an der Rathaustür in Saulgau an, weil er Lust auf neue silberne Creolen hatte?

Allein die Geister und Dämonen kannten die Antwort.

Veri musterte entsetzt sein letztes Aufgebot.

Ein tumber Soldat, ein blinder Säufer und ein irrer Mönch.

„Kompanie stillgestanden - präsentiert das Gewehr!"

Der Condeer gönnte sich einen großzügigen Schluck aus seinem Krug, setzte seine Mütze auf, schulterte das Gewehr, stand stramm und salutierte. Wusste dieser Depp denn nicht, dass die Schlacht bei Ostrach 1799 entschieden worden war?

Der einäugige Fidelis schnarchte am Kneipentisch.

Veri wischte sich eine Träne aus dem Augenwinkel.

„Frankreich ist unser gelobtes Land!", winselte er.

Und dann nahm er Karl brüderlich in den Arm.

„Kann ich mich wenigstens auf Ihn verlassen?"

„M'r schefte rechte Kaffer", sagte der zum Hauptmann, „klar doch, voll und ganz, zu hundert Prozent!"

Er war stolz, dass er nun Rotwelsch konnte.

Doch als er den Schrecken Oberschwabens mit geröteten Augen und heruntergeklappter Kinnlade lustlos neben sich am Kneipentisch lümmeln sah, da verwandelte sich der harte Knorpel in seinen Kniegelenken in weichen Gummi.

Sein Herz fing an zu pochen und er wurde von Heimweh und Melancholie übermannt.

„Ich will zurück nach Mannheim!", jammerte er und bockte wie ein vom Weihnachtsmann enttäuschter Knabe „jetzt, sofort - ich habe Frau und Tochter!"

„Ein katholischer Mönch mit Frau und Kind in Baden?", lachte der Wirt, „jetzt schlägt's dreizehn, das haut mich aber um, haben wir einen neuen Papst?"

Voller Verzweiflung zückte Karl seinen Knotenstock.

„Veri!", flehte er ihn an, „bitte hau mir augenblicklich einmal kräftig eine auf die Rübe. Ich halte es hier keine Sekunde länger aus. Ich will lieber tot sein, als noch länger so weiterzumachen!"

Die Damenriege war begeistert von diesem Bauern-Theater, klatschte Beifall und kreischte vor Vergnügen.

Und die Männerabteilung rüstete sich für eine Rauferei.

„Los Veri, rück raus mit der Sprache, wo hast du mein teures Rad versteckt, du gemeiner Dieb?", jammerte Karl.

„Was hast du eben zu unserem ehrbaren Räuberhauptmann gesagt", raunte der Condeer entrüstet, „Dieb?"

Er schäumte vor Wut und legte an, auf Karl.

„Du hast unseren Anführer beleidigt!"

Es klickte und der Hahn seines Vorderladers war vorgespannt.

„Beruhige dich, Kumpel, war nicht so gemeint", sagte Karl und drückte den Lauf weg, „trinken wir einen Schluck!"

Veri schüttelte den Kopf, er verstand die Welt nicht mehr.

Das Ganze war zu viel für seine ramponierte Psyche.

Es drohte ein unmittelbarer Nervenzusammenbruch.

Der Räuberhauptmann verlor die Balance.

„Wirt, bring mir einen starken Strick!"

Aber der Wirt war auf Draht und servierte ihm sofort ein Glas Himbeergeist, schließlich wollte er seinen allerbesten Kunden nicht verlieren.

„Das Elsass wartet nur auf einen wie dich, Veri", prophezeite er, „Strasbourg ist die schönste Stadt der Welt, Napoleon hat die

Folter abgeschafft und da willst du dich umbringen?", er setzte sich zum schäbigen Rest der Räuberbande.

„Laubbach-Mühle, sage ich nur!"

Der Wirt rollte mit den Augen.

„Fällt ein Apfel dir ins Maul", ermahnte er Veri, „dann beiß zu und sei nicht faul!"

Er verwandelte sein Gesicht in eine verwegene Fratze.

„Halt dein Wort", drohte Veri und rollte seine Augen, „oder *sey heimdig* und halt besser die Fresse!"

„Die Müllers-Leute sollen Gold-Dukaten haben!"

Er presste den dicken Zeigefinger in konspirativer Manier an seinen lippenlosen Mund.

„Kameraden, das ist die Chance, jetzt oder nie!", sagte Veri leise und rückte seinen zerbeulten Hut zurecht, *„dean Socht weand m'r maloche!"*

„Kann nicht dein Ernst sein?", der Einäugige zeigte sich skeptisch und seine kariösen Schneidezähne wurden lang.

„Die waren doch heuer schon einmal dran!"

Der Condeer witterte Morgenluft und nahm seine Flinte nun besonders akribisch unter die Lupe. Er reinigte mit einem Borstenpinsel prophylaktisch das Radschloss und wischte vor lauter Aufregung abwechselnd einmal den Lauf und einmal seine schweißnasse Stirn mit einem öligen Lappen ab.

Die Damenwelt war angepisst.

Man hockte schmollend in der Ecke.

„Bruder Hartmann, Veri!", riefen die Bräute, „hört jetzt auf mit diesem Quatsch, kommt her und seid artig!"

An einem der Tische saß ein Mädchen und grübelte, denn sie verstand die Welt nicht mehr.

Keiner schien sich für sie zu interessieren.

Dabei hatte sie sich doch solche Mühe gegeben: obwohl die Farbe ihrer Bluse Ton in Ton dem Granatapfelrot ihrer Lippen folgte, hatte sie heute noch keinen einzigen Kreuzer verdient. Sie überlegte, ob sie den roten Kleister noch kräftiger auftragen sollte, verschränkte die Arme und stützte beide Ellenbogen resigniert auf die Tischplatte. Ihre potenziellen Freier hatten offenbar alle eine Konfirmanden-Blase und rannten pausen- und gedankenlos an ihr vorüber ständig aufs Klo.

Warum sah ihr nicht wenigstens einer einmal in die Augen?

Sie hob die Hand und strich mit gespreizten Fingern ein paar Haarsträhnen aus ihrem Gesicht.

Da kam Karl von Drais außer Tritt und seine Beine drohten, sich zu verheddern. Zuerst bemerkte er nur ein Bündel schwarzer langer Haare, das von einer kleinen roten Spange zusammengehalten wurde.

Nicht der Rede wert, eigentlich.

Dann rutschte sein Blick von den schmalen Schultern über den aufrechten Rücken zu ihrer Wespentaille hinunter, prallte von der Rundung ihrer Hinterbacken ab, lief am Rückgrat bis zu einem Flecken nackter Haut auf ihrem Nacken empor und dann verlor er ganz den Faden.

Plötzlich musste er nicht mehr zur Toilette.

Sie wandte ihren Kopf zur Seite, schenkte ihm das Lächeln ihres Lebens und ihre Finger glitten sanft über die Tischplatte. Warum sie ihm an diesem ordinären Abend nicht viel früher aufgefallen war, konnte er beim besten Willen nicht nachvollziehen. Auf ihrem Schoß lag eine hübsche Handtasche und die Miniaturausgabe einer Meerjungfrau baumelte an ihrer schmalen Hand.

Sein Forscherblick folgte der Kontur ihrer schlanken Beine unter den Tisch und er entdeckte mit klopfendem Herzen, dass ihre Füße in winzigen Schuhen steckten.

Größe 36, allerhöchstens.

Dann begann die Luft zu knistern.

„Auf welchen Namen hat dich denn dein guter Vater taufen lassen, meine Holde?"

„A-Maria-Jofefa heiffe ich!", lispelte sie durch die Lücke zwischen ihren Schneidezähnen.

„Wollen wir tanzen?"

„Ef fpielt doch gar keine Mufik!"

„Macht nichts!", sagte Karl, „das kriegen wir auch ohne hin!"

Schon schwebte sie wie eine Daunenfeder in seinen Armen über das imaginäre Parkett. Ihr Scheitel reichte gerade eben bis an sein Kinn und so konnte er den Duft ihrer seidigen Haare in seine Nase saugen. Sie tanzten gut, richtig gut, sie harmonierten wie zwei alte Bekannte. Er übernahm die Führung und probierte ein paar Schritte seitwärts und wieder rückwärts, drehte sie vorsichtig im Kreise und drosselte das Tempo.

Es herrschte gespannte Ruhe im Raum.

Die Räuber konnten es nicht fassen.

Ihre Haare streiften seinen Unterarm und er atmete ein Parfum ein, das überhaupt nicht in diese Spelunke passte, eine Mischung aus Vanille und Moschus. Der Fahrtwind der Drehungen mischte ihn mit all den anderen dubiosen Aromen, Hormonen und Botenstoffen, die durch den Raum waberten, doch die Nuance behielt für den Augenblick die Oberhand. Er tanzte sich wie ein Derwisch in Trance, bis ein glühender Spieß ihre Körper durchbohrte und wie zwei Scheiben Schaschlik-Fleisch zusammenheftete, sodass

sie partout nicht mehr auseinander konnten. Zuerst verselbstän-
digte sich sein Kinn und suchte Körperkontakt, dann gerieten
seine feuchten Hände außer Kontrolle und setzten seine Sinne
auf eine harte Zerreißprobe. Seine Fingerkuppen suchten und
fanden den Pfad in die verbotene Zone zwischen Top und Kleid
und alle Hinweisschilder zeigten nur noch in eine Richtung.

Er desertierte und ging über Bord mit ihr.

Ein Blitz traf seinen Kopf, aktivierte die Neuronen im Stammhirn
und die Entladung sauste mit 300.000 Kilometern in der Sekunde
über sein Rückenmark in eine ganz bestimmte Körperzone. Der
Raum war schwanger vor Elektrizität, obwohl es damals noch gar
keine Kondensatoren gab. Als seine Zauberfee zu allem Überfluss
ihren Kopf in den Nacken warf und die Augen aufschlug, sandten
ihre beiden Pupillen gleißende Strahlen aus und brannten die Gestalt des hübschen Mädchens irreversibel und für alle Zeit auf
seine Netzhaut.

Die Kleine war fantastisch!

„Maria-Josepha, Teuerste!", rief er und küsste sie auf die Backe,
„wie konnte ich Euch nur vergessen!"

Er probte einen tiefen Diener vor seiner Angebeteten.

„Du bist die Allerschönste im Schwabenland!"

Er schloss die Augen und presste die Lippen zusammen.

„Hoffentlich hast du dir nicht wehgetan, mein Engel, als du
letzte Nacht vom Himmel gefallen bist!"

Er zog statt eines Huts seine Fahrradkappe.

„Kastagnetten lustig schwingen", begann er um sie zu werben,
„seh' ich dich, du zierlich Kind[12]!"

Er verbeugte sich wie ein Edelmann.

Er durfte ihre zarten Hände halten.

„Mit der Locken schwarzen Ringen", fuhr er fort, „spielt der sommerlaue Wind!"

Seine Stimme überschlug sich und seine Finger zitterten.

„Warum so blass die Wangen?", legte er bebend nach „und dunkelfeucht der Augen Glanz?"

Als er zärtlich ihre Handrücken küsste, da quittierte der Saal seine Minne mit lautstarkem Beifall.

„Schaut euch nur diesen geilen Gockel an!"

Bierdeckel segelten durch die Luft.

„Und ein heimliches Verlangen schimmert", donnerte er im Bariton zum Schluss, „glühend durch den Tanz!"

Er sprang auf, schloss beide Auge und stand vor ihr stramm.

„Maria-Josepha, willst du meine Frau werden?"

Gejohle brandete auf, es gab Hoch-Rufe hinter ihm.

Seine Braut kicherte und schlug artig die Augenlider nieder, machte einen tiefen Hofknicks, genehmigte sich einen kräftigen Schluck aus der Pulle, nickte ein paar Mal eifrig und schenkte ihm ihr schönstes Lächeln.

„Für 15 Kreuzer fehr gern fogar!"

Ihre roten Lippen machten Lust auf mehr und lächelten mit den geheimnisvollen Augen um die Wette. Die beiden dunklen Rubine unter den gelben Lidern verschwanden und nur zwei schmale Schlitze blieben übrig. Ihr Hals flüchtete in den Kragen einer speckigen weißen Bluse, unter der sich zwei Bälle versteckten, bestimmt so fest und hart wie Aprikosen. Seine Augen zoomten das Dekolleté der Zauberfee auf Großformat.

„Wohin foll die Hochzeitsreife hingehen?", fragte sie ihn ungeduldig, „und wie wär'f mit einer kleinen Anzahlung?"

Er drückte ihr überschwänglich einen Gulden in die Hand.

Ihre Augen leuchteten vor Glück.

„Die beste Suite am Ort ist bereits gebucht!", sagte er.

Lächelnd nahm er sie bei der Hand und führte sie im Kreis.

„Im hübschesten Heuschober Oberschwabens, nicht weit von hier, gleich dort hinter dem Haus."

Er deutete mit ausladenden Armbewegungen nach draußen.

„Sekt und Kaviar stehen bereit, der Wirt hat Rebhühner mit Austernpilzen für uns kreiert und die ganze oberste Etage ist nur für uns beide reserviert."

Liebe Leser, der letzte Reim war purer Zufall und nicht gewollt.

Als er sie hochhob und auf Händen tragen wollte, jubelte der Saal und eine Million Weizenkörner flogen durch die Luft. Der Altar wartete bereits auf sie, der Vermählung stand eigentlich nichts mehr im Wege.

„Küssen, küssen, küssen!", forderten die Trauzeugen.

Sie zeigten, was sie gelernt hatten, sie knutschten bis zum Umfallen, sie gaben ihr Bestes.

„Darf ich dir heut Nacht Honig um den Bauchnabel streichen?"

Sie lächelte vergnügt und nickte.

Doch beim Versuch, seine Braut elegant über die Bänke zu entführen, verlor Karl von Drais die Balance und sie krachten gemeinsam ins Geschirr. Der Wirt meldete Gefahr im Verzug, bekam Angst um sein teures Mobiliar und rief seinen Knechten. Man hakte die beiden unter, man schleifte sie weg, sie wurden vorsichtshalber an einen neutralen Ort verbracht.

Am nächsten Morgen weckte Vogelgezwitscher den Erfinder.

Von Maria-Josepha war weit und breit nichts zu sehen.

Zwischendurch machte es *plopp* und *platsch*.

Er lag in einem wohlig warmen Raum.

Und unter der Decke herrschte reger Flugbetrieb.

Ein Geschwader Mehlschwalben mit schwarzen Schwänzen und Schwingen, blauen Köpfen, weißen Bäuchen und hellen Nacken demonstrierte waghalsige Wendemanöver. Die Luftakrobaten schnellten ohne Netz und doppelten Boden blitzschnell wie Federbälle von einer Wand zur anderen. Mitunter legten sie einen Zwischenstopp auf einem der Kuhrücken ein, um sich geschickt eine Fliege zu schnappen. Oder sie landeten für einen Augenblick neben der Stalltür auf dem Boden und pickten sich mit ihren kleinen Schnäbeln einen winzigen Happen frisches Baumaterial aus dem Matsch. Dann flatterten sie mühelos wie Senkrechtstarter im Steilflug zu einem der Nester, die wie Miniatur-Lehmburgen im Winkel zwischen den Holzbalken und den Deckenbrettern festgekleistert waren, und klebten den Mörtel an eine ganz bestimmte Stelle. Oder sie hockten sich frech zu dritt oder zu viert nebeneinander auf den Fenstersims und lachten ihn aus.

Als die alte Milchkuh neben ihm endlich fertig war, bettete sie sich genüsslich in den eigenen Mist, drehte den Kopf in seine Richtung und scheuerte ihre Wange ausgiebig an den Holzstäben der Futterraufe. Dann atmete sie laut und deutlich durch die Nasenlöcher aus, glotze ihn mit ihren Bella-Donna-Augen ungläubig an, fuhr eine lange klebrige Zunge aus und schlang sich das nächste Heubüschel in den Rachen, um es langsam und gemächlich mit den Backenzähnen zu zerkauen. Die knochigen Ärsche ihrer Schwestern, Nichten und Tanten furzten neben der Leitkuh im Takt, ihre kräftigen Rinderhälse zerrten an den Eisenketten, dass es nur so klirrte und ein halbes Dutzend Kuhschwänze versuchte vergeblich, der Stallfliegen Herr zu werden. Es klappte und klappte nicht, die Plagegeister waren hartnäckig und setzten sich auf alle nur erdenklichen Körperteile.

„Steh endlich auf!", Veri erlöste ihn aus seiner Lethargie.

Der Knauf eines derben Knotenstocks stieß fordernd gegen seine Schulter und rüttelte ihn vollends wach.

„Es geht los, das Spiel beginnt!"

Ja, das Spiel begann wirklich.

Ein ganz beschissenes Spiel, allerdings.

Anschleichen, abwarten, abziehen.

Anschleichen, abwarten, abziehen und wieder: anschleichen, abwarten und abziehen.

Stundenlang, tagelang, eine ganze Woche lang.

Die Landstreife wollte und wollte nicht weichen.

Die Spitzel hatten jämmerlich versagt.

Aber der Schwarze Veri brauchte Geld.

Also näherten sie sich allmorgendlich, immer aufs Neue, kurz vor Anbruch der Dämmerung, auf leisen Sohlen und mit flauen Mägen der Mühle. Ein riesiges, ausladendes und verworrenes Schlehengestrüpp, gut einen Steinwurf entfernt, diente als Versteck, Karl hatte Zeit und öffnete sein Botanik-Buch.

Schlehengelee, Schlehenmarmelade, Schlehensaft, Schlehenpunsch, Schlehenlikör, Schlehenblütenöl, Schlehenblütentee. Prunus spinosa, Heckendorn, Schwarzdorn, Deutsche Akazie, Schlehdorn.

Die Vögel in den Ästen hatten einen deftigen Dünnschiss davon.

Die Biester nahmen keine Rücksicht auf irgendwen.

Andauernd kackten sie ihm ins Genick.

Misteldrosseln, Singdrosseln oder Wacholderdrosseln?

Egal, der ganze Bestand dieser Vogelfamilie, der in Oberschwaben zur Verfügung stand, flog pünktlich nach Sonnenaufgang ein

und turnte zeternd über ihren Köpfen von Ast zu Ast. Die Flatter-
männer stritten wie unartige Kinder und schnappten sich mit ihren spitzen Schnäbeln geschickt eine Frucht nach der anderen.
Aber wehe, wenn sich eine Krähe, ein Bussard oder ein Rotmilan
versehentlich in ihr Revier verirrte, dann aber hallo! Der ganze
Schwarm zog urplötzlich an einem Strang und die Vögel mit den
rotbraunen Tarnflecken auf der Brust verteidigten ihr Biotop wie
eine Festung. Sie mussten sich auf den Boden legen, wenn sie
in ihr Schlehengebüsch hinein krabbeln wollten. Und sehr früh
aufstehen. Noch ehe der vorlaute Hahn auf dem Misthaufen neben der Mühle anfangen würde, hysterisch in ihre Richtung zu
krähen. Dann wäre alles zu spät gewesen, die Landstreife war
nicht nur mit Vorderladern, sondern auch mit Luchsohren und
Adleraugen ausgestattet.

Und der Malefizgraf hatte saftige Belohnungen ausgelobt.

Ja, man musste wie ein Infanterist auf allen Vieren durch einen
matschigen Tunnel aus morschen Ästen, dürren Zweigen und
trockenem Gras robben, wenn man sich dort drinnen verstecken
und nicht Gefahr laufen wollte, sich tausend Löcher in der Haut
oder den Klamotten einzufangen.

Dort waren sehr interessante Dinge zu finden.

Ein Eldorado für einen Forscher wie Karl von Drais.

Es gab Trittsiegel aller Art.

Große runde Abdrücke beispielsweise von Hunden oder Wöl-
fen. Dieselben, nur etwas kleiner, vom Rotfuchs. V-förmige vom
Biber, längliche vom Dachs oder vom Marder, zierliche von Iltis-
sen oder Eichhörnchen, gespenstisch wirkende von Wander-
oder Bisamratten und viele winzig kleine von Wald-, Haus-,
Scher- oder Spitzmäusen.

Außerdem lag jede Menge biologischer Kram herum.

Losungen und Exkremente zum Beispiel.

Ob länglich oder rund, ringel- oder fadenförmig, glatt oder gefurcht, spitz oder stumpf, hart oder weich, frisch oder alt, jeder hatte hier seine Visitenkarte hinterlassen.

Und der Ingenieur aus Baden hatte alle Zeit der Welt, diese Reste zu betrachten.

Nur leider keinen Fotoapparat dabei.

Den hätte er erst noch erfinden müssen.

Ein Mäuseschädel tauchte auf, als er aus purer Langeweile in der feuchten schwarzen Erde wühlte.

Omen est nomen, dachte er.

Es gab angenagte Pilze, vergrabene Fichtensamen, Reste von Kiefernzapfen, leere Walnuss- oder Haselnuss-Schalen, halbverdaute Hagebutten sowie Kirsch-, Birnen- und Apfelkerne.

Am besten gefielen ihm die Gewölle der Schleiereulen und die Speiballen der Sperber.

Sie warteten und horchten, sie horchten und warteten.

Mäuse huschten aus ihren Löchern.

Graureiher kehrten aus der Mittagspause zurück.

Seine Kollegen interessierten sich nicht für diese Späße der Natur und beobachteten akribisch den Tatort.

Stundenlang, Tag für Tag, eine ganze kalte Woche lang.

Dann nahm das Schicksal seinen Lauf.

Der Wind trug ein paar Gesprächsfetzen an ihre Ohren heran, aus denen Veri glaubte, schließen zu müssen, die Landstreife rechne jetzt mit einem Überfall in Riedhausen und rücke morgen ab. Weil sie den Zustand der vollkommenen Indifferenz erreicht hatten, wussten sie nicht, ob sie lachen sollten oder weinen.

Aufspringen und fröhlich tanzen und sich gegenseitig gratulieren oder bedauern, konnten sie ja leider nicht, also warteten sie, bis es endlich dunkel war, krochen wie Feuersalamander aus ihrem Gehölz, klopften ihre Kleider ab, dehnten Arme und Beine wie Wildkatzen und verzogen sich in eine baufällige Waldarbeiterhütte.

Irgendwo ins Ried.

Am nächsten Morgen beobachteten sie ungeduldig vom Waldrand aus das Geschehen bei der Mühle. Sie sahen, wie die Wache müde und verkatert aus der Scheune kroch. Die Zinnsoldaten mit den blauen Uniformen und roten Hüten hatten wie sie die Nase voll und keine Lust mehr, auch nur eine einzige Nacht zu warten.

Kaum waren sie weg, da rückte Veri an.

Der Einäugige stürmte mit dem Vorderlader vorneweg.

Die Haustür stand offen, was sollte das jetzt nur?

Egal, das gewohnte Pensum wurde abgespult.

Sie traten die Stubentür ein und warfen Tische und Stühle um, sie durchkämmten Zimmer für Zimmer wie ein Rollkommando und holten die armen Leute aus den Betten, trieben alle zusammen und schüchterten sie mit wüsten Drohungen ein. Sie wurden handgreiflich und rabiat, als die das Geld nicht rausrücken wollten und sie wurden grob und immer gröber, als sie der Müller mit einem Sack Mehl vertrösten wollte.

Weißes Mehl statt goldener Dukaten!

Veri war außer sich!

Der nächste schwere Schicksalsschlag für den Hauptmann.

„Scheiße an der Zimmerwand", stellte er unumwunden fest „wird als Stuck nicht anerkannt!"

Das Leben war gnadenlos hart zu jener Zeit.

Er verlor die Kontrolle, ging den armen Leuten wie der Zorn Gottes abwechselnd an die Gurgel und hätte wohl einen nach dem anderen jämmerlich erwürgt, wenn nicht plötzlich Alarm gegeben worden wäre.

„Des scheft schofel!", sagte der Hauptmann, „m'r maloche schiebis sonst zopft m' uns krank, „die Sache stinkt, schnell weg hier, wir sind verraten!"

Draußen schwenkte der Müllerbursche unverfroren ein weißes Bettlaken wie eine Fahne über dem Kopf hin und her.

Wohl das vereinbarte Zeichen für die Landstreife.

Sie hatten den Kerl glatt übersehen.

Mit leeren Händen traten sie den Rückzug an.

Zunächst geordnet, noch war ja niemand zu sehen.

Weder Fußvolk noch Reiter, weder Polizisten noch Infanteristen, weder Mann noch Maus. Und so trotteten sie mit zusammengebissenen Zähnen und gleichmäßigen Schritten wie richtige mutige Männer, kühl und besonnen und beherzt dem rettenden Waldrand entgegen.

Weil aber die Angst vor einem imaginären Feind schlimmer sein kann, als die Furcht vor dem realen, fühlten sie den Tod im Nacken und der Wind, der ihnen frontal entgegenblies, schmeckte nach Pulverdampf und roch nach Blei. Das Tempo ihrer Beine beschleunigte sich wie von selbst, die Schrittfrequenz nahm zu und plötzlich fingen sie an zu laufen und zu rennen, weil der Erdboden unter ihren Füßen immer heißer und heißer wurde, sodass ihre Sohlen Feuer fingen und sie am Ende in Panik über die Schollen eines frisch gepflügten Ackers stolperten, auf dem eine Bäuerin und ein Bauernbursche damit beschäftigt waren, Saatkartoffeln in die Erde zu stecken.

Sie blickten den Räubern grimmig nach.

Keine Viertelstunde verging, da kam ein Mann wie ein Berserker auf seinem Rappen zur Mühle geritten. Es wurde wild gestikuliert und dann war klar, er wollte wissen, in welche Richtung sie sich verzogen hätten.

„Der verdammte Forstbeamte aus Königseggwald", sagte Veri.

Der Mann auf dem Pferd hatte Mut. Er schien es allein mit den Dreien aufnehmen zu wollen. Veri dachte an Strasbourg und rechnete nach, wie viel das Pferd, der Sattel, der Stutzen und die schönen Kleider des Reiters wohl bringen würden.

„Wir gehen aufs Ganze", befahl er, „wir bleiben!"

Zur Tarnung hockten sie sich wie Wandergesellen auf einen Stapel Eichenstämme. Sie kauten und tranken, sie rauchten und schwatzten und sie taten so, als ob sie rasteten. Als der Forstbeamte den Wald erreichte und sie sah, dirigierte er sein Pferd geradewegs in ihre Richtung und ritt gemächlich im Kreis um ihr provisorisches Lager herum.

Er wollte Zeit gewinnen, bis Verstärkung käme.

Sie gaben sich ahnungslos und blieben sitzen.

„Ei, was macht ihr da im Walde[2]?"

„Ausruhen!", war die Antwort.

„Aber, wer seid ihr denn?"

„Handwerksbursche!"

„Handwerksbursche? Ei warum nicht gar? Ihr sehet mir nicht aus, als ob ihr Handwerksbursche wäret. Handwerksbursche haben im Walde gar nichts zu schaffen!"

„Doch Herr!", sagte Veri, *„wir sind ehrliche Handwerksbursche!",* und zog ein Wanderbuch aus der Tasche.

Der Beamte hielt den richtigen Zeitpunkt für gekommen.

Er nahm seinen Stutzen von der Schulter.

„Kommt mit - wer nicht folgt, wird auf der Stelle erschossen!"

Da klapperte es und sie konnten sehen, wie sich der Ladestock aus der Halterung am Lauf löste und klirrend auf den Boden fiel.

Ein Blick Veris genügte und sie wussten, was zu tun wäre.

Der Condeer trat unentwegt vor, bückte sich, hob den Stab auf und reichte ihn dem Mann auf dem Pferd.

„Bitte schön, mein Herr!"

Der Forstbeamte konnte nicht anders, als den Oberkörper zu neigen, um den Arm danach auszustrecken. Genau in diesem Augenblick trat Veri in Aktion und klammerte sich an das Bein des Reiters, der Einäugige hob einen Ast vom Boden und schlug dem Pferd, so fest er nur konnte, auf die Hinterbacke. Der Hengst stieg hoch und immer höher, Veri riss und klammerte und zog und Fidelis versuchte, wie ein Pirat den Sattel zu entern. Der Gaul drehte auf den Hinterhufen eine steile Pirouette, tänzelte seitwärts und Veri fiel auf die Nase. Die Nüstern des Pferds prusteten, Schaum stand vor seinem Maul, aber der Forstmann brachte das Tier unter Kontrolle.

Es stand 1:0 für den Förster.

Zeit genug um sein Gewehr zu heben, zu zielen, zu feuern und dem Condeer eine Kugel, die einzige, die ihm zur Verfügung stand, in die Schulter zu jagen. Der Getroffene stürzte zu Boden und der Forstbeamte gab dem Pferd die Sporen.

Zwei zu null.

Das Tier bäumte sich auf und erwischte Veri mit den Läufen.

Der Einäugige nahm beide Beine in die Hand und türmte.

Nun bekam es Karl mit dem Forstbeamten zu tun.

„Gebt Pardon!", bat er sofort.

Veri verdrehte die Augen und schüttelte den Kopf.

„Wo hast du nur diesen Blödsinn gelernt?"

Er lag auf dem Rücken wie ein Käfer.

„Du sollst kämpfen wie ein Mann!"

Der Förster zückte einen Hirschfänger und dirigierte sein Pferd im Kreis herum, um seine Beute in Schach zu halten. Veri sprang wie ein Tiger hoch, suchte sich einen Knüppel und blickte dem Reiter grimmig ins Gesicht.

Zu grimmig für einen Forstbeamten.

„Zu Hilfe!", rief der Mann hoch oben auf dem Pferd und bekam es mit der Angst, „hierher, so helft mir doch!"

Die Bäuerin hörte ihn und erschien mit einem derben Spaten. Veri focht mit einem Knotenstock wie ein Wilder, aber der Beamte parierte alle Schläge geschickt mit seinem ellenlangen Messer und das ging so weiter, bis sich die rotwangige Bäuerin ein Herz fasste und weit über Kopf ausholte.

Es machte dong, der Räuberhauptmann taumelte, verlor seine Waffe und fiel wie ein nasser Sack auf den Bauch.

3:0 für die Landwirtin und den Förster.

Veri wurde angezählt.

Doch der Räuberhauptmann erholte sich, stand taumelnd auf, krempelte rasch die Ärmel hoch und präsentierte seine nackten Fäuste. Er schlich sich geduckt wie ein Karateka von der Seite an den vor Aufregung wie Espenlaub zitternden, vor Panik am ganzen Leib bebenden und wie ein Stier aufstampfenden Gaul heran, packte den Pferdekopf bei der Trense, drückte seinen Rücken fest an den Rumpf und belegte die Hinterbacke des vor Wut schäumenden Tiers mit einem wahren Trommelfeuer aus Rückhandschlägen mit den Knöcheln seiner Faust, dass der arme

Gaul vor Schmerzen in die Knie ging und komplett zu kollabieren drohte.

Die Ringrichter nickten und waren sich einig.

Diese Runde ging eindeutig an den Räuberhauptmann, der die Zügel sofort losließ, laut fluchte, seinen Knotenstock aufhob und sich ins Unterholz stürzte, dass die Äste nur so krachten.

In der Ringpause traf Verstärkung in der Arena ein.

Forstgehilfen mit einem Dutzend durchtrainierter Laufhunde.

Kräftige langgestreckte Hannoversche Schweißhunde mit hübschem dichten und vollen, glattem graubraunen Haar und mit gut und gerne einem Zentner Körpergewicht sowie einer Widerristhöhe von geschätzt einem halben Meter. Tiere, die normalerweise einen ruhigen und ausgeglichenen Charakter an den Tag legen, es sei denn, sie haben Hunger, riechen Blut, wittern eine Fährte oder werden auf Menschen gehetzt.

Die Vierbeiner hoppelten anfangs friedlich, ausgelassen und in lockerer Ordnung herum, bellten Karl schwanzwedelnd an und hüpften verspielt an ihm hoch, schnupperten mal hier und schnüffelten mal dort und wichen sich gegenseitig geschickt und respektvoll in der Horde aus. Manche wedelten nervös mit dem erhobenen Schwanz und der eine oder andere nutzte die Gelegenheit, an den Eichenstämmen verstohlen ein Hinterbein zu heben. Andere lauschten zwischendurch mit spitzen Ohren dem Vogelgezwitscher, sogen genüsslich den Duft der ersten frisch hinterlassenen Haufen in ihre feuchten Nasen oder sie testeten mit ihren kräftigen Kiefern die Bissfestigkeit seiner Schnabelschuhe aus. Alle schienen die Sause an der frischen Luft zu genießen und kurvten watschelnd und schwanzwedelnd um die Baumstämme, sodass Karl drauf und dran war, einen der Hunderücken zu tätscheln, ein paar Ohren zu streicheln und den einen oder anderen zu herzen oder zu kraulen.

Doch mit einem Mal standen alle Hundebeine still.

Ein Pfiff ertönte, die Vierbeiner bekamen versteinerte Mienen und grimmige Blicke, das harmlose Hecheln verwandelte sich in ein böswilliges lautes Knurren und der Leithund fing an, wütend zu bellen und wie ein Wolf zu heulen.

„Mir nach!", schrie der Förster, „es ist allerhöchste Zeit, sonst entwischt uns die schwarze Kanaille!"

15

Das Ehinger Tor

Der Rest der Geschichte ist schnell erzählt: ausnahmslos alle wurden gefasst. Eide und Schwüre, Netzwerke und Blutsbrüderschaften, Verträge und Verbindungen, Abmachungen und Absprachen wurden weich und das eherne Gesetz des Schweigens wurde mit Prügel und Dunkelarrest bei Wasser und Brot Schritt für Schritt geknackt. Gezinkte Karten, gefälschte Passierscheine oder manipulierte Wanderbücher zählten noch zu den minderschweren Delikten. Handelte es sich um Gotteslästerung oder Misshandlung, um den Diebstahl von Vieh, Korn, Geflügel, Schweinen oder Holz, hatten die Delinquenten schon weniger zu lachen. Und wem Kirchen- oder Straßenraub vorgeworfen wurde, der landete für den Rest seines bescheidenen Lebens hinter schwedischen Gardinen und bei Mord wurde die Todesstrafe verhängt.

Um Missverständnissen vorzubeugen, nahmen die Richter das Pfullendorfer Jauner-Wörterbuch zur Hand.

„Wie heißt du und woher kommst du?", fragte der Richter.

„Hänsel, heiß ich, vom Storchenhaus!"

Ein barfüßiger Hütejunge mit hellrotem Apfelgesicht und angetrockneten Milchrädern um den Mund ist vor Karl an der Reihe.

„Und wer ist das da?"

„Die Gretel!"

„Hänsel und Gretel, na wunderbar, Brüderchen und Schwesterchen! Fantastisch! Jetzt muss ich nur die drei Männlein aus dem Walde vorladen, dann ist die Märchenstunde ja fast komplett, dann fehlen nur noch der Froschkönig und das tapfere Schneiderlein", er nimmt die Brille ab und zeigt mit dem Finger in Veris Richtung, „denn das Lumpengesindel erweist uns ja bereits die Ehre!"

Er setzt die Brille wieder auf.

„Was glaubst du wohl, wen du da vor dir hast: das Rumpelstilzchen oder den Bruder Lustig?"

Der Vorsitzende verschränkt die Arme und holt Luft.

„Oder denkst du, ich sei der Hans im Glück, weil ich meine Zeit mit solchen Bettnässern wie dir verschwenden darf?"

Der Bauernbub lacht und versucht, sich mit dem Ärmel den Rotz aus dem ungewaschenen Gesicht zu wischen.

„Benimm dich gefälligst, du Rotzlöffel!", befiehlt der Vorsitzende barsch, „hast du kein Nastuch im Sack?"

Der Junge dreht seine leeren Hosentaschen auf links und schüttelt den roten Wuschelkopf.

„Warte nur, ich werde dich das Fürchten lehren, wir beide spielen gleich Katz und Maus in Gesellschaft!"

Der Richter zieht dem Buben die Ohren lang.

„Au-au-aua, Petrus heiß ich, Petrus!"

Das Ohr wird lang und immer länger.

„Bitte hört auf, Herr, ich gebe ja zu, dass ich der Baptist bin."

„Du wohnst im Benzenhaus?"

„Nein, doch!"

„Waren in letzter Zeit wohl Fremde dort?"

„Nein, doch!"

„Wie viele?"

„Dreie, viere, fünfe, sechse, sieben, achte oder neune!"

„Männer oder Frauen?"

„Männer und Frauen, glaub ich, Herr Kommissar!"

„Kennst du wohl den Unterschied?"

Der Bengel starrt auf die Bluse seiner Schwester und nickt.

„Waren sie bewaffnet?"

„Ja, nein, weiß nit!"

Der Richter lässt den Buben los und knüpft sich das schüchterne Mädchen vor.

„Und nun zu dir: Wie heißt du wohl?"

„Carmen heiß ich, mein Herr!"

„Hast du ein Alibi für letzte Nacht?"

„Wir haben Hauben gestickt, für den Markt."

„Hast du die beiden Schlitzohren dort schon mal gesehen?"

„Die kenn ich nicht!"

„Und wo war dein Vater vergangene Nacht?"

„Beim Fischen!"

„Er geht fischen in der Dunkelheit?"

„Er nimmt immer eine Laterne mit!"

„Was du nicht sagst, waren Fremde da?"

„Nein, nur eine gute Bekannte!"

„Wer ist denn deine gute Bekannte?"

„Die Bianca aus Biberach!"

„Wer soll das sein?"

„Die Tochter der Baderin!"

Eine hoffnungslose Fragerei.

„Was hast du da unter dem Rock versteckt?"

„Nichts Besonderes!"

„Los zeig her - aha, ein Bündel!"

„Das habe ich im Walde gefunden, Herr Kommissar!"

„Mehl, Korn, Hafer oder Kleie vielleicht?"

„Nur Viehsalz, mein Herr!"

„Was denn, du hast Salz gestohlen?"

Er zieht sie an den Haaren und nimmt ihr das Bündel ab.

„Abführen, beide in Beugehaft!"

Ein Oberamtmann mit dreieckigem Hut, grauem Überrock und hirschledernen Beinkleidern in Stulpenstiefeln spielt gelangweilt mit seiner Reitpeitsche und kommt auf Veri zu.

„Name, Alter, Beruf!"

„Heinrich!", stottert Veri verlegen, „im siebzehnten Jahr!"

„Woher?"

„Von Laufenburg in Aarau!"

„Das lügst du doch, Kanaille!"

„Beruf?"

„Küfergeselle."

„Glaub ich ihm nicht!"

„Schaut in mein Wanderbuch, dort ist's vermerkt."

„Wer ist der Kerl da, neben dir?"

„Den kenn ich nicht, hab ich vorher nie gesehen, wir sind uns zufällig im Walde begegnet²."

„Dein Büchlein ist aber lange nicht visiert²", brüllt der Kommissar und knallt es auf den Tisch, hebt die Hand, schnippt mit dem Finger und ein Diener überreicht ihm einen Knüppel.

„Blutflecken sind auf deinem Wanderstock!"

Der Kommissar reibt ihm das Ding unter die Nase.

„Groß und deutlich, wie oft hast du damit zugehauen?"

Veri schüttelt den Kopf, dass die Ketten nur so klirren.

„Diener, bring den Schraubstock für die Daumen!"

„Ich will ja die Wahrheit sagen²", jammert der Gefangene da.

„Ich heiß' Xaverius Hohenleiter²!"

Eine ganze Latte an Delikten kommt ans Licht.

Es geht um Schrot in der Fassade eines Ökonomiegebäudes hier, um Einbruchspuren an Wirtshäusern da oder um ramponierte Schlösser an Bauernhäusern dort. Er hätte Salz entwendet, was für ein Witz, Schweine, Fleisch, Brot und Wurst, Teller und Tassen und überhaupt die halbe Welt gestohlen.

Einbrüche in Mittelbuch werden ihm zur Last gelegt.

Ein Oberamtmann präsentiert Kopf, Schwanz, Haut und Hufe einer Kuh, die schon anfangen zu verwesen und fragt akribisch nach dem Rest. Er bringt allerlei verdächtige Spuren an einer dicken Buche ins Spiel. Er sei jeder nur erdenklichen Spur im Wald gefolgt, durch halb Oberschwaben gelaufen, bergauf, bergab und querfeldein, es gäbe nichts zu leugnen.

Ein stattlicher Bürger tritt als Zeuge auf.

Mit Perücke und seidenem Haarbeutel.

Ein großer, gut aussehender Mann mit gepuderten Haaren, vor dem Veri eigentlich keine Angst haben müsste. Er streicht über seine frisch gebrannten Locken und glättet seinen Frack aus bunter Seide, der mit Blumenmustern bestickt und mit Knöpfen aus blau angelaufenem Stahl versehen ist.

„Ja, der war's", beteuert er knapp, „und kein anderer nicht."

Er steckt die Hände in die Taschen seines geblümten Seidenfracks, unter dem er eine mit Vogelmotiven bestickte Atlasweste trägt und spielt gedankenverloren abwechselnd mit den großen blauen Knöpfen und den Schößen seines Fracks.

„Ich schwöre es, bei Gott dem Allmächtigen!"

Dann poliert er liebevoll seine mit Brillanten besetzte Herznadel und scharrt mit den Schnabelschuhen über den Fußboden, bevor er ungeduldig an einer goldenen Kette zieht, einen Uhrdeckel öffnet und auf das emaillierte Ziffernblatt blickt.

„Ich bekomme doch Zeugengeld, wenn ich belaste?"

Der Kriminalrat in der schwarzen Amtstracht nickt gelangweilt, sein knielanger Doktormantel raschelt und die zu Rollen frisierten und in einem Netz versteckten Haare wippen auf und ab.

„Jeder Mensch liebt seine Freiheit!²"

Es bricht aus dem Räuberhauptmann hervor.

Veri springt auf und reißt wie ein angeketteter Elefant an seiner eisernen Halskrause.

„Das Essen ist kalt und gewöhnlich, ich will woanders prozessiert werden²!"

„Du bleibst schön brav im Ehinger Tor und kriegst 15 Stockstreiche extra wegen Aufsässigkeit!"

Der Kriminalrat steht auf und packt den Griff seines Degens, schlendert lässig zum Fenster und blickt versonnen auf den Marktplatz von Biberach.

Draußen trifft eine neue Lieferung ein.

Alles große und kräftige Gestalten.

Braungebrannt, mit zotteligen Haaren und düsterem Blick, an den Händen gefesselt und von Militär eskortiert. Die Biberacher sind nicht amused, es wird lautstark protestiert.

Als er sich umdreht und den Schriftsatz mit dem ersten Urteil vor die Augen hebt, blitzt ein mit Perlen und Korallen besetzter goldener Ring wie ein Fanal im Sonnenlicht.

„Er wird verurteilt wegen Versuchs der Tötung, Verbindung mit zwei Gaunerbanden und mehrerer in Vereinigung mit diesen Banden verübter Verbrechen sowie mehrerer durch Bewaffnung gefährlicher und größtenteils durch Einbrechen oder Einsteigen qualifizierter Diebstähle und Diebstahlversuche zu lebenslängli-

cher Zuchthausstrafe und zusätzlich wegen eines Raubs in Argen-
hardt zu 25 Stockstreichen zu vollziehender Züchtigung[2]."

Der nächste bekommt 20 Jahre aufgebrummt.

Damen sind mit drei oder vier Jahren dabei.

Man wäre recht gnädig mit ihnen.

Meint der Richter und grinst.

Hätte man alles hübsch arithmetisch zusammenaddiert, wären wohl 100 Jahre und mehr zusammen gekommen.

Der dreiste Fluchtversuch eines anderen wird rekapituliert.

Wegen seines ewigen Gejammers hätten ihm die mitleidigen Wachen unvorsichtigerweise vor dem Gang zum Abort die Handschellen gelöst, nach dem Essen zwar wieder angelegt, aber vergessen, das Schloss am rechten Arm zu schließen. Die Springe am linken Arm wäre zu weit gewesen. Er hätte mit Gewalt den Halsring abgerissen, da könne man sehen, wie nahrhaft das Essen im Gefängnis wäre, wo die Bevölkerung doch Hunger leide. Er hätte es irgendwie geschafft, die Eisenstange aus dem Bock am Boden zu ziehen und so die Füße freibekommen, das morsche Türband heruntergerissen und über Nacht akribisch den Mörtel um die Türangeln herausgekratzt. Ein mit Golddukaten bestochener Wachmann hätte ihn in einen alten Teppich gewickelt, auf den Latrinenwagen geworfen und von einem ahnungslosen Bauern in den Wald kutschieren lassen. Zum Dank hätte er den Mann mit einer Zaunlatte bewusstlos geschlagen und wäre getürmt. Er hätte den Wahnsinnigen gespielt, den halben Hausrat eines entlegenen Gehöfts zum Fenster hinausgeworfen und 50 Kreuzer für eine Suppenschüssel gerufen. Dann wäre er wie der Leibhaftige persönlich mit dem Säbel in der Hand auf dem Rücken der letzten Kuh des armen Bauern aus dem Stall, über die Dorfstraße und zum Pfarrhaus geritten. Niemand hätte sich aus Angst vor dem Teufel getraut, ihn aufzuhalten. Er hätte wie ein Tollwütiger getobt, den Hochwürden an der Gurgel gepackt und in Geiselhaft genommen.

Dann sei er geflohen.

Die Treibjagd hätte den Staat ein Vermögen gekostet.

An einem Wassergraben sei die Reise zu Ende gewesen.

Karl durfte mitansehen, wie ihm der Wundarzt auf Kosten des Königs von Württemberg im Ehinger Tor die beiden Bleikugeln ohne Betäubung aus dem Körper holte.

Nicht kurz, aber dafür schmerzhaft.

Der Wundarzt hatte sich über den Gefangenen gebeugt und im schummrigen Licht des vergitterten Fensters mit der Fahndung nach Bleistückchen begonnen, ihm eines aus dem Genick gebohrt und mit leuchtenden Augen betrachtet, als ob er nach Stückzahl honoriert werden würde. Weil im Oberkörper nichts mehr zu finden war, hielt sich der Medicus mit einer Hand die Nase zu und befahl Karl, die Hose des Gefangenen herunterzuziehen, um an den nackten Hintern heranzukommen. Schnell fand sein geübtes Auge das zweite Projektil, das schwer zugänglich ganz tief im Muskel steckte. Die Backen seiner Zange packten mehrmals herzhaft zu, das Gesäß verwandelte sich in einen blutigen Brei und der Patient biss, so kräftig er konnte, in seinen Lederriemen.

Der Arzt hätte sich die Mühe sparen können.

Das Wundfieber hatte leichtes Spiel.

Zehn Tage später biss der Patient dann ins Gras.

„Der Blitz soll mich treffen, wenn ich nicht bald aus diesem Loch komme", jammert Veri, als sie zurück in der Zelle sind.

Die Weiber in der Nachbarzelle krakeelen wie verrückt.

Er kann sie riechen und hören.

Sie foppen ihn mit derben Sprüchen.

„Na wartet, ihr Luder", brüllt Veri und hämmert mit den Handschellen an die Wand, „wenn ich euch je zu fassen kriege!"

Er drückt seinen Körper ganz nah an die langen Gitterstäbe.

Er streckt den Arm aus und bekommt tatsächlich eine Frauenhand zu fassen. Zarte weiche Haut, ein Wunder aus einer anderen Welt. Er zerrt an einem Rockzipfel und packt eine Wade.

Der Räuberhauptmann ist hin und weg.

„Zahl mir fünf Kreuzer und du bekommst alles, was du willst!"

Die Wache wird bestochen und zehn Minuten später schwebt ein blonder Engel ins Verlies.

Verlaust und verdreckt zwar, aber wunderhübsch.

Am 20. Juli 1819 werden alle Wünsche wahr.

Kaum ist er fertig mit der Fee, da zieht ein Gewitter auf.

Zuerst flunkert nur sein zaghaftes Wetterleuchten in der Ferne über den Nachthimmel, dann bläst das erste laue Lüftchen wohltuend durch die Gitterstäbe.

Keine Viertelstunde später frischt der Wind ziemlich bedenklich auf und immer lauter werdende tiefe Bässe grummeln von Westen wie ein Güterzug heran. Das Laub in den Bäumen am Ehinger Tor beginnt zu rascheln und die ersten Regentropfen klatschen auf das Kopfsteinpflaster, Sturmböen fegen über die Ziegel und beuteln die Baumkronen, Regenschauer prasseln herunter, irgendwo bricht ein Ast aus einer Krone und poltert auf ein Dach.

Veri steht mit den Ketten in der Hand vor dem Fensterloch.

Karl muss vor Angst aufs Klo und wird abgeführt. Unten in der Gasse hört man den letzten Nachtschwärmer fluchen, weil ihm ein Straßenköter in die Quere kommt. Alles was jetzt noch unter freiem Himmel ist und Füße, Hufe, Pfoten oder Klauen hat, bringt sich in Sicherheit. Ein unheilschwangerer Starkregen setzt ein, Hagelkörner klimpern auf die Dachpfannen, das Wasser gurgelt in Strömen durch die Regenrinne und der Donner rollt unaufhörlich über die Stadt.

Aber ein richtiger Räuber kennt keine Angst.

Der Schwarze Veri fürchtet sich nicht vor Blitz und Donner.

Aber Mutter Natur zeigt ihm, wo der Bartl den Most holt.

Die Welt wird prompt mit einer Million Lux beleuchtet.

Eine Entladung fährt mit einer Million Volt aus den Wolken in die Wetterfahne und ein Blitz durchbricht die Schallmauer mit hunderttausend Phon. Dachziegel splittern, Mauersteine bersten und der Dachstuhl explodiert, es rumpelt laut und dann stürzt der Schornstein ein. Die Spannung sucht und findet den Weg des geringsten Widerstands und der verläuft, warum auch immer, zuerst über die Außenwand bis zu den verdammten Gitterstäben aus Eisen. Und weil die ein Stück weiter innen liegen, flitzt der Stromstoß über den Putz und fährt in Veris Kette.

Der Schwarze Veri landet reglos auf seiner Pritsche.

Es riecht nach verbranntem Fleisch und versengtem Haar.

Das Inventar aus Holz brennt lichterloh.

Und die Lumpen, die er am Leibe hat, haben Feuer gefangen.

Die Hitze hat den Räuberhauptmann wie ein Grillhühnchen gebraten, seinen rechten Oberarm zerfetzt und nebenbei den schweren gusseisernen Ofen umgehauen.

Es sah übel mit ihm aus, als Karl zurückkam.

Leider hatte der Notarzt damals noch keinen Dienst. Reanimierungsversuche nach Gottesgerichten wären sowieso unzulässig gewesen, also nahm ihm die Wache ungerührt die Ketten für immer ab.

Man würde ihn auf einer Wiese vor der Stadt verscharren.

Die Männer fluchten und die Weiber weinten.

Alle wollten sie raus, aus diesem Todes-Turm.

Die Delinquenten kamen vom Regen in die Traufe.

Man verlegte alle in den Bürgerturm.

Ein Provisorium wie sämtliche Gefängnisse zur damaligen Zeit.

Man kettete sie erneut in Reih und Glied an die Wand, Unwetter hin, Blitz und Donner her. Und weil die schweren Eisenringe die Hälse und die Gelenke auch dort wieder wund scheuerten, weil die Wanzen, die Flöhe, die Milben und die Läuse am Umzug beteiligt waren und im neuen Domizil bald wieder Polka tanzten, waren Reibereien und Szenen Normalität.

Die Tagesordnungspunkte wiederholten sich.

Frühmorgens jammern, vormittags randalieren, mittags meutern, nachmittags pfeifen, grölen und singen, abends wurden Schauermärchen erzählt und spätnachts wurde still, heimlich und leise das eine oder andere Gebet gemurmelt.

Die Langeweile war der schlimmste Feind.

Dann hatte der Herrgott ein Einsehen mit Karl.

Es ging in Ketten zum abermaligen Verhör.

„Name, Herkunft, Beruf!"

„Bruder Hartmann, Brixen, Benediktiner, habe ich doch schon hundertmal erzählt!"

„Wir haben einen Boten nach Tyrol geschickt, dort kennt man keinen, der so heißt!"

„Das klösterliche Schweigegelübde vielleicht?"

„Du bist ein badensischer Spion!"

„Nein, ganz so schlimm ist es nicht, ich arbeite für die Engländer. Meine Name ist Hornblower, James Hornblower!"

„Holt die Brandeisen!"

Karl knallte seinen gefälschten Ausweis wie ein Pik Ass als letzten Trumpf auf den Tisch.

„Hier steht ja groß und deutlich: *Bürgermeisteramt Ostrach* und nicht *Freiburg, Karlsruhe* oder *Rastatt!* Leute, ich bin ein rechtschaffener Bürger dieses Landes und in meinen Adern fließt reinstes württembergisches Blut, hallo, hohes Gericht, vor Euch steht ein waschechter Schwabe!"

Die Authentizität des Dokuments wurde angezweifelt.

„Ich bin weder *käferisch* noch *jokisch,* sondern *husisch*[5]!"

Und die Jahreszahlen qualifizierten es als glatte Fälschung.

„Ich kann beweisen, dass ich die schwäbische Sprache schon als kleiner Hosenscheißer gelernt habe!", sagte er.

„Klara gang ra da Apparat na tra!"

Es zog nicht, der Richter rümpfte die lange Nase.

„Also gut, ich gestehe, dass ich ein wenig geschwindelt habe! Die Sache mit dem Mönch ist erstunken und erlogen, die hat sich der Veri ausgedacht, als er noch lebte. Aber in der Geschichte mit Brixen, da liegt ein Körnchen Wahrheit: meine Großmutter väterlicherseits stammt nämlich von dort und ich kenne die Bergwelt Tyrols wie meine Westentasche. Soll ich Euch die Sage von Laurin und dem Riesen erzählen?"

Das Gericht hatte keine Lust, das Angebot wurde abgelehnt.

Auch sein Antrag auf einen Advokaten wurde abgewiesen.

„Gut, Euer Ehren, dann gebe ich es eben zu: ich bin doch Badenser - aber kein Spitzel! Mein Name ist *Karl von Drais*, ich habe vor kurzem das zweirädrige Laufrad mit Holzrahmen und Deichsellenkung erfunden, aber der Schwarze Veri hat es mir geklaut - ein Desaster, es war eine echte Revolution!"

Bei diesem Wort schreckte das Hohe Gericht zusammen.

„Ein Null-Emissions-Fahrzeug, das weder furzt wie ein Gaul, schreit wie ein Esel noch stinkt wie ein Ochs!"

Der Vorsitzende war übermüdet und wirkte paralysiert.

„Das Ding ist klimaneutral und produziert keinen Feinstaub. Großherzog Carl von Baden hat mich zum Professor für Mechanik ernannt."

Auch bei diesen Worten zuckten die Beamten zusammen.

„Hat er einen Sonnenstich?", fragte der Richter.

„Eher unwahrscheinlich", gab Karl zurück, „meine hübsche Gemeinschaftszelle liegt auf der Nordseite!"

„Verschärfter Arrest im Kellergewölbe!"

„Ich gebe zu Protokoll: ich bin der berühmte Erfinder Karl von Drais, ich war Radfahren im Ried und bin aus Versehen im falschen Film gelandet, ich plädiere auf mildernde Umstände!"

„Man binde ihn und gebe ihm 20 Streiche!"

„Hallo, nun aber mal langsam!"

Er setzte ein beleidigtes Gesicht auf.

„Der Schwarze Veri mit seinem dämlichen Knotenstock ist an allem schuld!"

„Sag jetzt aber mal ganz schnell die Wahrheit, oder du wirst verdroschen, seine Hoheit, unser hochwohlgeborener König persönlich kennt deinen Fall!"

„Scheiß auf Euren König, ich will raus aus diesem Loch!"

Das war lupenreine Majestätsbeleidigung!

Darauf stand der Tod.

Karls Schicksal war besiegelt, er ging sofort in Einzelhaft.

Man karrte ihn zurück in den urgemütlichen Bürgerturm, man lud ihn ab, man drückte ihm seine Mütze in die Hand und man dirigierte ihn die schiefen Holzstiegen empor. Er stand vor einer robusten und mit Eisenplatten verstärkten frisch gebeizten Eichentür, an der man innen die Klinke vergessen hatte und durfte mitansehen, wie die Wache die beiden schweren Riegel zur Seite schob und ihm schauderte, als sich die Bolzen quietschend in den Angeln drehten und die Tür an die Wand krachte.

In der Zellenecke standen ein bequemer dreibeiniger Schemel für die bevorstehenden geruhsamen Stunden, gleich daneben ein hübscher Blecheimer für sein leibliches Wohlbefinden und ein Kerzenstummel für seine Erleuchtung bereit.

An Ketten herrschte kein Mangel.

„Wenn du glaubst, dass es hier Kaviar und Trüffeln schneit", sagte der Wachmann barsch und drückte ihm einen Blechnapf in die Hand, „dann hast du dich gehörig getäuscht, du Eierkopf!"

Hand-, Fuß- und Halsschellen sorgten für Sicherheit, je eine lange schwere Eisenkette verband seine beiden Hände und Füße und er hing wie ein bulgarischer Tanzbär an einer langen Laufkette, deren Ende an einer riesigen Öse an der Decke festgeschlossen war, nur der Nasenring fehlte noch. Der Wachhabende sagte kurz ade, zog die Tür von außen zu, öffnete eine kleine Luke in der Mitte und spähte noch einmal kurz zu ihm herein, um sicherzugehen, dass er sich auch wohlfühlte.

„Spiel doch ein bisschen mit den Ratten, wenn dir langweilig werden sollte", empfahl er barsch, „und komm mir ja nicht auf dumme Gedanken, mein Freundchen!"

Dann knallte der Wachmann die Luke der Einzelzelle hinter sich zu, lachte hämisch und verschwand auf Nimmerwiedersehen.

Und so blieb dem Biedermeier zum Glück erspart, mitansehen zu müssen, wie der arme Josef in der Sammelzelle nebenan den nächsten Selbstmordversuch unternahm. Er hörte ein Zappeln, Würgen, Husten und Röcheln und bekam mit, wie die Wachen den armen Kerl gerade noch rechtzeitig abschnitten.

Tote konnte man schließlich schlecht verurteilen.

Dann geschah wochenlang so gut wie nichts.

Pure Verzweiflung und jede Menge Flöhe machten sich breit.

Doch eines Tages bekam Karl Fleischsuppe zum Frühstück.

Paradiesische Zustände kehrten bei ihm ein.

Die Wachen winkten ab, als Karl wissen wollte, warum.

Sie schüttelten nur die Köpfe.

Wie konnte einer nur so dämlich sein?

Mittags Sauerkraut mit Thüringer Rostbratwurst.

Abends Pfannkuchen und frischen Feldsalat.

Man reichte süßes Obst und sauren Neckarwein.

Am nächsten Morgen eine bombastische Tasse Milchkaffee mit hellbraun gebackenen Schmalzbrezeln zum Frühstück und einen Berg Zuckerwatte vom Markt für zwischendurch. Mittags dann fette Buttermilch mit gebratenem Fisch, eine Riesenportion Presskopfsülze und einen herrlichen Schweinebraten nach bayerischer Art. Am dritten Tag kredenzte man ihm eine vorzügliche Butterpastete mit Kalbfleisch, ein riesiges gekochtes Huhn, einen großen Teller Leberknödelsuppe, Wildfasan mit Mandeln und Haberschlachter-Heuchelberg so viel er nur wollte.

Hatte er, ohne es zu wissen, das Paradies erreicht?

Wie lange würde das so weitergehen?

„Na, Kumpels, was habt ihr euch denn heute wieder besonderes für mich ausgedacht?", wollte Karl am vierten Morgen wissen,

„bringt mir doch bei Gelegenheit ein paar neue Flaschen Rotwein vorbei, wohltemperiert, wenn ich bitten darf!"

Die Wachen schüttelten die Köpfe.

Der Nachschub stockte.

Das Henkersmahl auf Raten war zu Ende.

Ohne viel Federlesens wickelte man den Gefangenen, sturzbesoffen wie er war, in eine übelriechende scheckige Kuhhaut. Und ehe er sich richtig versah, packten ihn die Wachen, bugsierten ihn rüde die Treppen hinunter und zerrten ihn wie einen Sack Mehl vor eine mit schwarzen Tüchern behängte Tribüne.

Er war vom Paradies direkt in den Vorhof der Hölle gefahren.

Dort hockte ein seltsamer Mensch in Uniform.

Knöchern und bleich, von magerer Gestalt, mit schwarzen Koteletten an den Wagen und mit einer spitzen Nase im Gesicht.

Der Teufel in Beamtenkluft.

Ein kurzer Wink von ihm genügte und es ging los.

Sein nicht minder diabolisch aussehender Kollege rollte ein Papierstück auseinander und las augenblicklich und ohne dass der Herrgott eingeschritten wäre, mit krächzender Stimme und in einer sonderbaren Tonlage das Urteil von der Rolle ab. Als er fertig war, deutete er vor dem Staatsanwalt einen Diener an und wickelte die Urkunde mit ein paar geschickten schnellen Handbewegungen zusammen. Dann knackte es leise und ein Stab wurde, wie es der Brauch erforderte, über dem Verurteilten gebrochen - die beiden Hälften landeten als zweifelhafter Beweis der Gerechtigkeit vor Karls Füßen.

Wieder hakte man ihn unter, sein Taxi stand bereit.

Wie allen Delinquenten stand ihm ein eigener Schinderkarren mit zwei Geistlichen zu, die neben ihm Platz nahmen, um sich hingebungsvoll um ihn zu kümmern, obwohl er mit seiner Kirchensteuer seit Jahren im Rückstand war. Als der Karren losratterte, sprach ein Priester laut die Verse aus der Bibel vor und weil Karl die Stimme versagte, betete sie der andere einfach für ihn nach. Die katholische Kirche wollte unbedingt verhindern, dass er demnächst schnurstracks in die Hölle fuhr. Ein Henkersknecht stellte sich wie ein Bodyguard hinter ihm auf den Wagen, zog seine Ketten stramm und sorgte dafür, dass sein schlaffer Körper immer aufrecht stehen blieb.

Alle sollten ihn sehen, auch Petrus hinter den Wolken.

Doch der hatte das Procedere mehr als satt, reagierte übellaunig und zog kurzerhand die Vorhänge zu, um nicht schon wieder mit ansehen zu müssen, was dort unten veranstaltet wurde.

Regengüsse prasselten auf Biberach herab.

Auf den Karren wurde es noch ungemütlicher als ohnehin.

Ein alter Mann mit einem Degen aus Heu an der Hüfte reihte sich hinter einem jungen Mädchen mit Strohzöpfen in die Karawane ein und alle wussten sofort, was die beiden auf dem Kerbholz hatten. Als sich der bizarre Zug vom Ehinger Tor aus in Bewegung setzte, bildeten die Metzgergesellen das traditionelle Spalier. Bauernburschen eskortierten die Wagen und Schulkinder sangen das Sterbelied. Die Karren ratterten in gemächlichem Tempo erst durch die Gießübel- und dann in die Webergasse. Kurz darauf fuhren sie am Ochsenhauser Hof vorbei, holperten am Weißen Turm vorüber und bogen schließlich in die Engelgasse ein. Überall in den Fenstern lümmelten die Leute und wünschten Karl von Drais einen guten Tag.

Das Wiehern der Rösser hallte von den Wänden wider und die Eisenreifen der Wagenräder rasselten mit einem ohrenbetäubenden Lärm über das Kopfsteinpflaster.

Plötzlich war die Stadtrundfahrt zu Ende.

Was für ein Pech, der Tross hatte den Marktplatz erreicht.

Karls Karren kam genau vor dem Haus mit dem Kleeblatt zum Stehen, ein übler Scherz der Organisatoren, oder nicht?

Als er abgeladen wurde, schlug die große Glocke von St. Martin lautstark dreizehn, dann herrschte einen Augenblick Ruhe, bis sich auch die kleineren Exemplare trauten und am Ende läuteten alle gemeinsam, so kräftig es nur ging. Zwei Weiber ließen sich dadurch nicht stören und wünschten sich in ihrer Schand-Geige Kopf an Kopf die Pest an den Hals. Ein Korn-Dieb wurde vom Büttel in ein Fass gesteckt und bis zur Bewusstlosigkeit hin und her gerollt und ein Felddieb, zur allgemeinen Belustigung, in einer Bretterkiste per Flaschenzug zum Rathausgiebel hochgehievt. Gaukler bevölkerten den Platz, Buden boten Essen und Trinken feil, es roch nach Bratwürsten und nach gebrannten Mandeln und die Kinder hatten Zuckerwatte in Händen.

In Biberach war Happy-Family-Day.

Nun drückte ein Priester Karl von Drais das Kruzifix in die Hand, der Richtmeister setzte ihm eine schwarze Ledermaske auf und Karl sah, wie ein Mädchen vortrat und dem Henker einen großen bunten Blumenstrauß zuwarf.

„Zwei Stück von allem und jedem", rief ein Richtmeister trocken in die raunende Menge, „zwei Schwerter, falls eines Scharten bekommt, zwei Stricke zum Hängen, wenn einer reißen sollte, zwei Scheren zum Haare schneiden und eine Ersatzbinde für jeden - wie ihr seht, wir haben an alles gedacht!"

Die Schaulustigen drängten sich gestikulierend, schreiend und kreischend immer enger um den Richtplatz, auf dem der Galgen wie ein Fels in der Brandung empor ragte. Die Köpfe und Hüte wogten hin und her wie die Wellen eines Ozeans. Doch dann wurde es plötzlich still, als die bleichen Gefangenen aus den Schindkarren stiegen und eine lange Reihe bildeten, vorneweg die Männer und hinterher die Frauen.

Dann hielten alle den Atem an.

Die Sonne ging gerade blutrot auf, als schließlich vier Männer und zwei Weiber auf dem Podest versammelt waren.

Einer von ihnen war Karl von Drais.

Allesamt bleiche, bibbernde und elende Gestalten, die ihre Köpfe senkten, um nicht in die Augen der johlenden Menschen blicken zu müssen. Nur der Tiroler Casper hatte den Mumm, hob trotzig sein Haupt und schaute frech in die Menge.

Darum war er wohl als erster dran.

Ein Scharfrichter schob ihn vor sich her und drückte seinen Körper auf den Armesünderstuhl. Das Urteil wurde verlesen, man legte ihm die Augenbinde um, der Stab wurde über ihm gebrochen und die Menge wartete gespannt.

Dann hob sich ein sehniger Arm und das Schwert sauste nieder.

Die Zuschauer verharrten einen Moment in Schockstarre und schienen erst jetzt so richtig zu realisieren, was hier eigentlich gespielt wurde. Doch es dauerte nicht lange, da brandete tosender Jubel auf und alle klatschten begeistert Beifall.

Dann ging es Schlag auf Schlag.

Die Scharfrichter verstanden ihr Geschäft.

Kaum hatte einer dem Richtmeister recht in die Augen geschaut, da baumelte er auch schon am Strang.

Karl von Drais kam als letzter an die Reihe.

Für ihn hatte man sich etwas Neues ausgedacht.

In der Ecke des Schafotts stand eine Überraschung parat.

Verhüllt mit einem weißen Laken.

Eine revolutionäre Erfindung, wie sich bald herausstellen sollte.

Trommelwirbel rüttelten die Menge auf.

Wieder herrschte Totenstille.

Dann wurde das Geheimnis gelüftet.

Die Augen der Zuschauer blickten gebannt in eine Richtung.

Und die Menge quittierte das Präsent mit Gemurmel.

Die meisten schüttelten ungläubig ihren Kopf.

Nur wenige nickten und wussten wohl Bescheid.

Am Ende staunten sie alle nicht schlecht über eine schwarz lackierte Maschine aus französischer Produktion, mit der die Strafjustiz nun endlich auch auf dem rechten Rheinufer revolutioniert werden sollte.

Über das Patent von Joseph-Ignace Guillotin.

Alle waren gespannt, ob das Ding funktionieren würde.

Am meisten der Scharfrichter selber, der missmutig dreinblickte und Angst um seinen Job hatte, weil das Hinrichten nun vielleicht ein Kinderspiel und das Köpfen keine Kunst mehr wäre. Er stellte sich bockig neben die Stahlkonstruktion aus vernieteten Traversen, die aussah wie eine Folterbank, und blickte traurig zu seinem Richtschwert in der Ecke.

„Grüß Gott!", sagte er zu Karl von Drais.

„Geht klar!", antwortete der betrunken, „werde ich machen!"

„Gestatten", fuhr der Henker fort und kratzte sein Kinn, „Xaveri Vollmers, Scharfrichter zu Bach, stets zu Diensten!"

„Angenehm! Karl von Drais, Erfinder aus Mannheim!"

„Du bist ein richtiger Glückspilz", fuhr der Riese fort, „da du bei mir gelandet bist und nicht bei irgendeinem Kurpfuscher!"

Er zog ein vergilbtes Papier aus der Hosentasche.

„Hier ist *mein* Patent!"

Seine klobigen Hände falteten das Blatt ungeschickt auseinander, strichen es notdürftig auf dem Oberschenkel glatt und er reichte es seinem Kunden mit einem Bückling.

„Bitte, lest!"

Unter der Rubrik *Was ich hab zu Oberdischingen hingerichtet*[3] fand sich eine beeindruckende Referenz-Liste.

Gut und gerne 50 Namen lang.

Der Scharfrichter kannte sie auswendig.

„Anno 1787 habe ich die Herren Josef Lehner und Johann Gassner gehenkt", legte er unaufgefordert los und fuhr ohne Unterbrechung fort, „geköpft habe ich in jenem Jahr, soweit ich mich erinnern kann, Marianna Müllerin, Frau Antoni Heim, den Dionisse Fink von Neuburg an der Kamel, den Josef Fink von Neuburg Beck, die Elisabeth Gassnerin und die Viktoria Eisamenin!"

Der Richtmeister geriet aus dem Takt und hielt inne.

„Die hatte damals Todesängste ausgestanden, weshalb ist mir vollkommen schleierhaft!"

Der Henker gewann die Fassung zurück.

„Zum Abschluss habe ich im selben Jahr noch den Leonhard Hohenberger gebrandmarkt und *mit Ruten gehauen!*"

Der Henker machte eine kurze Pause und holte Luft.

„1790 Alowise Klier, Katharine Lemanin und Marianne Merzin von Hitesheim geköpft und Antoni Merz gehenkt. 1791 Josef Hornstein gehenkt sowie Antony Mahler und Ottmary Müller gebrandmarkt, außerdem wurden vom Leben zum Tode befördert: Augustin Nägele, Johann Rasch, Johannes Habermacher, und, ja jetzt erinnere ich mich, den Johann Kaspar Sträßler, den habe ich zwei Mal hängen müssen!"

Kann ja mal vorkommen, oder nicht?

„Dann habe ich dort an meinen Sohn übergeben, dem ist bei der Walderliesel der Strick gebrochen und beim Mahler Antony hat er dreimal hauen müssen!"

„Anfängerpech, was soll's?" lallte Karl von Drais.

Sein Rausch hatte noch immer nicht nachgelassen.

„Sei froh", fand der Henker, „dass man dich nicht auf eine Galeere gesteckt hat und dass heute nicht mehr gerädert wird!"

Karl rülpste und nickte.

„Du wirst auch nicht wie dein Glaubensbruder Jakob Clement, der damals König Heinrichs III. um die Ecke gebracht hat, von Pferden geviertelt oder wie eine Kindsmörderin auf dem Gigelberg gepfählt. Wir dürfen dich weder in kochendem Wasser sieden, auf einem Eisenrost braten noch in der Riss ersäufen, das war einmal - schade für die Zuschauer, oder nicht?"

Der Henker erwies sich als fürsorglicher Mensch.

Er zeigte Karl den praktischen Auffangbehälter für die Köpfe und das gewaltige, schräg stehende Messer, das blitzend und blinkend am Gatter hing und kurbelte es mit dem Seilzug langsam und andächtig nach oben.

„Wie du ja mitbekommen hast, werden die Geständnisse von Mordbrennern, Einbrechern und Räubern heutzutage nicht mehr auf der Streckbank oder mit der glühenden Zange ans Tageslicht befördert, sondern allerhöchstens mit etwas Dunkelarrest, ein bisschen Prügel und, wenn keiner hinschaut, ha-ha, mit der guten alten Daumenschraube. Du must dir wegen deiner Hinrichtung überhaupt keine Gedanken machen - ich musste vier Wochen zur Schulung an der Bastille!"

Der Henker befahl Karl von Drais nun aber mal bitte zügig auf der Bank rittlings Platz nehmen, dann drehte er sich um und bückte sich zu einer Frau in der Menge.

„Du kannst schon mal die Kartoffeln aufsetzen, Marianne, ich bin gleich fertig hier!"

Dann wandte er sich wieder seinem Kunden zu.

„Ich verspreche dir hoch und heilig: der Tod tritt in Sekundenbruchteilen ein! Sobald das Fallbeil dein Rückenmark durchtrennt hat, wird die Erregungsleitung zwischen deinem Körper und deinem Gehirn schlagartig unterbrochen. Du realisierst nur noch dumpf oder auch gar nicht mehr, wie ich dem Publikum deinen Kopf präsentiere - aber vielleicht hörst du ja noch, wie die Leute jubeln, wenn das Blut aus deinem Halse spritzt!"

Der Mann kannte sich aus.

Xaveri Vollmers hatte in Frankreich aufgepasst.

„Dein Herz bekommt es nämlich nicht gleich mit, dass du tot bist und pumpt munter weiter. Das gefällt den Leuten, ich habe deine Mitbürger noch nie enttäuscht!"

Der Henker überlegte einen Augenblick.

„Noch ein persönlicher Tipp vor mir", sagte er zum Schluss, „versuch lieber gar nicht erst, hinterher noch zu sprechen - das sieht immer urkomisch aus - wenn du noch etwas zu sagen hast, dann bitte gleich!"

Karl schüttelte den Kopf.

„Prima", sagte der Scharfrichter, „dann kann's ja losgehen!"

Er bog Karls Körper vor, schob die Bretter mit der Öffnung für den Hals auseinander und drückte seinen Kopf dazwischen.

„Ach so", sagte der Henker und kratzte sich erneut am Kinn, „was wäre dein letzter Wunsch?"

„Nimm mir bitte die olle Fahrradmütze ab", bat ihn Karl von Drais, „ich will sterben wie ein richtiger Mann!"

„Kein Problem!", antwortete der Hüne mit den breiten Schultern und tat wie gewünscht. Erst hatte er Probleme mit dem blöden Verschluss, aber am Ende klappte es und das Ding landete irgendwo in der Ecke.

„Fast hätte ich es vergessen", legte er nach, „dein Körper wird, auch ohne dein Einverständnis, der Wissenschaft für Forschungszwecke zur Verfügung gestellt - Leichen sind Gold wert! Wenn du Glück hast, schickt man dich sogar auf die Reise nach Italien und du wirst demnächst im historischen Anatomie-Hörsaal in Bologna von Medizinstudenten seziert. Dein Herz, die Milz, der Magen, die Bauchspeicheldrüse, deine lausige Leber wohl weniger, vielleicht deine Lunge, falls du nicht allzu viel gequalmt haben solltest, deine Nieren, und, ha-ha, möglicherweise auch deine Eier, wenn sie denn groß genug sein sollten, alles landet in hübschen Einweckgläsern mit Formaldehyd."

Es machte klack und Karl steckte fest.

„Liegst du bequem?"

Dann bat ihn der Scharfrichter um Vergebung.

„Schon gut, ist geschenkt", sagte Karl, „ich kann einiges ab!"

„Mach jetzt die Augen zu, die Reise geht los", verkündete der Henker enthusiastisch, „Égalité, Liberté, Fraternité!"

Er zog die Reißleine, es machte laut und deutlich *klack*, es ratterte kurz, es quietsche, aber weiter passierte nichts.

Mon dieu, die französische Mechanik versagte den Dienst.

Das Wunderwerk der Technik klemmte.

Der Meister trat ein paar Mal kräftig mit dem Stiefel gegen das Gatter, kurbelte es verbissen hoch und löste noch einmal aus.

Die ersten faulen Äpfel und Birnen kamen angeflogen.

„Das war schon besser", sagte der Henker beim nächsten Versuch, „nur noch knapp ein Zentimeter bis zum Hals!"

Die Südkurve wollte Blut sehen und fing an zu randalieren.

„Pfui!", wurde gerufen und, „Schiebung!"

Schon brannten die ersten Bengalos.

„Arsch-loch-Wi-xer-Hu-ren-sohn!"

Die Stadtwache bekam alle Hände voll zu tun.

Ein faules Ei traf den Henker am Hinterkopf.

Klopapier-Rollen wurden geworfen.

Kieselsteine purzelten auf das Podest.

Ein riesiger Papierflieger landete.

Die Kirchenglocken läuteten Sturm, die freiwillige Feuerwehr rückte an und pustete Wasserfontänen in die Ränge.

„Hört auf, ihr Idioten!", brüllte der Richtmeister und zeigte den Ultras den Stinkefinger, „wir sind hier nicht auf dem Fußballplatz, gebt Ruhe jetzt, oder ich lass das Areal räumen!"

Das Beil wollte zum Henker nicht recht heruntersausen.

„Zehner-Gabelschlüssel und Ölkännchen", befahl der Meister seinem pausbäckigen Lehrling, kniete nieder und zog da und dort eine Schraube nach.

„Achter Inbus!"

Es rüttelte nochmals, aber das widerspenstige Ding bockte wie ein altes rostiges Uhrwerk.

„Den Vorschlaghammer, schnell!"

Er donnerte wie ein Schmied gegen das Gerüst.

„Das vermaledeite Gatter verkeilt sich immer an der gleichen Stelle im Rahmen, das werden wir reklamieren, auf dem Ding ist noch Garantie!"

Die Zuschauer wurden immer ungeduldiger.

„Mach hin, Spacko!", rief einer, „sonst sorgen wir dafür, dass du gleich als Nächster dranbist!"

Das Podest unter der Guillotine schaukelte bedenklich.

Alles wankte und wackelte unter Karl von Drais, der Henker kurbelte das Gatter immer wieder verbissen wie ein Wilder hoch und drückte wie ein Besessener auf den Auslöser, doch der Erfinder spürte nichts.

„Wie lange soll das noch so weitergehen?", fragte Karl.

Seine Stimme klang heiser.

„Mein Kreuz tut weh und meine Arme werden langsam taub."

„Steh auf und hau ab", sagte der Henker am Ende resigniert und löste die Fesseln, „das waren sieben vergebliche Versuche - in diesem Falle bist du frei!"

16

Hände hoch!

Frau Holle hatte in der Nacht hoch oben in den Wolken ihre Kammer gelüftet und aus Versehen eine Portion Puderzucker verloren. Der frische weiße Schnee auf den Ästen und Zweigen der Tannenbäumchen dämpfte wohltuend und auf wunderbare Art und Weise den Schall und alle Geräusche in der freien Wildbahn wie eine Schicht Watte und brachte ein wenig Ordnung in das heillose Chaos und den aberwitzigen Aufruhr in Karls Kopf. Unter den Wurzeln erwachten die Erdmännchen, weckten ihre Nachbarn, setzten spitze Hüte auf, schlüpften in dicke Mäntel und zogen sich Wollhandschuhe über.

Als Karl von Drais die Augen öffnete, war helllichter Tag und überall glitzerten Schneekristalle.

Er lag auf dem Rücken und blinzelte ins gleißende Licht.

Geheimnisvolle Lebewesen raschelten und rumorten im Wald.

Es knisterte, als wäre eine Zwergen-Armee im Anmarsch.

Oder war der böse Wolf hinter den jungen Geißlein her?

Ging Schneewittchen mit ihren sieben Zwergen spazieren?

Waren Hänsel und Gretel oder das Rotkäppchen, die Wichtelmänner oder das Rumpelstilzchen unterwegs?

Die Baumwipfel wurden von der aufgehenden Sonne mit einem satten Rot geflutet und der Nebel-Schleier auf der Lichtung löste sich allmählich auf.

Würden die Räuber zurückkehren?

Durchkämmte die nächste Landstreife den Wald?

Waren die Musketen bereits vorgespannt?

Würde man demnächst die Hunde auf ihn hetzen?

Hatte ein Mechaniker die Guillotine repariert?

Stand der Scharfrichter für ihn parat?

Traum oder Wirklichkeit, Gegenwart oder Vergangenheit?

Er wusste es nicht mehr, hockte sich stoisch in den Schneidersitz und führte gewissenhaft aus, was er auf einer Reise mit Alexander von Humboldt durch den Himalaya so gelernt hatte. Er schloss die Augen, faltete seine steifen Unterschenkel so gut wie möglich ineinander, ließ die Fingerknöchel knacken, breitete die Arme aus und legte seine Hände mit nach oben geöffneten Handflächen auf die Oberschenkel.

Leider hatte er keine Gebetsmühle mit.

Dann atmete er tief ein, hielt die frische kalte Luft für ein paar Sekunden in seinen Lungenflügeln gefangen und ließ sie anschließend mit dem obligatorischen *Om* langsam und gleichmäßig durch seine geschlossenen Lippen strömen. Obwohl er diese Übung mehrmals akribisch wiederholte, wollte und wollte sich die ersehnte Entspannung nicht einstellen. Seine Zehen und Finger blieben klamm, weil sich das Blut beharrlich weigerte, in die Kapillaren seiner Extremitäten zu strömen. Sein gestresster Körper verkrampfte sich noch mehr, anstatt sich zu entspannen. Das Blut pochte wie ein Wildbach durch seine Schläfen und unter seiner Schädeldecke begann ein Presslufthammer mit der Arbeit.

In Karls Kopf machte sich ein Kopfweh breit.

Seine Fingerkuppen tasteten nach Beulen, Schrammen und Hämatomen und wurden überall fündig.

Er hatte auch die Räucherstäbchen vergessen.

Würde es sein Karma stärken und sein Kopfweh lindern, wenn er sich einen Wollschal wie einen Turban um den hämmernden

Schädel bände, um Brahma, Shiva oder Vishnu zu huldigen? Sollte er geloben, bei nächster Gelegenheit wieder nach Indien zu pilgern, im Ganges zu baden und Ganesha zu seinem Lieblingsgott zu machen oder würde es helfen, den Göttern hoch und heilig zu versprechen, ab jetzt gänzlich auf Alkohol, Nikotin, Zauberpilze und Schweinefleisch zu verzichten und künftig nur noch rein pflanzliche Nahrung aus biologischem Anbau zu verspeisen?

Sollte er sich die einen Dolch durch die Zunge bohren?

Frustriert löste er seine Beine auf und seufzte.

Über den Himmel trieben lauter weiße Wattebäusche, aber plötzlich brach sich die Sonne Bahn, die Lichtung wurde von einem hellen Scheinwerfer beleuchtet und die Wärme verwandelte den Schnee in wässrigen Sulz.

Er sah den Matsch von den Ästen rutschen.

Die Enden der Zweige schnellten hoch.

Es herrschte Tauwetter, soviel war klar.

Schwer zu sagen, was der Tag bringen würde.

Und es rumorte erneut im Unterholz.

Das Gestrüpp raschelte, die Tannennadeln knisterten, jemand stöberte mit präzisen Schritten und hoch aufgerichtetem Kopf elegant durch das Unterholz, guckte mal hierhin, lugte dann dahin und spähte dorthin. Ein großer schwarzer Vogel mit unendlich langen Schwanzfedern tauchte auf, eine Mischung aus Don Juan und Faschingsprinz. Der Schönling stolzierte mit wiegendem Kopf durch den nassen Schnee zu ihm heran, baute sich majestätisch vor ihm auf und lüftete sein Gefieder.

Der letzte Waldrapp Oberschwabens.

Erst hüpfte ihm der Wicht, ohne um Erlaubnis zu fragen auf die Schulter, drehte seinen Kopf im Kreis, blickte mit blassen blauen

Augen in sein Gesicht und lachte ihn schallend aus. Dann flatterte der Kerl sogar auf seinen malträtierten Kopf und stocherte mit seinem langen krummen Schnabel unverfroren in Karls speckigem Hemdkragen herum.

Offensichtlich war er auf der Suche.

Vielleicht nach seiner holden Gemahlin?

Oder war er auf der Pirsch nach einer neuen Braut?

Wo stecken die dummen Hühner nur, dachte der Vogel wohl.

Haben sich die Damen in einem fremden Nest zur Ruhe gelegt? Kauern sie in einer Kuhle und bepudern sie sich gerade mit Staub? Dort hinten im sandigen Boden vielleicht? Ist ihnen wie allen Weibern vollkommen das Zeitgefühl abhandengekommen? Oder zelebrieren die Biester noch immer ihr Kaffeekränzchen unter der Kiefer, jenseits des Wegs?

Karl konnte förmlich sehen, wie das Vogelhirn arbeitete.

Gö-gök-gö-gök, und noch einmal gö-gök!

Es half nichts, sie hörten nicht auf sein Kommando.

Der Hahn wetzte seinen Schnabel und versuchte es erneut.

Kuttuk-kuttuk-kuttuk-uk-uk-uk-uk-u-u-u-u-u-k-k-k!

Wieder keine Antwort.

Also zurück zum Schlafplatz, die Balz war beendet.

Ein glucksendes gu-gu-gu-gu ließ ihn erstarren.

Mehrmals hintereinander vorgetragen bewegten sich gutturale Laute schnurstracks auf ihn zu.

Oh Gott, ein Rivale im Revier!

Was wollte der fremde aufgeblasene Gockel hier, die Hennen warteten doch ganz woanders, war der Kerl vielleicht schwul? Der Platzhirsch war bereit, das war überdeutlich zu erkennen, wollte Herr bleiben in den eigenen vier Wänden und antwortete mit einem streitlustigen trr-trr-trr. Anschließend bekräftigte er seinen Besitzanspruch mit einem heftigen gu-gu-gu-guuuuuu und war nur einen klitzekleinen Moment unaufmerksam. Der unsichtbare Kollege kam feige und hinterlistig, aus totem Winkel und im Sturzflug von hinten. Der Nebenbuhler packte den Revierhahn an seiner längsten Schmuck-Feder und ein Hopsen, Jagen, Hauen und Hacken begann.

Als Karl von Drais aufstand, flatterten beide davon.

Brummschädel hin oder her, er musste schleunigst hier weg.

Zum Glück trug er wieder seine alten Kleider am Leib.

Was hatte das zu bedeuten?

War der Albtraum endlich zu Ende?

Ein Fuchs schnürte durch den Wald, eine Rotte Wildschweine rettete sich ins Dickicht und ein Reh rannte davon.

Eine Treibjagd war im Gange!

Seine Brieftasche lag offen ausgebreitet wie ein hübsches Präsent auf dem nackten Erdboden und sein Veloziped hing keine zehn Meter entfernt windschief im Gebüsch, er konnte den Sattel zwischen den Tannenzweigen erkennen.

„Dem Allmächtigen sei Dank, mein Laufrad!"

Die Silber-Münzen steckten noch im Portmonee.

Auch das Kleingeld hatte keiner geklaut.

Nur seine schöne Lederkappe war vollkommen im Eimer.

Und in seiner Tasche steckte ein fremder Gegenstand.

Karl rappelte sich auf und wollte auf sein Holz-Rad klettern.

Da stand ihm plötzlich wieder ein Mann im Weg.

Mit langen, frisch gewichsten Lederstiefeln an den Beinen, mit einer hübschen grünen Uniform am Leib, einem Hut mit Gamsbart auf dem Kopf und mit einer blitzblanken doppelläufigen

Flinte über der Schulter. Sein Gesicht war von roten Flecken, Narben und überpuderten Pusteln verziert. Litt er an einer heftigen Schrot-Allergie oder war er als Jugendlicher ein Akne-Kandidat gewesen?

Oh Gott, die Landstreife, dachte Karl, nichts wie weg!

„Was treibst du hier, in meinem Revier?"

Der dicke Daumen des Landjägers spielt lässig mit dem ledernen Gewehrgurt.

„Gut Freund!", gibt Karl zurück und denkt nach, in welche Richtung er am besten türmen sollte.

Der *Grünsteudler* zieht die Ärmel seiner Jacke mit einem Ruck zurück und zieht eine riesige Uhr aus der Westentasche. Gleich mehrere Uhrwerke rennen dort um die Wette und Karl glaubt, das Ticken der Unruhen hören zu können.

„Ein toller Chronometer, Herr Wachtmeister!"

„Was hast du hier zu schaffen, mitten im Wald?"

„Ausruhen, mein Herr!"

„Wer bist du und woher kommst du?"

„Bruder Hartmann aus Brixen, Benediktinermönch!"

Der Jäger reagiert beleidigt wie eine Jungfrau und setzt eine angewiderte Miene auf. Ein gequältes Lächeln unterminiert seinen Versuch, entschlossen zu wirken und verrät wie eine Leuchtboje auf dem offenen Meer, dass hier eine gehörige Portion Unsicherheit verborgen liegt. Seine Hände rutschen in die Taschen und in die Defensive. Er wartet mit hängenden Mundwinkeln, was als Nächstes käme und wagt keinen Augenkontakt.

Hat Karl den Bogen überspannt?

Sieht er einen Wilderer in ihm?

„Mönche haben im Wald doch nichts zu schaffen!"

Seine Fingerkuppen trommeln nervös auf den Gewehrkolben, er nimmt seine Brille ab und setzt sie wieder auf. Er zuckt hilflos mit den Schultern und schickt einen unverhohlen aggressiven Blick aus den Augenwinkeln in Karls Richtung.

Der verbale Schlagabtausch wird ihm unheimlich.

„Ich bin nur ein Pilger auf dem Jakobsweg!"

„Und der führt seit neuestem durch meinen Wald?"

Diana hat ein Einsehen mit dem Jäger und schickt ein unvorsichtiges Nagetier vorbei. Versessen auf die Früchte eines Feldahorns hopst ein Eichhörnchen über die Lichtung. Der Kobold turnt mit seinem buschigen Schwanz auf einen Baum, springt auf den erstbesten Ast und hangelt sich den Stamm empor.

Am höchsten Punkt ist vorerst Feierabend.

Sie betrachten gebannt das unerwartete Schauspiel.

Der Held versucht mit einem Bündel zwischen den Kiefern auf einen dünnen Ast zu balancieren, um Gott weiß wohin zu gelangen. Er macht den Zweig zur Schaukel und versetzt die ganze Baumkrone in Schwingung, was für ein Wahnsinn!

Ein Höhenrausch, das zu klein geratene Nager-Hirn oder die Vorfreude auf ein reichhaltiges Frühstück?

Karl kann es nicht glauben, der Gnom klettert an einen Ort, an den er nach den Gesetzen der Darwin'schen Evolutionslehre nicht hingehört. Der erste der beiden Hunde des Jägers rast schnaubend aus der Deckung und stürzt sich johlend und mit Schleimfäden vor der Schnauze auf den Winzling. Dann unterläuft dem Eichhorn ein Fehler nach dem anderen: erstens versucht es wie besessen, seine Beute zu sichern und zweitens rechnet es nicht mit noch einem Hund.

Ein munteres Hetzen und Jagen beginnt.

Die beiden Vierbeiner laufen ins Leere, bis es ihnen gelingt, das konfuse Klettertier in die Zange zu nehmen. Dort bleibt ihm nur ein einziger Ausweg: der nach oben, den senkrechten Stamm empor und in die rettende Baumkrone. Ein hoffnungsloses Unterfangen mit den Backen voller reifer Früchte! Und so bekommt einer der Köter den Schwanz des Eichkätzchens mit den Kiefern zu fassen und schlägt sich den zappelnden Körper um die geifernde Schnauze.

Aber das Kerlchen ist hart im Nehmen.

„Lasst das Eichhorn gefälligst in Ruhe, ihr Deppen!"

Der Waidmann ist außer sich vor Zorn, nimmt seinen Stutzen von der Schulter, entsichert das Gewehr und legt an.

„Bitte nicht schießen, ich bin nur ein armer Mönch!"

Er schwenkt den Lauf herum und drückt ab.

„Eichhörnchen sind doch jetzt außen vor und erst im Herbst wieder dran", er kann es nicht fassen und schüttelt verärgert den Kopf, „habt ihr das mit den Schonfristen denn noch immer nicht kapiert, wie oft denn noch, ihr blöden Biester?"

Das Echo fegt wie ein Tsunami durch den friedlichen Wald, wird irgendwo reflektiert und rollt wie ein Güterzug zurück.

„Du verkohlst mich doch, oder nicht?", fragt der Waidmann.

Die Hunde grummeln und jaulen beleidigt, ziehen unterwürfig die langen Schwänze ein, gehen in Deckung, watscheln dem Waidmann schwanzwedelnd um die Beine und hocken sich am Ende beleidigt auf die Hinterläufe, hecheln heftig und knurren solange erregt, bis sich das Herrchen endlich bückt, ihnen die kräftigen Rücken tätschelt und ihre großen runden Hundeaugen zufrieden melden, dass alles in Butter sei.

Weiter weg knirschen die Kieselsteine.

Herrgott, die Armee ist hinter mir her, dachte Karl.

„Ein originelles Kostüm", sagt da der Mann, „wer hat dir denn die braunen Flecken am Hals verpasst?"

Irgendwo im Walde bewegt sich etwas.

„Das war die Crescentia!"

„Ein schönes blaues Auge hast du da abbekommen!"

„Im Königreich Württemberg sind die Sitten streng!"

„Bist du verletzt, brauchst du Hilfe?"

Schritte rascheln durch das trockene alte Laub.

„Braucht er einen Arzt?", fragt der Mann abermals.

Räder rollen über einen Weg.

„Nein danke", antwort Karl „bloß keinen Medicus! Der fesselt mich womöglich und steckt mir einen harten Lederriemen zwischen die Zähne, damit er tun und lassen kann, was ihm gerade so passt. Dann sucht er in Ruhe meinen Körper von oben bis ganz unten ab, bis er etwas Interessantes gefunden hat. Und am Ende schneidet er mir vielleicht aus Boshaftigkeit eine Arschbacke auf und wühlt mit seiner langen gebogenen Zange solange darin herum, bis er auf eine Ladung Schrot, eine Schrapnell-Kugel oder einen Granatsplitter stößt - oder er trennt mir aus Wut einen Finger ab, wenn er nicht fündig wird!"

Über ihm wiegen sich die grünen Baumwipfel im böigen Wind, ein morscher Ast bricht vom Stamm und kracht auf den Boden.

Ein paar Krähen nehmen krächzend Reißaus.

„Ein Unfall?", will der Uniformierte wissen.

Irgendwo fängt es an zu surren.

„Ich glaube, eher ein Überfall!"

Etwas scheppert heran, wird lauter und verstummt.

„Dein Ohr sieht böse aus, was ist passiert?"

„Das hat mir der Schwarze Veri geschlitzt!"

„Aha!", meint der Mann, „die verdammten Räuber!"

„Das war kein Spaß, sondern bitterer Ernst!"

Er zieht eine Zigarre aus der Tasche.

„Was sind das für Narben auf deinem Unterarm?"

Seine Finger spielen mit der Zigarre.

„Ein Brandzeichen!", antwortet Karl und zieht seinen Kuttenär-mel ein Stück weiter nach oben, „der Kreis mit dem großen X be-deutet Strauchdieb und das U darüber steht für Einbruch!"

„Bist du unter die Räuber oder unter die Räder geraten?"

Solche dummen Späße sollte er besser bleiben lassen!

„Ich war in Haft und wurde wegen Majestätsbeleidigung zum Tode verurteilt", antwortet Karl und schmunzelt, „doch das Fall-beil in Biberach war ein französisches Modell und hat gebockt und gezickt wie ein alter Gaul."

Der Jäger glaubt an einen Gag und lacht herzhaft.

„Ein ausgemachter Justizirrtum", findet Karl, „der Schwarze Veri ist an allem Schuld", und dreht seinen Kopf in alle Himmelsrich-tungen „seid vorsichtig, mein Herr, das ganze Oberland ist in Räu-berhand!"

Der Jäger zieht den Kopf ein, hält schützend eine Hand vor sein Gesicht und zündet die Zigarre an.

„Auch eine, Bruder?"

Er presst die Lippen zusammen, inhaliert kräftig, bläst den Rauch in den Wind und schaut ungläubig, als Karl sich bückt.

„Schaff deine Klemmen kulm!", schreit der ihn an.

Er hält einen starken Ast in der einen und sein Messer in der anderen Hand, spitzt wie ein Schimpanse die Lippen, zieht seine Augenbrauen hoch und beißt seine Zähne zusammen.

Das wirkt im Wald.

Gelernt ist eben gelernt.

„Hui, hui!", brüllt er den Jäger an.

Der verliert vor Schreck das Gleichgewicht.

„Nit platzen!", schreit Karl.

Als er ihn am Kragen packt, rutscht der Gewehrgurt von seiner Schulter und der Kolben der Knarre kracht auf den Boden.

„Asche Gewittertulpe!"

Karl stibitzt seinen Hut und setzt ihn auf.

„Lehm und Stroh?"

Der Jäger schüttelt den Kopf, damit hat er nicht gerechnet.

„Blunzen i Bims?"

Karl rückt ungemütlich nahe an sein Gesicht heran, sie stehen sich Auge in Auge gegenüber.

„Blanke Asche?"

Er fasst frech in seine Jackentasche und dreht sie auf links und ein Säckchen Schrot purzelt heraus.

„Flöhe her, Göllert!"

„Ein toller Gag!", biedert sich der Jäger an, „mal was anderes!"

„Abgebrannt?", fragt Karl.

Der Jäger nickt ängstlich.

Er starrt in die Mündung des Vorderladers und beißt sich verlegen auf die trockenen Lippen.

„Du kommst doch von der Fasnet?", stottert er, „oder nicht?"

„Hände hoch!", bellt ihn der Erfinder an, „und Kröten raus!"

Zeittafel

1780 Graf Franz Ludwig errichtet in Oberdischingen eine
      Residenz und später seine Erziehungs-Anstalt

1788 Xaver Hohenleiter, der *Schwarze Veri*, erblickt in
      Rommelsried bei Augsburg das Licht der Welt

1789 Französische Revolution

1792 Beginn der Napoleonischen Kriege

1799 Schlacht bei Ostrach

1806 Württemberg wird Königreich

1813 Befreiungskriege, Völkerschlacht bei Leipzig

1814 Der indonesische Vulkan Tambora bricht aus

1815 Schlacht bei Waterloo

1816 Jahr ohne Sommer mit Missernten

1817 Die Räuberbande um den Schwarzen Veri
      treibt in Oberschwaben ihr Unwesen

1818 Karl von Drais erfindet das Fahrrad

1819 Der Schwarze Veri stirbt am 20. Juli in Biberach an
      einem Blitzschlag

Rotwelsch[1]

abi! herunter!

asch hässlich

bettel unnütz

Bims Brot

blanke Asche Silbergeld

Blauhans Pflaume

Blunzen Blutwurst

Dampf Hunger

Dulldapp Narr

Finkeljochen Branntwein

Flöhe Geld

Gewittertulpe Helm

Göllert Esel

hui schnell

jan minzen Boss leck mich am Arsch

minz ich

kauzisch heilig

Klemme Hand

kulm hoch

Kröten Geld

Lehm und Stroh Erbsensuppe und Sauerkraut

platzen fallen

rodeln bewegen

Trittkluft Schuh

Aus dem Wörterbuch des Konstanzer Hans von 1791[5]

husisch badisch
joklisch württembergisch
käferisch österreichisch
abfunken abbrennen
Kitt Bauernhaus
brummeln beichten
Bauerndegen Bohnen
biebern frieren
Grünsteudler Jäger
Petschaft Zinken, Zeichen
Stinker Stall
Bole Sau
Wischerle Schnupftuch
dofe T'schorr-Kitt ein gutes Spitzbuben-Haus
Baiser Wirt
scheft 'r Sohre verkönigt ist die Ware verkauft
verschabert im Jahre versteckt im Wald
Melterle G'finkelterjole ein Maß Branntwein
rechte Kaffer echte Kameraden
sey heimdig sei still
dean Socht weand m'r maloche den Laden nehmen wir hoch
des scheft schofel das ist bös
m'r maloche schiebis machen wir uns aus dem Staub
sonst zopft m' uns krank sonst fängt man uns

Kleines Latinum

Ludit in humanis divina potentia
Im Menschlichen spielt die göttliche Allmacht

Favete linguis   Hütet eure Zungen

Ego sum qui sum   Ich bin der, der ich bin

Qualis autem homo ipse esset talem esse eius orationem
An der Rede erkennt man den Mann

Contra vim mortis non est medicamen in hortis
Gegen den Tod ist kein Kraut gewachsen

O tempora, o mores   Was für Zeiten

Nescio   Ich weiß nicht

Habit   Ordensgewand

Tunika   Umhang

Skapulier   Überwurf

Zingulum   Gürtel

Quellen

[1] Rotwelsch-Ausdrücke aus der Website Vagapedia, freie Enzyklopädie des kultivierten Landstreichers

[2] Der schwarze Veri und die letzten Räuberbanden Oberschwabens, ein Sittenbild aus dem 18./19. Jahrhundert. 1977, Nachdruck eines Buches der fürstlich. zu Waldburg-Wolfegg'schen Bibliothek, St. Josephsdruckerei, Wangen

[3] J.B. Pflug, Aus der Räuber- und Franzosenzeit Schwabens. Die Erinnerungen des schwäbischen Malers aus den Jahren 1780-1840. Neu herausgegeben von Max Zengerle. 1975, Anton H. Konrad Verlag, Weißenhorn

[4] Wolfgang Behringer, Tambora und das Jahr ohne Sommer. 2016, C.H. Beck Verlag, München

[5] Michael Barczyk, die Spitzbubenchronik, Oberschwäbische Räuberbanden, Wahrheit und Legende. Ravensburg 1982, Pharma-Kontakt Verlag

[6] Michael Barczyk, Essen und Trinken im Barock, Oberschwäbische Leibspeisen. 2009, Silberburg-Verlag, Tübingen

[7] Hans Angele, Bauernsprache und Bauerngeräte im Schwäbischen Oberland. 2005, Angele Verlag, Ochsenhausen

[8] Prinzessin Lieselotte von der Pfalz in einem Brief an ihre Tante Sophie von Hannover. Auf dem Thron, Stuttgarter Zeitung vom 22.Oktober 2011.

[10] Friedrich Schiller, die Räuber

[11] Wolfgang Wuhrer, Text des Bauze-Lieds, Bauzemeck-Zunft, Ostrach

[12] Josef von Eichendorff, an eine junge Tänzerin

[13] Stiftung Naturschutz Pfrunger-Burgweiler Ried, Wilde Moorlandschaft, Broschüre mit Karte